novum
VERLAG

Karl-Heinz Fleckenstein

KOMM UND SIEH!

Begegnung mit dem Land der Bibel

novum
VERLAG

Für Louisa

zu unserem 25-jährigen Ehejubiläum

Bibliographische Information der Deutschen Nationalbibliothek:
Die Deutsche Nationalbibliothek verzeichnet diese Publikation in der Deutschen Nationalbibliographie. Detaillierte bibliographische Daten sind im Internet über http://www.d-nb.de abrufbar.
ISBN 978-3-85022-145-0

Lektorat: Mag. Sandra Zoglauer
Innenabbildungen: Dr. Karl-Heinz Fleckenstein
Printed in the European Union

Gedruckt auf umweltfreundlichem, chlor- und säurefrei gebleichtem Papier.

www.novumverlag.com

Inhalt

Vorwort

Was unternimmt ein Mensch, wenn die Kompassnadel seines Herzens ständig in Richtung Israel-Palästina zeigt? Es bleibt ihm nichts anderes übrig, als dieser Richtung zu folgen, will er sich selbst nicht untreu werden. Genau das passierte mir, als ich das erste Mal vor 25 Jahren eine Pilgergruppe aus Deutschland ins Heilige Land führte. In Jerusalem angekommen, begann diese Kompassnadel stark zu vibrieren. Kein Wunder, denn dort fand ich nicht nur in Louisa meinen Guide, sondern auch in ihr meinen zukünftigen Ehepartner. Wenn ich heute zurückschaue, dann muss ich sagen: Es war Liebe auf den ersten Blick! Und dieser Blick hält weiter an.

Als Theologe und Schriftsteller fand ich gleichzeitig in der Heimat Jesu auch meine „wahre" Heimat. Beim Schreiben einer Forschungsarbeit über das biblische Ephraim brauchte ich nur zum Fenster hinauszublicken und die Hügellandschaft von Ephraim erhob sich vor meinen Augen. Ich fühlte mich zurückversetzt in das „Trouble-Land" zur Zeit Jesu, ähnlich wie wir es jetzt, nach 2000 Jahren, erleben: der Druck einer Militärmacht, der aktive Widerstand heißblütiger Zeloten, Messiasfieber nach einem Herrscher, der das Land endlich befrieden wird.

Der vorliegende Reisebegleiter möchte Sie, liebe Leser, dazu einladen, gleichsam wie in einer Zeitraffer-Maschine, das Land und die Menschen der Bibel in seinem Aktualitätscharakter im Gestern und Heute neu zu entdecken, durch eine Öffnung von Seele und Geist für das Andersartige – auch wenn es Ihnen zunächst befremdend erscheinen mag. Dieses Land hat so viele Fassetten, dass man es geradezu mit einem geschliffenen Diamanten vergleichen könnte. Und bei jeder Drehung dieses Edelsteins zeigt sich eine ganz neue Seite: mit seinen drei Religionen – Christentum, Judentum und Islam –, mit den zwei Völkern – Israelis und Palästinenser – und mit dem gemeinsamen Herzen: Jerusalem. Es ist ein Land, das von jedem dieser Völker als seine Heimat beansprucht wird.

Das Buch ist so aufgebaut, dass selbst der „Lehnstuhlreisende" zuhause die Tour im Geiste miterleben kann. Auch als Vorbereitung für eine geplante Fahrt auf den Spuren der Bibel will das Buch dienen – und dabei die Liebe zum Heiligen Land wecken.

Ich wünsche dem Leser, dass er von einem Bazillus angesteckt wird, den man hierzulande „Jerusalemitis" nennt.

Ein besonderer Dank gilt Louisa, meiner Frau und Teampartnerin in der Begleitung der Pilgergruppen, die mir als Jerusalemitin mit vielen Inspirationen und Ideen bei der Verwirklichung des Buches zur Seite stand.

Karl-Heinz Fleckenstein

Die Auferstehungskirche

Ein verlassener Steinbruch wird zum Nabel der Welt

Als ich das erste Mal die Grabeskirche betrat – die Lokalchristen nennen sie Auferstehungskirche –, war ich ziemlich desorientiert durch den Wirrwarr von Kapellen, Säulengängen und Andachtswinkeln. Wenige Wochen später bot sich mir die Gelegenheit, mit meinem Lehrer, Professor B. Bagatti vom Jerusalemer Bibelinstitut der Franziskaner, an einer Exkursion zu dieser heiligen Stätte teilzunehmen. Bis heute blieb mir ein Wort des berühmten Archäologen tief im Gedächtnis haften: „Zwei Orte in der Auferstehungskirche sind wesentlich für das gesamte Heilsgeschehen: Golgota und das leere Grab. Alles andere sind fromme Zugaben späterer Jahrhunderte.“

Inzwischen habe ich hunderte Male zusammen mit meiner Frau Louisa Pilgergruppen an diese heilige Stätte geführt und ihnen den Ort der Hinrichtung Jesu gezeigt, auf den das Blut Christi herabfloss, und so Golgota zum „Nabel der Welt“ wurde.

Auf dem sichtbaren Felsen liegt heute ein dort aufgefundener Steinring. Seine Entdeckung geht auf das Jahr 1986 zurück, als unser Freund, der griechische Architekt Theo Mitropulos vom Institut für Byzantinische Angelegenheiten in Saloniki, beauftragt worden war, zusammen mit Professor Georges Lavas die Restaurationsarbeiten vor Ort vorzunehmen. Zunächst sollte der Felsen topografisch untersucht und in verschiedene Sektionen aufgeteilt werden. Dabei kamen die bei der Sondierung beteiligten Geologen zu der einmütigen Überzeugung, dass der 12 Meter tiefe Felsspalt von einem Erdbeben aus dem 1. Jahrhundert herrühren musste, wie es das Evangelium beim Tod Jesu erwähnt (Mt 27,51).

Im Laufe der weiteren Untersuchungen fiel Mitropulos eine besonders weiche Stelle im Fels auf. Beim näheren Hinsehen erwies sie sich als Imitation des echten Gesteins. Neugierig begann der Architekt weiterzuschürfen. Natürlich dachte er nicht im Entferntesten daran, dort auf ein Indiz der Kreuzigung zu stoßen, ging er doch von der Überzeugung aus, dass vieles im Laufe der Jahrhunderte zerstört worden war. Doch genau das Gegenteil war hier der Fall: Man hatte den Ort in frühester Zeit versiegelt, um ihn vor unbefugtem Zugriff zu schützen.

Als die Kalkschicht immer tiefer wurde, vermutete Mitropulos, er würde vielleicht dort irgendwelche Reliquien oder religiöse Gegenstände finden, wie man sie oft beim Bau einer Kirche unter dem Altar zu versiegeln pflegte. In etwa 45 Zentimetern Tiefe stellte er fest: Hier handelte es sich um ein Loch, das nach unten konisch verlief. Am Ende der Vertiefung entdeckte er zu seiner großen Überraschung einen grob zugeschlagenen Steinring, festgemauert mit weißem Kalk, wie ihn gewöhnlich die Römer verwendet hatten. Als der Architekt den Ring, vom Mörtel befreit, in Händen hielt und sich dessen Bedeutung bewusst wurde, war er zunächst sehr betroffen, wie er uns später erzählte.

In seiner Innenseite misst der Ring 0,11 m. Aufgrund dessen dürfte das Kreuz Jesu nicht größer als 2,5 m gewesen sein. Sicherlich besaß es nicht jene Ausmaße, wie sie uns die Ikonografie vor Augen stellt: der gekreuzigte Christus als der Herrscher des Weltalls.

Im Gespräch damals fragte ich Theo Mitropulos: „Wie kommt es aber, dass die ältesten Kreuzesdarstellungen eine viereckige Form aufweisen, während der Steinring zylindrisch ist?“

Theo durchschaute meine Skepsis und gab lächelnd zurück: „Dabei muss man sich bewusst machen, dass die alten Votivkreuze, wie in dem Apsismosaik der Kirche von Santa Pudenziana in Rom aus dem Ende des 4. Jahrhunderts, so gestaltet waren, dass man sie mit Edelsteinen und Ikonen schmücken konnte, was bei einem runden Kreuzesbalken nicht leicht gewesen wäre. Außerdem haben die Archäologen an anderen Orten Kreuze aus der Römerzeit mit rundem Querschnitt gefunden. Solch ein Steinring war natürlich ursprünglich nicht festgemauert, sondern stand lose in dem Standloch. Erst wenn die Kreuze darin staken, wurde er mit Holzkeilen verankert."

Die Antwort war für mich einleuchtend genug. Heute ruht der Steinring unter kugelsicherem Kristallglas auf dem Golgotafelsen. Auch wenn die Forschung über das Alter der Versiegelungsschicht noch nicht abgeschlossen ist, so bedeutet der Fund für Mitropulos einen weiteren Hinweis für die Echtheit dieser Stätte, die heute kein ernst zu nehmender Wissenschaftler mehr in Zweifel zieht und die mit den Berichten der Evangelien im Einklang steht.

Unmittelbar unter dem Golgotafelsen liegt die Adamskapelle. Hinter einem Fenster erkennt man den „gespaltenen Felsen". Dieser Ort spiegelt ein Stück frühchristlicher Theologie wider: Hier lokalisierten die Judenchristen das Grab des „Alten Adam". Während der „Neue Adam", Christus, auf Golgota starb, rann sein Blut durch den Felsspalt hinab auf den Totenschädel unseres Stammvaters und erlöste damit das ganze Menschengeschlecht. Die ehemalige Flurbezeichnung „Schädelstätte" hatte nun eine symbolisch-theologische Bedeutung gewonnen.

In einer dahinterliegenden Grotte wurde seit dem 2. Jahrhundert der Ort der Unterwelt gesehen. Hier warteten die gerechten Seelen des Alten Bundes auf das Hinabsteigen Jesu nach seinem Sterben, um von ihm ins ersehnte Paradies geführt zu werden.

Ganz in der Nähe verehren die Pilger den sogenannten „Salbungsstein“. Dort soll nach der Tradition der Leib Jesu vor der Beisetzung mit wohlriechenden Ölen von Maria Magdalena und ihren Gefährtinnen eingesalbt und in ein Linnen gehüllt worden sein. Auch heute noch wird der Stein tagtäglich mit Rosenöl und Myrrhe gesalbt. Vor allem orthodoxe Christen berühren ihn mit einem „Leichentuch“, auf dem der Leib Jesu aufgedruckt ist. Vorher hatten sie dieses in den Jordan getaucht, in dem Bewusstsein, dass sie auf den Namen Jesus getauft worden waren. Bei ihrem Tod werden sie dann mit diesem „geheiligten Tuch“ zugedeckt, in der Hoffnung, dass sie mit Christus begraben und am Jüngsten Tag mit ihm auferstehen werden.

Einen Steinwurf von der Kreuzigungsstätte entfernt befindet sich das leere Grab Jesu. Die eigentliche Grabkammer betritt der Pilger durch einen niedrigen Eingang. Rechts befindet sich die mit Marmor verkleidete Grabbank. Dort ruhte der Leichnam Jesu drei Tage lang, bis zu seiner Auferstehung. Die Stille und Heiligkeit des Ortes lädt ein, wenigstens für einige Augenblicke in Anbetung zu verweilen.

Diese Zeugen aus Stein rufen bis heute nach lebendigen Zeugen, so etwa wenn der griechisch-orthodoxe Patriarch jeweils in der Osternacht das Heilige Grab betritt. Er ist nur mit einem einfachen, weißen Gewand bekleidet. Hinter ihm wird das Grab versiegelt. Tausende von Pilgern aus aller Welt füllen erwartungsvoll die Grabeskirche. Alle tragen sie Bündel von Kerzen in den Händen. Die Menge der Gläubigen singt und psalmodiert. Das Gebet schwillt zu einem Crescendo, zu einem Fortissimo an. Die dunkle Grabeskirche scheint zu vibrieren. Diese Spannung erinnert an die Minuten, bevor am ersten Ostermorgen der Stein vom Grab gesprengt wurde.

Während die Menschen mehr und mehr in Ekstase geraten, während junge Männer sich gegenseitig in die Luft werfen, springt die versiegelte Grabtür auf. Der Patriarch tritt mit dem lodernden „Himmelslicht" heraus, das er auf symbolische Weise vom Erzengel Gabriel empfangen hat. Hunderte von Händen strecken sich ihm entgegen. Mit dem Ruf „Christus ist auferstanden, ja, er ist wahrhaft auferstanden!" wird das Licht weitergereicht. In Sekundenschnelle ist die Finsternis der Grabeskirche in ein Lichtermeer, in einen Freudensaal verwandelt. In den Augen der Pilger liegt der Schein des „heiligen Osterlichts".

Dann tragen die Bewohner Jerusalems das „Lumen Christi" unter dem frohen Klang der Osterglocken durch die Basarstraßen in ihre Wohnungen, damit sich auch ihre Herzen daran entzünden „und die ganze Umgebung Licht sei", wie ein alter Osterhymnus des 2. Jahrhunderts sagt.

An diesen Hymnus erinnerte ich mich damals, in jenem Augenblick an Ostern des Jahres 2005, als mir die Reporterin während einer TV-Jesusdokumentation in der Grabkapelle die provozierende Frage stellte, ob das Christentum auch ohne Auferstehung Jesu denkbar sei.

„Um mit Paulus zu reden", drängte sich mir die Antwort auf, „hätte unser Glaube keinerlei Grundlage, wäre Jesus nicht am Ostermorgen auferstanden. Hier, an diesem leeren Grab, ereignete sich die Geburtsstunde der Kirche."

„Und was bedeutet die Auferstehung für Sie persönlich?"

Jetzt galt es, Farbe zu bekennen. „Mein ganzes Leben bekommt erst durch die Auferstehung seinen tiefsten Sinn, weil die Auferstehung den Sieg der Macht Gottes über die Macht des Todes darstellt. Deshalb hat für mich der Tod auch nicht mehr das letzte Wort. Sterben heißt nicht mehr ‚Zerfall ins Nichts', sondern ‚Verwandlung zum ewigen Leben'."

„Und was spricht für diese Auferstehung Jesu von den Toten?", klang die nächste Frage noch lange in meinen Ohren nach. „Lässt sich für Sie darauf eine überzeugende Antwort finden?"

Ich holte tief Atem, bat um Licht „von oben". Dann fuhr ich fort: „Im Jüngerkreis herrscht nach der totalen Katastrophe auf Golgota alles andere als fieberhafte Erregung. Nur Enttäuschung und Angst. Bei Thomas pure Skepsis: Jesus auferstanden? Nein, danke! Sie machen sich daran, als Fischer zu ihren alten Netzen zurückzukehren. Um eine Enttäuschung ‚reicher'. Die Emmausjünger stolpern in ihr Dorf zurück. Welch eine Blamage!

Maria Magdalena ist die Erste, der sich Jesus als der auferstandene Herr zu erkennen gibt. Sie will seinen toten Leib noch ein letztes Mal sehen, ihn einsalben und dann an dem Ort vielleicht eine Jesusgedenkstätte errichten. Doch das Grab ist leer. Sie denkt nicht im Geringsten an eine Auferstehung ihres Herrn. Sie vermutet eher, jemand habe ihn möglicherweise umgebettet. Sie erkennt Jesus nicht einmal, als er ihr gegenübertritt. Sie vermutet in ihm den Friedhofsgärtner. Erst als er sie anspricht und sie seine Stimme hört, fällt es ihr wie Schuppen von den Augen. ‚Rabbuni!', ruft sie vor Schreck und freudiger Überraschung.

Eine Frau, deren Zeugenaussagen in der Antike kaum zählten, wird zur Trägerin der Frohbotschaft. Ich verstehe die Reaktion der Jünger sehr gut, die ihre umstürzende Nachricht als leeres Weibergeschwätz abtun. Trotzdem nagt der Wurm des Zweifels in ihren Herzen. Petrus und Johannes eilen zum Grab. Auch sie finden es leer. Die Leinentücher, in die der tote Körper Jesu gehüllt war, gleichen einer leeren Hülle,

Die Grabbank im Innern der Auferstehungskirche, worauf der Leichnam Jesu bis zur Auferstehung geruht hatte.

aus der ‚der Schmetterling geschlüpft' war. In dem zerschundenen Leib war neues Leben erwacht, eine Form von verklärtem Sein, das die Welt bisher noch nicht gesehen hatte. Dieser Leib hatte die dicke Wand des Felsengrabes mit dem tonnenschweren Rollstein davor durchdrungen.

Als Christus den immer noch verängstigten Jüngern bei verschlossenen Türen erscheint, müssen sie feststellen, dass sie nicht einen Geist vor sich haben. Er isst sogar ein Stück Fisch vor ihren Augen. Nachdem er mehr als 500 Brüdern erscheint, dem Kephas und auch dem Jakobus, den beiden Jüngern von Emmaus, und anderen, wird ihnen immer mehr klar: Wir sind nicht einer Halluzination zum Opfer gefallen. Vielmehr ist mit der Auferstehung Jesus' die messianische Heilszeit angebrochen, ein geschichtlicher Prozess,

Die Schiffszeichnung mit dem umgestürzten Mast und der Inschrift „Herr, lasst uns ziehen“. Ein Hinweis für die ununterbrochene Verehrung dieser Stätte seit der Urkirche.

mit dem Gottes Heilswirken zu den Menschen kommt. Trotz Dunkelheit und der Macht des Bösen.

Während für die Gegner Jesu dessen Botschaft in einem totalen Fiasko auf dem Müllhaufen der Geschichte endet, machen die Jünger die revolutionäre Erfahrung: Er lebt! Sie entdecken das Kreuz nicht als Scheitern, sondern als Wendepunkt in der menschlichen Geschichte. Gott ist in die Niedrigkeit der Menschheit hinabgestiegen, um sie mit sich emporzuheben. Seitdem kann kein Mensch mehr tiefer fallen als in die Hände Gottes: ‚Es ist vollbracht!‘

Wenn jetzt die Jünger von Jesus als von dem sprechen, den Gott von den Toten auferweckt hat, dann bedeutet das für sie keine theoretische Bekenntnisformel, sondern den Niederschlag ihrer Glaubenserfahrung,

Die Kreuzfahrer-Fassade wie sie heute der Heilig-Land-Besucher vorfindet.

die wie in einer vierten Dimension alle menschlichen Erfahrungen und jegliches Erkennen übersteigt.

Für die Osterzeugen ist Jesus nicht in das bisherige Erdenleben zurückgekehrt. Sie wissen, dass der gekreuzigte Jesus jetzt als der erhöhte Christus bei seinem himmlischen Vater in gottgleicher Existenzweise lebt. Ihr Glaube verzichtet auf protokollarisches Festhalten dieses Geschehens, denn ein detailliertes Wissenwollen wäre nur ein Zeugnis des Unglaubens. Ihr Osterglaube besteht in der Risikobereitschaft, sich über die eigene menschliche Begrenztheit hinausführen zu lassen, im Vertrauen auf den todüberwindenden Gott.

Dabei fällt eines auf: Alle Berichte haben den Geruch des Echten an sich. Aus dem jüdischen Rabbi und Christenverfolger Saulus wird der Völkerapostel

Paulus. Die Apostel sind nun bereit, Verfolgung, Entbehrung und Tod auf sich zu nehmen, um diese Botschaft von der Auferstehung ihres Herrn in die ganze damalige Welt hinauszutragen. Wer gibt schon sein Leben für einen Toten hin?

Unter dem römischen Kaiser Nero werden sie als Brandstifter Roms angezeigt und in einer Art Volkssport zur Belustigung der Massen den wilden Tieren vorgeworfen, gekreuzigt oder als lebendige Fackeln verbrannt. Unerschrocken leben sie in dem Bewusstsein, dass das Blut der Martyrer Same für neue Christen bedeutet. Ihre Stärkung ist die Eucharistie, in der sie mit ihrem Herrn ganz eins werden. Deshalb gehen sie mit dem Ruf ‚ex altare in arenam' in den Tod. Einer von ihnen ist Ignatius von Antiochien. Er stärkt seine Mitbrüder mit den Worten: ‚Die Eucharistie ist die Medizin der Unsterblichkeit, das Gegengift gegen den Tod.'

Und es gelingt ihnen, die mit einer Handvoll ungebildeter Fischer begonnen haben, in den folgenden 300 Jahren das gesamte römische Weltreich von innen her umzukrempeln."

Beim Rückblick auf die wechselvolle Geschichte dieses heiligsten Ortes der Christenheit erhalten wir den ersten Hinweis beim Evangelisten Johannes, dass der Golgota-Hügel „nahe bei der Stadt lag", (Joh 19,20). Der Name war eine Flurbezeichnung und meinte einen fünf Meter hohen, schädelförmigen Felshügel für die öffentlichen Hinrichtungen.

Im Jahre 135 verbot der römische Kaiser Hadrian Juden, Samaritern und Judenchristen unter Todesstrafe, Jerusalem zu betreten. Um jegliche Erinnerung an ihre religiösen Stätten auszulöschen, ließ er über dem Golgota-Hügel ein Heiligtum der Aphrodite und über dem Heiligen Grab einen Jupitertempel bauen. Archäologische Sondierungen in der Grabeskirche bestätigten diese römischen Konstruktionen.

Die Grabkapelle, die heiligste Stätte der Christenheit.

Konstantin, der erste christliche Kaiser, zerstörte diese Götzenstätten und baute 335 über dem Heiligen Grab ein würdiges Gotteshaus.

Die ununterbrochene Verehrung dieses Ortes unterstreicht eine Wandzeichnung aus dem 4. Jahrhundert: ein Schiff, darunter die lateinischen Worte: „Domine ivimus“ – „Herr, lasst uns ziehen“.

Diese 0,83 m lange und 0,45 m hohe Schiffszeichnung auf sorgfältig geglättetem Stein wäre vielleicht für immer im Unterbau der Kirche begraben geblieben, wenn nicht der armenische Bischof Guregh Kapikian 1970 seinen Patriarchen überzeugt hätte, die Ostmauer der St.-Helena-Kapelle zu durchbrechen. Kapikian hegte den Verdacht, dass dahinter noch ein unerforschter Zwischenbereich lag.

Als die arabischen Arbeiter unter Aufsicht des forschen Bischofs die Mauer öffneten, fanden sie tatsächlich einen Raum von 9 x 10 m. Zahlreiche Keramikfunde, unterirdische Substrukturen und Spuren eines massiven Steinbruches, der sich 13 m in die Tiefe erstreckte, wiesen auf eine judenchristliche Kultstätte des 1. Jahrhunderts hin.

Im September 1977 erforschten Chefinspektor Kornblum und seine Mitarbeiter von der Jerusalemer Kriminalpolizei diese 1600 Jahre alte Spur in der Grabeskirche. Das Ergebnis der Untersuchungen mit Infrarot-Aufnahmen war eindeutig: „Jeglicher Verdacht der Manipulation an dem antiken Graffito muss ausgeschlossen werden. Zeichnung und Inschrift sind original." Und damit war erwiesen, dass vor dem Jahr 332, dem Baubeginn der Konstantin'schen Grabeskirche, hier einer der ersten christlichen Pilger seine Spuren hinterlassen hatte.

Es muss ein Mann mit scharfem Blick und sicherer Hand gewesen sein. Er kam nicht aus der Griechisch sprechenden Welt von Byzanz, sondern er stammte aus dem Westteil des Römischen Reiches, vielleicht aus dem fernen Spanien, aus Italien, Gallien oder Nordafrika. In seinem Reisegepäck befanden sich nicht nur Holzkohle und rote Farbe zum Zeichnen, sondern auch eine lateinische Übersetzung der Psalmen – das beweisen die lateinischen Worte: „Domine ivimus", wohl als Anspielung auf Psalm 122.

Die Darstellung selbst zeigt ein römisches Handelsschiff, nicht einen Küstensegler, der so eine große Strecke gar nicht hätte bewältigen können. Der Bug ist mit einem Gänsekopf geschmückt. Das zusammengerollte Segel, mit rötlichen Seilen verschnürt, liegt hinter dem Mast. Das Ganze deutet auf ein dramatisches Geschehen hin, dem der „Künstler" und seine Begleiter ausgesetzt waren: Der Mast ist eher geborsten als umgelegt. Wahrscheinlich waren die Pilger in einen großen Sturm geraten. Der Mast brach und das

Schiff drohte zu sinken. Bei ihrer Ankunft an der heiligen Stätte brachten sie nun zum Dank für die Errettung aus Todesnot eine Art Votivtafel an: ihr steuerlos gewordenes Schiff und die Anklänge an das Wallfahrtslied nach Jerusalem: „Domine ivimus“.

Bis heute ist die Auferstehungskirche der einzige Ort der Christenheit, an dem sechs verschiedene Konfessionen unter einem Dach den einen auferstandenen Herrn verehren. Vielleicht werden sie eines Tages gemeinsam der Welt von dort aus das Zeugnis jener Einheit geben, die Jesus als sein Testament den Seinen hinterlassen hat (Joh 17, 20–26).

Das Mariengrab

Eine der frühchristlichen Stätten in Jerusalem

Die Mutter Jesu erwähnt das Neue Testament zum letzten Mal in der Apostelgeschichte, bei der Geist-Sendung am Pfingstfest in Jerusalem: „Sie alle verharrten dort einmütig im Gebet, zusammen mit den Frauen und Maria, der Mutter Jesu“ (Apg 1,14).

Über das Sterben und die Aufnahme der seligsten Jungfrau in den Himmel berichten uns als außerbiblische Quellen die apokryphen Schriften, wie die „Dormitio Virginis“. Als Verfasser wird ein gewisser Lucius genannt. Da dieser in der apostolischen Zeit lebte, konnte er noch gut darüber Bescheid wissen.

Manche Wissenschaftler teilen die Ansicht, der Text sei im 4. Jahrhundert verfasst worden. Andere leiten ihn von einem häretischen, früheren Original ab. Jüngste Studien einiger solcher Fassungen, wie beispielsweise der griechische Kodex Nummer 1892 oder der „Transitus Beatae Mariae Virginis“, den man dem heiligen Meliton, dem Bischof von Sardes, am Ausgang des 2. Jahrhunderts zuschreibt, spiegeln auffallenderweise eine typisch judenchristliche Theologie wider. Man denke nur an die Beschreibung der kosmischen Leiter oder die Enthüllung von Geheimnissen. Auf jeden Fall datiert eine solch theologische Denkweise das Dokument in die Zeit vor dem Konzil von Nizäa im Jahre 325.

Das Schweigen der Kirchenväter bezüglich des Mariengrabes liegt wohl in dem gespannten Verhältnis zwischen den Christen der Beschneidung, die sich weiterhin streng an das mosaische Gesetz hielten, und den Heidenchristen mit ihrem Anspruch auf Freiheit nach dem Apostel Paulus. Da die Judenchristen mehr und mehr als Häretiker galten, schwieg man auch ihre heiligen Orte wie das Mariengrab tot.

Nach dem „Transitus Beatae Mariae Virginis" entschlief Maria auf dem Zionsberg. Jesus vertraute ihre Seele den beiden Erzengeln Michael und Gabriel an, die sie über die kosmische Leiter schützend bis zum Baum des Lebens geleiteten. Dann trugen die Apostel den „Leichnam Mariens in das Tal Joshafat, das der Herr ihnen bezeichnet hatte", heißt es weiter. „Sie legten ihn in eine Grabstätte und verschlossen sie. Dann setzten sie sich davor, wie Gott ihnen geheißen hatte [...] Petrus und die anderen Apostel sprachen: ,Herr, diesen makel-

Der Altar über dem Mariengrab, über jener Frau, die von den Christen als die „Mutter des Erlösers" angerufen wird, die die Muslime als „unsere liebe Frau Mirjam" verehren und die immer mehr Juden als die „schönste Blüte" ihres Volkes entdecken.

losen Menschen hast du als deine Wohnung auserwählt […] Deinen Dienern scheint es richtig, dass du, so wie du selbst nach dem Sieg über den Tod im Himmel herrschst, auch den Leib Mariens auferweckst und sie in den Himmel führst […]' Da sprach der Erlöser: ‚Es geschehe nach deinen Worten.'"

Auf jeden Fall stellt der Text ein bemerkenswertes Zeugnis dar, das für den frühen Glauben an die leibliche Aufnahme Mariens spricht, wie sie dann in dem Dogma am 1. November 1950 von Pius XII. feierlich definiert wurde. In dieser Aussage kommt eine für alle Christen hoffnungsvolle Wahrheit zum Ausdruck: In Maria, die ja ganz Geschöpf ist, leuchtet jetzt schon durch ihren verklärten Leib etwas von dem „Neuen Jerusalem", dem „neuen Himmel und der neuen Erde" auf – ein Garant für diese Welt, die noch in „Geburtswehen" liegt, aber in Zuversicht auf die letzte Vollendung hin lebt, wie sie in der Mutter Jesu schon Wirklichkeit geworden ist.

In einer arabischen Fassung vom „Hinscheiden Mariens" ist uns ein sehr schönes Gebet der Heiligen Jungfrau überliefert, mit dem sie bei ihrem Sohn Fürbitte für die ganze Menschheit einlegt; ein Gedanke, der selten einen so ergreifenden Ausdruck gefunden hat: „Jesus Christus, mein Herr und mein Gott! Ich bitte dich, erhöre das Gebet, das ich für deine Diener und die Kinder der Taufe, für die Gerechten und für die Sünder an dich richte, und schenke ihnen deine Gnade. Empfange sie alle, die in deinem Namen beisammen sind; die dir Geschenke in meinem Namen darbringen und dich anrufen in ihren Gebeten, in ihren Wünschen und in ihren Schmerzen. Gib, dass sie von all ihren Leiden erlöst werden und erlangen, was sie in ihrem Glauben erhoffen. Wende alle Übel von ihnen ab, die man ihnen zufügen möchte. Heile ihre Krankheiten, erhöhe ihren Reichtum und mehre ihre

Kinder. Steh ihnen bei in allem, was sie in dieser Welt beginnen, und gewähre ihnen zuletzt das Glück, dass sie an deinem Reich teilhaben."

Solche Texte benutzten die Judenchristen in Jerusalem für ihre Liturgie und gedachten dabei der Aufnahme Mariens in den Himmel.

Am Abhang des Ölberges, etwa einen Steinwurf von der Getsemani-Kirche entfernt, liegt das Mariengrab. Als nach der „Konstantinischen Wende" die heilige Grabstätte unter den Schutz der Heidenchristen kam, begann Theodosious der Große (379–395), diese in ein Heiligtum umzugestalten. Er stellte das Bankbogengrab von den anderen Gräbern und dem Rest des Felsens frei. Dann ließ er eine Kirche in Form eines Kreuzes darüberbauen. Im 6. Jahrhundert errichtete Kaiser Mauricius (582–602) eine Oberkirche in Form eines Rundbaus, in Anlehnung an die Anastastis, die Auferstehungskuppel über dem Grab Jesu. Die erste Basilika diente nun als Krypta. Gleichzeitig legte der Kaiser das Fest der „Aufnahme Mariens in den Himmel" für das ganze Reich auf den 15. August.

Die Perser zerstörten 614 die Oberkirche. Die Krypta ließen sie unangetastet. 1130 bauten die Kreuzfahrer die Doppelkirche wieder vollständig auf. Das vorhandene schöne, frühgotische Portal erinnert noch daran. Daneben errichteten sie eine Abtei der Benediktiner von Cluny. Das Mariengrab schmückte und überlagerte man mit Marmor und Mosaiken, sodass von der ursprünglichen, aus dem Fels gehauenen Grabbank nichts mehr zu sehen war.

Als Saladin 1187 Jerusalem besetzte, machte er Abtei und Oberkirche dem Erdboden gleich. Die Steine benutzte er zum Ausbessern der Stadtmauer. Die Krypta blieb auch diesmal verschont; denn nach muslimischer Tradition sah der Prophet Mohammed auf seiner nächtlichen Reise nach Jerusalem über dem Grab seiner „Schwester Mirjam“ ein großes Licht. Saladin betete sogar in der Marienkirche in Richtung Mekka. Eine Gebetsnische – der sogenannte Mihrab – rechts neben der Grabkapelle, ist heute noch ein stummer Zeuge davon. Bis heute verehren auch Muslime diesen Ort.

Das Gedenken an die „Aufnahme Mariens in den Himmel“ am 15. August ist eines der größten christlichen Feste in Jerusalem. Schon morgens gegen vier Uhr zieht eine Prozession der Gläubigen von der Auferstehungskirche unter Psalmengesängen, Hymnen und Weihrauch zum Grab der Mutter Gottes. Ein Priester trägt voran eine große antike Silber-Ikone mit der Darstellung Mariens auf dem Sterbebett, zur Erinnerung an die Überführung der allerseligsten Jungfrau durch die Apostel nach der Grabstätte im Kidron- oder Joshaphat-Tal. Auf den 47 Stufen, die zum Mariengrab hinabführen, brennen Tausende von Kerzen und vermitteln dem Ort eine sakrale, mystische Atmosphäre.

Das Marien-Fest des Jahres 1972 brachte den damaligen Heilig-Land-Pilgern eine große Neuigkeit. Grund dafür waren die im Januar anhaltenden starken Regengüsse. Sie überschwemmten die Kirche und richteten erheblichen Schaden an. Die von Stuck überlagerten Wände am Mariengrab mussten restauriert werden. Beim Abtragen der verschiedenen Verputzschichten kam schließlich eine Felsbank zum Vorschein. Der Franziskaner-Archäologe Bellarmino Bagatti, ein guter Freund des griechisch-orthodoxen Mönches Abuna Anthimos, des damaligen Wächters am Mariengrab, wurde gebeten, dort archäologische Untersuchungen vorzunehmen.

Professor Bagatti untersuchte die heilige Stätte sorgfältig und verglich sie mit den topografischen

Hinweisen des „Transitus Virginis". „Vor der Entdeckung der Felsbank dachten viele, es würde sich hier nur um ein symbolisches Grab handeln", äußerte sich der Wissenschaftler während seiner Arbeiten dort. „Nun aber wissen wir, es geht hier um ein wirkliches Grab. Nach der syrischen und äthiopischen Redaktion existierten zur Zeit des Todes Mariens dort drei Grabkammern. Die selige Jungfrau musste also in der innersten bestattet worden sein, und zwar in östlicher Richtung. Obwohl der Besucher kaum noch etwas von den anderen Kammern sieht, brachte ein sorgfältiges Studium des Ortes an der Nordseite Spuren dieser drei Räume zu Tage. Die Übereinstimmung zwischen dem archäologischen Befund und den literarischen Aussagen veranlassen uns zu der Überlegung, dass der Schreiber dieses apokryphen Zeugnisses den Bestattungsort vor Augen hatte, noch bevor die Kirche darüber errichtet wurde!"

Heute betritt man das Edikulum, die Kapelle über dem Mariengrab, durch zwei Eingänge. Der eine ist an der westlichen, der andere an der nördlichen Seite. Als die Marmorplatte über der Grabbank im Jahre 1972 weggenommen wurde, konnte man den Sims klar erkennen. In der Mitte ist er durchlöchert, aus dem frommen Verlangen der Pilger, ein Reliquie davon mit nachhause zu nehmen. Die Grabbank erhebt sich etwa 45 cm über den Fußboden. Man kann noch einen Teil des Arcosoliums, des Bankbogens, erkennen.

Bagatti zieht daraus folgende Schlussfolgerungen: „Jenes Grab, das wir als die Ruhestätte der Jungfrau Maria verehren, hat alle charakteristischen Merkmale eines Grabes aus dem 1. Jahrhundert. Die Christen verehrten diesen Ort seit der Urkirche, vor allem bei der jährlichen Gedächtnisfeier, wenn die ‚DORMITIO VIRGINIS', die ‚Entschlafung Mariens', während der Liturgie vorgelesen wurde.

Die Gläubigen aus der jüdischen Wurzel waren als Einheimische vertraut mit der Ortslage. Einige von ihnen verfassten das Dokument der ‚DORMITIO'. Sie waren es auch, die das Grab mindestens bis zum Ende des 4. Jahrhunderts verehrten. Das Grab übernahmen später die Heidenchristen. Diese formten es in ein Heiligtum um und meißelten es frei von den nahe gelegenen anderen Gräbern. Sie schmückten es mit Bauten und reichen Dekorationen.

Trotz vieler Veränderungen am Grab, trotz Wandlung der theologischen Mentalität im Laufe der Jahrhunderte erfuhr das Grab immer eine aktive Verehrung.

Aufgrund all dieser Elemente haben wir Grund genug, diesen heiligen Ort als authentisch anzusehen."

Aelia Capitolina

Das biblische Jerusalem wird römische Militärkolonie

Wer den Pulsschlag Jerusalems seit mehr als 2000 Jahren fühlen will, der sollte sich einmal für eine halbe Stunde dem geschäftigen Treiben am grandiosen türkischen Damaskustor aussetzen. Sultan Suleiman der Prächtige ließ es in den Jahren 1536–1538 errichten.

Obwohl ich schon 25 Jahre in dieser Stadt mit seinen tausend Fassetten lebe, bin ich doch immer wieder beeindruckt von dem bunten Kaleidoskop dieses „Living-Museums“: Juden im schwarzen Kaftan und mit wehenden Schläfenlocken eilen durch das Tor zur „Klagemauer“. Händler rufen lautstark ihre als „balash“ – „halb geschenkt“ – bezeichnete Waren aus: Schuhe, Kinderkleidung, Kochtöpfe, Socken, Damenunterwäsche … Zahnlose Marktweiber feilschen mit ihren Kunden um den Kilopreis von Zwiebeln und Zucchini, um ein Bündel frischer Minze oder Oregano. Ein Bettler mit einem Holzbein bittet im Namen Allahs um eine mildtätige Gabe. Eine Touristengruppe folgt wie eine treue Schafherde ihrem ortskundigen Fremdenführer. Mit stoischer Gelassenheit nuckelt ein alter Methusalem an seiner Wasserpfeife. – Schlagstöcke in den Händen haltend verfolgen israelische Soldaten kritisch um sich blickend das Hin und Her dieses Ameisenhaufens.

Mit einer 1400 Jahre alten „Schatzsucher-Karte“ begannen die Archäologen schon während der britischen Mandatszeit, dem versunkenen „römischen Jerusalem“ auf die Spuren zu kommen. Diese Karte war keine andere als die berühmte „Madaba-Map“

aus dem 6. Jahrhundert. Entdeckt wurde dieser älteste Stadtplan Jerusalems 1884 in dem Mosaikfußboden einer Kirche der jordanischen Stadt Madaba. Darauf ist zwar das byzantinische Jerusalem porträtiert, doch der nördliche Teil der Stadt mit seinem Eingangstor entspricht ganz dem Stadtbild, wie es der römische Kaiser Hadrian im 2. Jahrhundert geschaffen hatte.

Werfen wir zunächst einen Blick zurück in die bewegte Geschichte der Metropole: Im Jahre 70 hatten die Römer mit der Niederwerfung des ersten jüdischen Aufstandes Jerusalem zerstört und den Tempel in Brand gesetzt. Die Stadt lag zum größten Teil in Trümmern. Da fasste Kaiser Hadrian um 130 den Beschluss, aus dem verbrannten Boden eine römische Militärkolonie mit dem Namen „Aelia Capitolina" zu stampfen. Damit wollte er sich für alle Zeiten ein unvergessliches Denkmal setzen. Schließlich stammte er aus der Familie der Aelier und die Bezeichnung „Capitolina" sollte die Juden an das Capitol der Besatzungsmacht in Rom erinnern. Das war für die Zeloten Grund genug, eine zweite Revolte im Jahr 132 unter dem Anführer Bar Kochba gegen die verhassten Okkupanten anzuzetteln. Doch auch dieses verzweifelte Aufbäumen wurde gnadenlos im Blut erstickt. Die mächtige römische Kriegsmaschinerie zerbrach jeglichen Widerstand. Hadrian verbannte die Juden aus Jerusalem und machte nun endgültig aus einer heiligen eine heidnische Stadt.

Die Aelia Capitolina war in ihrer geometrischen Ordnung wie ein Militär-Camp gestaltet: mit dem Cardo Maximus als Nord-Süd-Achse und dem Decumanus aus den 10 Querstraßen. Im nördlichen Teil errichtete der Imperator einen prächtigen Toreingang, flankiert von mächtigen Türmen an beiden Seiten. Im Innenhof befand sich eine breit angelegte, offene „Piazza“. In ihrem Zentrum stand eine hohe, dekorative Säule mit der lebensgroßen Statue des Kaisers darauf. Auf der Madaba-Karte ist dieser Platz als eine weiße Fläche dargestellt. Die Säule dort besteht aus einer Reihe von schwarzen Tesserae, die sich zur Säulenbasis hin verbreitern.

Ein weiterer Hinweis für die Existenz dieses kaiserlichen Monuments ist der arabische Name des Tores, „Bab al-Amud“ – „Säulentor“, obwohl kein Mensch mehr wusste, warum die Leute dieses Tor so nannten.

Als im Jahre 1979 die Stadtverwaltung von Jerusalem beschloss, den ganzen Platz vor dem Damaskustor neu zu gestalten, konnte der Archäologe Menahem Magen dort endlich mit seinen Sondierungen beginnen. Noch bevor die Ausgrabungen richtig anfingen, machte man beim Reparieren der Fußgängerrampe auf der Mauer der Stadt eine ganz zufällige Entdeckung: Die Arbeiter stießen auf einen kleinen Raum aus der ottomanischen Zeit. Nachdem man diesen vom Schmutz und dem Unrat der Jahrhunderte gereinigt hatte, erwies er sich als der obere Teil eines mit Stufen versehenen Schachtes. Schließlich entdeckte Magen darunter den Eingang zu einem römischen Turm. Jetzt ging dem Archäologen endlich ein Licht auf: Sobald die Araber im 7. Jahrhundert Jerusalem erobert hatten, verwandelten sie den Turm in eine Ölkelterei. Eine alte Olivenpresse dort erinnerte noch daran. Später war dieser Raum Teil einer Wasserzisterne geworden. Nach der Kreuzfahrerzeit füllte man ihn von oben mit Schutt auf.

Heute können Touristen wieder den für 800 Jahre vergessenen östlichen Turm Hadrians sehen. Eine verwaschene Inschrift zeigt die Lettern von Aelia Capitolina. Die Basis des Turmes ist aus herodianischen Steinen, den sogenannten „Bossenquadern“, errichtet. Wahrscheinlich haben sie die Römer vom Tempelberg herbeischaffen lassen.

Im Damaskustor-Museum betritt der Besucher die „Piazza“ aus Hadrians Tagen. Die Steine liegen noch in ihrer ursprünglichen Position. Die eingekerbten Rillen sollten die Pferde vor dem Ausrutschen bewahren. Auch die geschmackvollen Kalkstein-Architektur-Fragmente, die dort ausgestellt sind, erinnern an den ehemaligen Glanz des römischen Jerusalem.

Natürlich hegten die Ausgräber die Hoffnung, auch die auf der Madaba-Karte angegebene Säule mit dem Standbild Hadrians auszugraben – oder wenigstens Reste davon. Doch bis jetzt konnte noch keine Spur davon entdeckt werden. „Wahrscheinlich wurde sie zwischen dem 11. und 13. Jahrhundert zerstört, als man das Niveau des Bodens auffüllte“, erklärt Menahem Magen.

Nach Meinung des prominenten Architekten Peter Bugod wies die Säule eine Höhe von 20 bis 22 m auf. Um dem Besucher den Eindruck zu geben, wie sie wirklich ausgesehen haben mag, hat man ein sogenanntes Hologramm von ihr aufgestellt. Es lohnt sich, einen Blick hineinzuwerfen. Da türmt sich tatsächlich die dreidimensionale Aufnahme eines Säulen-Modells auf.

Vom Damaskustor aus durchquert man die Stadt auf der Bet-Habab-Straße und erreicht den Cardo. Hier geht das Sprichwort um: „New York hat den Broadway, Paris die Champs Elysées, das antike Jerusalem hat seinen Cardo.“

In der Tat galt der Cardo in der byzantinischen Zeit mit seiner 180 m langen Kolonnaden-Avenue und den mit Arkaden überdachten Geschäften als die Prachtstraße Jerusalems schlechthin. Sein „New Look“ war beeinflusst von dem damals modernen Stil der europäischen Marktplätze. Jede Art kunsthandwerklichen Schaffens konnten die Ortsansässigen und Pilger dort erwerben: Schmuck in Gold und Silber, Haushaltsgegenstände in Kupfer oder anderem Metall.

Auch noch während der Kreuzfahrerzeit blieb der Cardo die Haupt-Einkaufsstraße. Mit der Herrschaft des Islam wurde Jerusalem allmählich zu einem „stagnierten Wasser“. Der römische Cardo versank in den Kulturschutt, vier Meter unter dem heutigen Straßenniveau, bis er schließlich in den Siebziger- und Achtzigerjahren im jüdischen Viertel der Altstadt durch archäologische Ausgrabungen erneut zum Leben erwachte.

Die antiken Geschäfte scheinen sich wie durch eine Metamorphose in moderne, schicke jüdische Läden verwandelt zu haben. Juweliere bieten ihre Schmuckstücke an, israelische Maler stellen Originale mit Motiven aus ihrer Glaubenstradition aus: tanzende Haredim, die Ährenleserin Ruth, Motive aus dem Hohen Lied der Liebe, ... Kleine Restaurants an lauschigen Ecken versprechen leckere, und auf jeden Fall koschere Speisen.

Man befindet sich hier am Schnittpunkt zwischen Orient und Okzident: Noch vor wenigen Minuten erlebte man im arabischen Teil der Jerusalemer Altstadt jenes „High Life“ mit all den Gerüchen des Orients, von Zaatar über Knoblauch, Safran und Shischlik, Zimt und Pfeffer, und das mitten im Lärm der Händler, im Geplärr der Kinder an der Hand ihrer einkaufenden Mütter. Und hier, steril sauber wie in der Schweiz. Picobello. Feste Preise. Kein Feilschen und Handeln. Bis aufs Letzte durchorganisiert. Als wäre man in Europa oder Amerika.

Dazwischen byzantinisch-korinthische Säulen in ihrer klassischen Schönheit wieder aufgerichtet. Dächer aus Holzbalken entlang der damaligen Hauptverkehrsader machen deutlich, wie die Läden im 1. Jahrhundert die Kolonnadenstraße säumten. Das südliche Ende des Cardo öffnet sich unter freiem Himmel. Die mit großen Steinplatten gepflasterte Straße liegt im gleißenden Sonnenlicht.

Am Ende der Tiferet-Israel-Sraße trifft der Jerusalembesucher auf den ungewöhnlichsten archäologischen Fund im jüdischen Viertel: das sogenannte „Burnt House".

Es war im Januar 1970, als der Archäologe Nahman Avigad mit seinem Team dort auf die Mauern eines antiken Hauses stieß. In einer tieferen Schicht entdeckten die Ausgräber eine Mischung aus Erde, Asche, Ruß und verkohltem Holz. Für das kundige Auge zeigte sich eine klare Evidenz: Das Gebäude war durch eine Brandkatastrophe zerstört worden. Die Wände und das Dach mussten mit den herabstürzenden Balken in sich zusammengebrochen sein. Sofort drängte sich Avigad die Frage auf: „Hatte dieses Haus, das so nahe am Tempelberg lag, etwas mit der Zerstörung Jerusalems im Jahre 70 zu tun?" Auf jeden Fall bestand kein Zweifel, dass eine Feuersbrunst hier verheerend getobt hatte, wahrscheinlich genährt von hochbrennbarem Material wie Öl. Die Spuren erschienen den Archäologen noch so lebendig, dass sie fast die Hitze und den Brandgeruch spürten.

Als sie die Fußbodenebene erreicht hatten, tauchten die ersten Haushaltsgegenstände auf. Zerstreut oder in Haufen lagen sie da: Keramikstücke, Steinkrüge, zerbrochenes Glas, Eisennägel ... Die vielen auf dem Boden hingeworfenen Münzen, teilweise aus der Zeit der römischen Prokuratoren und hauptsächlich aus dem ersten Aufstand gegen Rom, erlaubten nun eine genauere Datierung des Geschehens. Die „Revolutionsmünzen" wiesen in das Jahr 69. Sie trugen die Aufschrift: „Jahr drei – der Freiheit Zions und Jahr vier – der Befreiung Zions".

Nun bestand kein Zweifel mehr. Das Haus war von den Römern im Jahre 70 in Brand gesetzt worden. Das erste Mal in der Geschichte der Ausgrabungen Jerusalems lieferte damit die Archäologie einen klaren Beweis für die Zerstörung der Stadt, wie sie Josephus Flavius auf dramatische Weise beschreibt: „Mit gezückten Schwertern ergossen sich nun die Römer in die engen Gassen, und wen sie erwischten, den schlugen sie nieder. In die Häuser warfen sie Brände, wo die Juden Zuflucht gesucht hatten, und legten sie in Schutt und Asche mit allem, was sie bargen. Oft, wenn sie bei ihrem Zerstörungswerk in ein Haus eingebrochen waren, stießen sie auf eine ganze Familie, die tot dalag [...] Erst gegen Abend war des Mordens ein Ende. Die Feuersbrunst aber raste die Nacht hindurch. Am achten Gorpiaeus [20. September des Jahres 70] ging die Sonne über dem schwelenden Jerusalem auf, über der Stadt, die während der Belagerung solche Qualen auszustehen hatte, dass sie tatsächlich zu beneiden gewesen wäre, hätte sie seit ihrer Gründung ein gleiches Maß von Glück genießen dürfen."

Der Plan dieses verbrannten Hauses zeigt einen kleinen Vorraum mit Steinfußboden, drei mittelgroße Zimmer, einen kleinen Raum, eine winzige Küche und ein kleines Ritualbad. An einem sonnigen Tag im Januar 1970 entdeckten die Ausgräber dort ein Steingewicht mit einer aramäischen Inschrift: „von Bar Kathros", zu Deutsch: „von dem Sohn des Kathros". Auf diese Weise konnte nun auch der Hausbesitzer ausfindig gemacht werden. Tatsächlich ist das „Haus Kathros" als eine der hohepriesterlichen Familien aus der Zeit der römischen Statthalter bekannt.

Ein grausiger Fund kam in der Nähe des Eingangs ans Licht, wo die Mauer fast völlig zerstört war: das Skelett eines Unterarms, noch mit den Fingern daran. Die Hand war ausgestreckt, im Begriffe, eine Stufe zu erfassen. Die Anthropologen stellten fest, dass der Arm einer etwa zwanzigjährigen Frau gehört hatte.

Nahaman Avigad beschreibt seinen Eindruck so: „Wir konnten uns vorstellen, wie eine junge Frau in der Küche arbeitete, als die Römer in das Haus eindrangen und es in eine brennende Fackel verwandelten. Sie versuchte zu fliehen, stürzte in der Nähe der Tür zu Boden und ging schließlich in dem Flammen-Inferno unter.

Ihr Arm war der einzige menschliche Überrest, der mit der großen Tragödie der Zerstörung Jerusalems im Jahre 70 im Zusammenhang steht. Dieses berührbare Beweisstück gab uns in seinem schockierenden Realismus das Gefühl, als hätte sich all das erst gestern zugetragen.“

Der „Cardo Maximus“, mit dem Kaiser Hadrian im Jahre 135 n. Chr. als Hauptverkehrsader das Stadtbild Jerusalems geprägt hatte, ist heute im jüdischen Viertel der Altstadt teilweise ausgegraben.

Ölberg

Stätte des Weltgerichts

Am liebsten steige ich beim frühen Morgenlicht zum Ölberg hinauf. Von den halbkreisförmigen Stufen unterhalb des Seven-Arches-Hotels bietet sich ein großartiger Panoramablick auf die „Heilige Stadt". Die drei Weltreligionen, Christentum, Islam und Judentum, bezeichnen sie als die ihrige. Für Millionen von Menschen wurde sie Inbegriff ihrer Sehnsucht. Wohl keine andere Stadt der Welt wurde so häufig zerstört und wieder aufgebaut wie Jerusalem. Vielleicht sind deshalb in ihren Mauern Liebe und Schmerz wie Zwillinge aufs Engste miteinander verbunden. Ein alter jüdischer Weisheitsspruch drückt es so aus: „Als Gott die Welt erschuf, legte er auf sie 10 Schmerzen, neun für Jerusalem und einen für den Rest der Welt. Gleichzeitig hinterließ er der Menschheit zehn Freuden, neun für Jerusalem und eine für den Rest der Welt."

Auf dieses Jerusalem mit seiner über einer halben Million Einwohner schweift das Auge. Acht Eingänge führen in die Stadt. Vor mir liegt das Goldene Tor. Suleiman der Prächtige ließ es 1530 für den Jüngsten Tag zumauern. Es würde sich wieder öffnen, wenn der Prophet Mohammed am Ende der Zeiten hindurchschreitet. Die jüdische Überlieferung verbindet das Jüngste Gericht und das Kommen des Messias mit diesem „Tor der Barmherzigkeit".

Die Ortslage stimmt wohl mit dem Susa-Tor aus der Zeit des Zweiten Tempels überein. Seinen Namen verdankt es der Tatsache, dass am Ende des Babylonischen

Exils viele Juden aus der alten persischen Hauptstadt Susa nach Jerusalem zurückkehrten.

Als Titus Jerusalem im Jahre 70 eroberte, fiel auch dieses Doppeltor unter dem Ansturm der römischen Belagerungsmaschinen. Was übrig blieb, waren die 1 m hohen und 10 m langen Quaderfundamente, die Türschwellen und Pfosten. Im 6. Jahrhundert bauten die Byzantiner das Tor wieder auf.

Neu entdeckt hat das ursprüngliche Susa-Tor der amerikanische Archäologe James Flemming durch einen Zufallstreffer. Er erzählte mir selbst, wie es dazu kam: „An einem verregneten Aprilmorgen des Jahres 1969 war ich gerade dabei, dort, im muslimischen Friedhof an der Mauer, einige Fotos zu schießen. Da gab plötzlich der nasse Boden nach und ich stürzte in ein zweieinhalb Meter tiefer liegendes Massengrab. Als ich mich von dem ersten Schreck erholt hatte, sah ich mich umgeben von etwa 40 Skeletten. Aber nicht nur das. Das Sonnenlicht fiel direkt unter dem Goldenen Tor auf die Ansätze zweier antiker Torbögen. Es bestand kein Zweifel, das war das Susa-Tor, wie es in der alten Literatur beschrieben wird. Durch dieses Tor musste Jesus am ‚Ersten Palmsonntag' auf einem Eselsfüllen in den Tempel geritten sein. Ich knipste davon eine Serie Fotos, bevor ich mühsam aus dem Massengrab herauskletterte. Als ich am darauffolgenden Tag zurückkehrte, war das Grab zubetoniert."

Im Nordosten der Stadt erhebt sich der Skopusberg. Mit seinen 834 m ist er der höchste Punkt Jerusalems. Sein Name leitet sich von dem griechischen Wort „skopein" – „spähen" ab. In der Tat haben von diesem Punkt aus im Laufe der Jahrtausende feindliche Heere Jerusalem immer wieder anvisiert und erobert. Hier hatte Titus mit seinen römischen Legionen sein Feldlager aufgeschlagen. Das Gleiche taten die Kreuzfahrer 1000 Jahre später. Heute wird der Berg von der Hebräischen Universität beherrscht.

An diese Skopushöhe schließt sich der Ölberg mit seiner höchsten Erhebung von 809 m an. Altes und Neues Testament werden nicht müde, ihn zu zitieren: „Auf der Flucht vor seinem aufrührerischen Sohn Absalom stieg David weinend mit verhülltem Haupt auf den Ölberg. Er ging barfuß, und alle Leute, die bei ihm waren, verhüllten ihr Haupt und zogen weinend hinauf" (2 Sam 15,30).

Der Prophet Ezechiel sieht in einer Vision von der Erneuerung Israels die Gegenwart Jahwes auf dem Ölberg: „Die Herrlichkeit des Herrn stieg aus der Mitte der Stadt empor. Auf dem Berg im Osten der Stadt blieb sie stehen" (Ez 11,23).

Der Prophet Sacharia nennt den Ölberg im Zusammenhang mit der letzten großen Schlacht am Ende der Zeiten zwischen Gott und allen Völkern, die gegen Jerusalem in den Krieg gezogen sind. Dabei vergleicht er Jahwe mit einem Krieger: „Seine Füße werden an jenem Tag auf dem Ölberg stehen, der im Osten gegenüber von Jerusalem liegt" (Sach 14,4).

Für Jesus war der Ölberg ein vertrauter Ort. Nachts wusste er sich dort vor seinen Feinden, die ihm nach dem Leben trachteten, geborgen: „Tagsüber lehrte Jesus im Tempel, abends aber ging er zum Ölberg hinauf und verbrachte dort die Nacht" (Lk 21,37).

Auch auf dem Weg zu seinem Freund Lazarus und dessen beiden Schwestern Maria und Martha nahm er den Weg über den Ölberg nach Bethanien.

„Und am Ende seines irdischen Lebens die Himmelfahrt auf der Kuppe dort oben, einen Sabbatweg von Jerusalem entfernt" (Apg 1,9–11).

Am Hang des Ölbergs schweift mein Blick über Tausende von jüdischen Gräbern – ein Friedhof, der bis in die biblische Zeit zurückgeht. Im Laufe der

Jahrhunderte bedeutete es immer wieder ein großes Privileg, dort seine letzte Ruhestätte gefunden zu haben. Nach den Worten des Propheten Joel soll im Kidrontal – die Bibel nennt es auch „Tal Joschafat" („Gott richtet") – am Ende der Zeit das Weltgericht stattfinden: „Denn seht, in jenen Tagen, wenn ich das Geschick Judas und Jerusalems wende, versammle ich alle Völker und führe sie hinab zum Tal Joschafat [...] Getöse und Getümmel herrscht im Tal der Entscheidung; denn der Tag des Herrn ist nahe" (Joel 4,1–2; 4, 14).

Nach jüdischer Legende wird der Richterstuhl Gottes auf dem Berg Moriah stehen: Über dem Joschafattal führen zwei Brücken zum Ölberg hinauf; eine aus Eisen angefertigt, die andere aus leichtem, zerbrechlichem Material. Die Heiden müssen auf der stabilen Brücke das Tal überschreiten. Doch diese bricht unter ihnen zusammen und reißt alle in die Tiefe der Unterwelt. Die frommen Juden gehen über die zerbrechliche Brücke und erreichen mithilfe Gottes ohne Schaden das ewige Leben.

Die Ruhestätten zeigen keinerlei Blumenschmuck. Dafür sind auf jeder Grabplatte kleine Steine aufgehäuft – eine Erinnerung an den 40-jährigen Aufenthalt der Kinder Israels in der Wüste. Starb dort ein Mitglied der Sippe, so wurde über seinem Grab ein Steinhaufen als Denkmal errichtet, aber auch zum Schutz vor wilden Tieren, die den Leichnam leicht hätten fressen können. Zog später jemand daran vorbei, dann legte er ein paar Steine darauf, damit die Stätte erhalten bliebe.

Natürlich wollten auch die Christen und Muslime am Ort des Jüngsten Gerichts präsent sein. Zwischen dem Grün der Olivenbäume sehe ich in der Talsohle die christlichen Gräber, am Kreuz, dem Zeichen ihrer Hoffnung, erkennbar.

Der Ort „Dominus Flevit“ markiert die Stelle auf dem Ölberg, an der Jesus über die Stadt weinte, weil sie die Zeichen der Zeit nicht erkennt hatte. Die Kapelle in Form einer versteinerten Träne erinnert daran.

Die Ruhestätten der Juden zeigen keinerlei Blumenschmuck. Dafür sind auf jeder Grabplatte kleine Steine aufgehäuft, eine Erinnerung an den 40-jährigen Aufenthalt der Kinder Israels in der Wüste.

Die muslimischen Gräber liegen an der Mauer des Tempelberges. Der Koran sagt, dass eines Tages der Prophet am Goldenen Tor das Endgericht im Namen Gottes ankündigen wird: „Eine Mauer mit einem Tor trennt zwei verschiedene Scharen von Menschen: die eine Gruppe, die innerhalb der Mauern Barmherzigkeit erfährt, die andere außerhalb zur ewigen Strafe" (Sure 27,13). Der große Tag des Gerichts wird aber erst dann anbrechen, wenn die Stadt Jerusalem von kostbaren Mauern umgeben ist: „Von einer aus Gold und einer aus Silber, von einer aus Perlen und einer aus Hyazinth, von einer aus Emerald und einer aus Licht."

Die Muslime in der Heiligen Stadt hegen keinen Zweifel daran, dass an dieser Mauer schon in unserem

Nach den Worten des Propheten Joel soll im Kidrontal am Ende der Zeit das Weltgericht stattfinden. Um beim Schall der Posaunen gleich zur Stelle zu sein, ließen schon die Makkabäer im 2. Jahrh. v. Chr. über ihren Gräbern monumentale Bauten errichten.

Äon gebaut werden muss – in einer Welt der Fronten und der Trennungen zwischen den Menschen, des Rassismus, der Kriege und der Ungerechtigkeit, in einer Welt des Hungers und der Arbeitslosigkeit, in einer Welt, in der man die Probleme mit Gewalt und Fanatismus lösen will. Diese Mauer heißt Weisheit, Selbstbeherrschung und Liebe, Solidarität und gegenseitiges Vertrauen.

Die Bewohner Jerusalems wissen, dass die Mauer von Licht nur der Allerhöchste, Allah selbst, bauen kann. Es wird geschehen, wenn der Mensch sich seinem Willen unterordnet in Demut und in der hingabevollen Anrufung seines Namens, so wie es eine

Gruppe junger Muslime zum Ausdruck brachte: „Gott, du bist der Schöpfer. Du bist gut und barmherzig ohne Grenzen.

Gott, du hast uns ein Gesetz ins Herz geschrieben, nach dem wir leben sollen. Deinen Willen zu erfüllen, ist unsere Aufgabe. Deinen Wegen nachzugehen, bedeutet Frieden für unsere Seele.

Führe unsere Schritte auf dieser Erde. Befreie uns von bösen Neigungen, die uns von dir wegführen. Erlaube niemals, dass wir gleichzeitig deinen Namen anrufen und uns mit Ungerechtigkeiten abfinden. Erlaube nicht, dass wir uns von dir entfremden. Gott, du Richter aller Menschen, gib, dass wir am Tag des Gerichts auf deiner Seite stehen."

Der Schiloach-Teich

Ein archäologischer Zufallstreffer

Zwischen den üblichen Schlagzeilen der israelischen Presse vom politischen Gerangel der Parteien, von Schlag und Gegenschlag im Gazastreifen, vom Bruderzwist zwischen Palästinensern und Juden springt mir am 23. Dezember 2004 eine Nachricht besonders ins Auge: „Bei Ausgrabungen in der Davidstadt haben Archäologen einen gepflasterten Bereich, einen antiken Wasserkanal und den Schiloach-Teich aus der Zeit des Herodianischen Tempels ans Tageslicht gebracht."

Es war wieder einmal ein Zufallstreffer wie schon manch anderer in der Archäologie. Arbeiter von der Jerusalemer Stadtverwaltung waren im arabischen Dorf Silwan beim Verlegen eines Abwasserrohres in einem halb verwilderten Garten mit Feigen- und Ölbäumen auf einen von Menschenhand bearbeiteten Stein gestoßen.

Die herbeigerufenen Archäologen fanden bei ihrer Notgrabung eine Treppenanlage, die in den biblischen Teich hinabgeführt hatte. Gespeist worden war er damals von der nahe gelegenen Gihonquelle.

Das Alte Testament nennt den Teich im Zusammenhang mit den Laubhüttenfestlichkeiten. In einer feierlichen Prozession zog das Volk auf einem monumentalen Stufenweg zum Teich. Die Priester schöpften Wasser in einen goldenen Krug und trugen es hinauf in den Tempel. Dann zogen sie sieben Mal um den Altar und gossen es darüber – eine symbolische Geste, die an das Leben spendende Wasser beim Durchzug durch die Wüste erinnern sollte (Ex 17,1 ff.).

Jesus griff diese liturgische Handlung auf. Am letzten Tag des Laubhüttenfestes stellte er sich hin und rief: „Wer Durst hat, komme zu mir, und es trinke, wer an mich glaubt. Wie die Schrift sagt: Aus seinem Innern werden Ströme von lebendigem Wasser fließen" (Joh 7,37–38).

Aufgefundene Münzen an der Grabungsstelle gehen auf das 1. Jahrhundert v. Chr. zurück. „Es ist verblüffend", sagte der israelische Staatpräsident, „wie wir hier vor Ort sehen und verstehen können, was sich hier vor 2000 Jahren ereignet hat", als der Landesvater zu der neu entdeckten Treppenflucht geeilt war. Dabei witzelte er, das Wasser, das seit Jahrtausenden durch die honigfarbenen Steine fließe, sei klarer als das Wasser aus seiner eigenen Leitung.

Als Jerusalemer Wahlbürger wollte auch ich mich persönlich von der aufsehenerregenden Entdeckung überzeugen. Am 21. Februar 2005 stieg ich zusammen mit meiner Frau Louisa auf dem inzwischen ausgegrabenen Warrenschacht hinab zur Gihonquelle.

Entdeckt wurde der Tunnel 1867 von dem Engländer Charles Warren. Von diesem unterirdischen Geheimgang aus hatten schon vor 3000 Jahren die Jebusiter das Leben spendende Wasser geschöpft und in ihre befestigte Stadt zurückgebracht. Dort, an der Gihonquelle, war Salomon zum König gesalbt worden (1 Kön 1,38–39). Hiskija hatte im 7. Jahrhundert v. Chr. von dort aus einen 533 m langen Stollen durch den Felsen schlagen lassen, damit die Wasser des Gihon in den Schiloach-Teich innerhalb des Stadtgebiets hatten fließen können. Somit war die Bevölkerung der Davidstadt auch bei feindlicher Belagerung von ihrer einzigen Wasserversorgung nicht abgeschnitten gewesen.

Vom Quellhaus aus erreichten wir auf der Dorfstraße von Silwan die Fundamentreste eines antiken Turms. Manche bringen diese in Verbindung mit dem Turm von Schiloach, der beim Einsturz 18 Menschen unter sich begraben hatte (Lk 13,4).

Eine Schar von Dreikäsehochs hüpfte hinter uns her und begrüßte uns lebhaft mit „Schalom“ und „How are you?“. Wir lächelten sie freundlich an. Louisa putzte einem Vierjährigen die Rotznase. Ich fragte sie nach ihren Namen. Da sprudelte es aus ihnen heraus: „Achmed, Mohammed, Firas, …“ Alle streckten sie mir die Hände entgegen. Da ich in der Rechten die Kamera hielt, gab ich ihnen die Linke. Einer schaute mich keck an. „Was ist denn das? Man muss doch den Leuten die rechte Hand geben!“ – „Aber die linke kommt von Herzen!“, gab ich ihm auf Arabisch lachend zurück.

Nun standen wir vor der ehrwürdig biblischen Stätte des Schiloach-Teichs. Erste Hinweise auf den außerordentlichen Fund gab es schon im Juni 2003, als ein Team des „Ground Penetrating Radar (GPR)“ zusammen mit Eli Shukrun, dem Chefarchäologen der Davidstadt, einen bestimmten Bereich untersuchte. In ihrem Report schrieben die Wissenschaftler damals: „In 10 bis 11 m Tiefe stießen wir auf etwas, was unser normales Signal unterbrach. Das konnte ein Hinweis sein, dass sich dort irgendetwas mit großen Dimensionen befand.“ Bei den anschließenden Ausgrabungen fand man an der Stelle Reste einer antiken Mauer. „Sie gehörte zu den Stützmauern des Teichs“, sagt Jerusalems Regionalarchäologe John Seligman. „Die Mauer diente sowohl als Damm als auch als Befestigung. Diese neuen Ausgrabungen sind eine sehr wichtige Entdeckung, weil sie unser Verständnis vom Wassersystem Jerusalems in der Antike auf den neuesten Stand bringt.“ Seligman arbeitet Schulter an Schulter mit Eli Shukrun, der zusammen mit Prof. Ronny Reich von der Haifa Universität seit 1995 dieses Areal archäologisch untersucht.

Shukrun und seine Kollegen hatten einfach das Gefühl, dass dort noch mehr verborgen liege. Und tatsächlich stießen nach der Zufallsentdeckung der Rohrverleger die Ausgräber bald auf die erste Stufe, die zum Teich hinabführte.

„Wir wussten zwar, dass der Schiloach-Teich aus der Zeit des Zweiten Tempels in diesem Bereich lokalisiert ist“, weist Shukrun darauf hin, „aber wir kannten nicht seine genaue Lage.“ Dabei hält er den Stadtplan von Dan Bars Jerusalem-Enzyklopädie in der Hand. „Auch die Zeichnung von dem Teich weicht ein gutes Stück von der ausgegrabenen Realität ab. Nun stehen wir an der Stelle, wo vor 2000 Jahren die Bewohner Jerusalems das Wasser für ihre Häuser schöpften, wo sie ihre Neuigkeiten austauschten.“

Die Byzantiner hatten einen anderen Teich als den von Schiloach lokalisiert. Er liegt knapp 300 Meter von der neu entdeckten biblischen Stätte entfernt. Zur Erinnerung an das Wunder, das Jesus an dem Blinden gewirkt hatte, ließ Kaiserin Eudokia 450 dort die Basilika „Zum Erleuchter“ mit Kuppel und zwei getrennten Wasserbecken errichten.

Nach Eli Shukrun sahen wohl die Christen damals am Ausgang des Hiskijatunnels einen natürlichen Teich und glaubten, dies sei die historische Ortslage.

Was davon seit dem Perseransturm im Jahre 614 noch geblieben ist, sind ein paar Säulenstümpfe. Bis vor Kurzem wuschen dort die Frauen aus dem Dorf Silwan ihre Wäsche, während ihre Kinder in dem Wasser plantschten. Heute ruft der Muezzin vom Minarett in der darüber erbauten Moschee seine Glaubensbrüder zum Gebet.

Shukrun ist davon überzeugt, dass seine jüngste Entdeckung der eigentliche Schiloach-Teich aus der Zeit der Bibel ist, wie er in Nehemia 3,15 („Teich von Shelah"), in Isaiah 8,6 („Wasser von Schiloach") und im Neuen Testament bei Joh 9,7 („Teich von Schiloach") zitiert wird. „Wenn man in der Tat Nehemia 3,15 und 12,37 miteinander vergleicht, dann ist es klar, dass der ‚Teich von Shelah' und die Stufen, die von der Davidstadt am südlichen Teil des Tempelberges herabführen, recht nahe beieinanderliegen. Die Wasser ergießen sich bis heute in Gärten, die schon in der Bibel als ‚die Königlichen Gärten' bezeichnet wurden.

Wir müssen nur noch entdecken, wie das Wasser den Teich erreichte", fährt Shukrun fort. „Wir haben den Hezekiah-Tunnel, wir haben jetzt den Teich. Wir hoffen, bei weiteren Ausgrabungen die Antwort zu finden."

Der inzwischen freigelegte Abschnitt des Wassersammelbeckens enthält mehrere Stufen und hat eine Ausdehnung von 25 m x 6 m. An manchen Stellen sind die Ausgrabungswände infolge des starken Winterregens teilweise weggerutscht. Die gesamte Anlage schätzt man auf 2500 qm.

Während wir die Ausgrabungsstelle verließen, meinte Louisa nachdenklich: „Es ist wahnsinnig aufregend zu sehen, wie hier ein Stück biblische Geschichte sichtbar wird."

„Und niemand kann diesmal behaupten, dass es sich hier um eine Fälschung handle", fügte ich lächelnd hinzu.

Die Klagemauer

Ort der Gegenwart Gottes

Eigentlich ist die Klagemauer nur ein Teil jener Stützmauer, die Herodes der Große bei der Planierung des Tempelberges im Jahre 20 v. Chr. errichten ließ. Höchstwahrscheinlich hatte sich unmittelbar dahinter das Allerheiligste des Tempels befunden. So ist nach jüdischem Glauben die Shechina, die Gegenwart Gottes, bis auf den heutigen Tag nicht von diesem Ort gewichen.

Heute dient diese Westmauer auch als Synagoge. Immer wieder zieht es täglich Gläubige zu ihr hin, dem heiligsten Ort der Judenheit. Hier werden Hochzeiten gefeiert, hier wird das Heer vereidigt, hier bläst man an Hochfesten das Shofarhorn, hier begrüßen die Studenten von der nahe gelegenen Talmud-Schule jeden Samstagabend die „Braut Shabbat".

Für viele mutet diese Mauer fast menschlich an, geradezu aus Fleisch und Blut bestehend. Mit rhythmischen Bewegungen des Oberkörpers und voller Inbrunst zitieren die Frommen Psalmen – auch der Leib soll Gott verherrlichen. Einige tragen eine Gebetskapsel, die Teffilin, auf der Stirn. Sie enthält das jüdische Glaubensbekenntnis Shemah Israel: „Höre, Israel, der Herr ist unser Gott. Der Herr ist einer […]" Andere haben sich Gebetsriemen um den linken Arm gewickelt, als Zeichen dafür, dass sie ganz in Gott eingebunden sein wollen. Die meisten sind mit dem Tallit bekleidet, dem Gebetsmantel, und den Zizzit, den Schaufäden an den Ecken. Die

Männer tragen eine Kopfbedeckung als Zeichen der Demut vor dem Allerhöchsten.

Ein Familienvater mit einer Gruppe fröhlich klatschender, tanzender und singender Männer begeht gerade die Bar-Mizwa-Feier seines 13-jährigen Sohnes. Heute darf der Junge das erste Mal aus der Bibel vorlesen und wird somit als „Sohn des Gesetzes" Vollmitglied der synagogalen Gemeinde. Mutter, Schwestern und Tanten stehen auf der Frauenseite und bringen mit lautem Trällern ihre Begeisterung zu dem freudigen Ereignis zum Ausdruck.

In den Ritzen der Mauern stecken Tausende kleiner Papierröllchen mit Gebetsanliegen – der „Briefkasten Gottes". Auch Johannes Paul II. „gab einen Brief auf" bei seinem Besuch an dieser ehrwürdigen Stätte im Jahre 2000. Nach jüdischer Legende tragen die Tauben des Himmels diese Bitten vor den Thron des Allmächtigen. Tatsächlich werden diese „Botschaften" mit größter Ehrfurcht behandelt. Sollten einige durch Wind und Wetter auf den Boden fallen, dann werden sie nicht in den Kehricht geworfen, sondern wie die zerlesenen, alten, heiligen Bücher in der Erde bestattet.

Der große freie Platz vor der Westmauer, auf dem Juden aus aller Welt zusammenströmen, wurde erst nach dem Sechs-Tage-Krieg im Juni 1967 angelegt. Bis dahin standen arabische Häuser dicht gedrängt vor der Mauer. Nur eine schmale Gasse führte vorbei. Ein jüdischer Pilger drückte damals seine Seelenstimmung mit folgenden Worten aus: „Fast überraschte es mich, dass die Klagemauer wirklich eine Mauer war. Irgendwie hatte ich erwartet, sie sei etwas Abstraktes, etwas, das aus den Träumen und Gebeten von Generationen bestehe. Ein leuchtendes Etwas in der Art von flimmernder Hitze über einer bestimmten Stelle."

Ein jüdischer Beter an der „Klagemauer".

Nun haben die Juden wieder ihre Westmauer, die Titus bei der Eroberung Jerusalems im Jahre 70 als Zeichen seines Sieges über Jerusalem stehen gelassen hatte. Eigentlich war es gar nicht seine Absicht, den Tempel zu zerstören, wie Josephus Flavius im „Jüdischen Krieg" berichtet: „Titus meinte, selbst wenn die Juden auf den Tempel stiegen und sich von dort aus zur Wehr setzten, sollte man sich nicht an leblosen Dingen statt an Menschen dafür rächen. Auf keinen Fall dürfe dieses prachtvolle Bauwerk dem Feuer preisgegeben werden [...] Schließlich würde auch der Tempel, wenn man ihn erhalte, ein Schmuckstück des Römerreiches sein.

Als es dann zum Nahkampf zwischen der jüdischen Tempelbesatzung und den römischen Soldaten kam, packte einer von diesen ohne Befehl und ohne Rücksicht auf die Tragweite seines Handelns, wie von einer höheren Macht getrieben, eine Brandfackel, ließ sich

Viele Beter tragen eine Gebetskapsel, die Teffilin, auf der Stirn. Sie enthält das jüdische Glaubensbekenntnis Shemah Israel: „Höre Israel, der Herr ist unser Gott. Der Herr ist einer …“

von einem anderen in die Höhe heben und warf sie durch das goldene Fenster, wo vom Norden her der Weg in die äußeren Tempelräume führt […]

Ein Bote lief rasch zu Titus mit der Kunde davon. Dieser erhob sich schnell von seinem Bett im Zelt, wo er gerade nach der Schlacht sich ausruhte, und eilte so, wie er war, zum Tempel, um den Brand zu verhindern […]

Der Caesar versuchte, durch Zurufe und entsprechende Gesten den Kämpfenden Anweisung zu geben, sie sollten löschen. Aber sie vernahmen ihn nicht, denn die anderen schrien noch lauter und übertönten ihn […]

Die Legionäre ließen sich weder durch friedliches Zureden noch durch Drohungen von ihrem mächtigen Verwüstungsdrang abhalten. Der Zorn lenkte und leitete sie alle [...] Der Caesar war nun nicht mehr in der Lage, seine in Raserei geratenen Soldaten zu zügeln. Das Feuer breitete sich immer weiter aus [...] So wurde der Tempel gegen den Willen des Titus ein Raub der Flammen."

Was noch stehen geblieben war, war ein Bruchteil jener Mauer, die einst das ganze Plateau des Tempelberges umfasst hatte. Man sieht an den 11 untersten Steinlagen dieser 18 m hohen, fast senkrecht aufragenden Mauer deutlich die typischen herodianischen Buckelquader mit ihren rauen Außenflächen. Da die Steine sorgfältig behauen waren, konnten sie ohne Mörtel vermauert werden.

Linker Hand von der Westmauer befindet sich der Wilsonbogen, nach dem englischen Archäologen Charles Wilson benannt. In den Jahren 1867–1870 legte dieser die Anlage eines Viaduktes frei. Schon zur Zeit der Makkabäer überbrückte der Fußgängeraufgang mit seiner Spannweite von 12,80 m das 23 m tiefer gelegene Käsemacher- oder Tyropäon-Tal und verband so die Oberstadt mit dem Tempelberg.

Von der südlichen Seite der Westmauer führt eine Rampe zum Maghrebiner-Tor, benannt nach einer Gruppe Muslime aus Nordafrika, die sich einst hier ansiedelten. Von dort lässt sich ein Blick auf das Ausgrabungsgelände unterhalb der Südmauer werfen, ein Projekt, das der israelische Archäologe Benjamin Mazar 1968 in Angriff nahm und das bis heute von seiner Enkelin Eilat Mazar weitergeführt wird. In der Mauer erkennt man einen 15,50 m breiten Bogenansatz. Er wird nach seinem Entdecker im Jahre 1838, dem „Vater der biblischen Geografie", Eduard Robinson, benannt.

Unter der Schrägwand des Robinsonbogens entdeckte B. Mazar eine hebräische Inschrift aus der Zeit des Kaisers Julian Apostata, des Abtrünnigen. Dem christlichen Glauben abgeschworen, erließ dieser ein Toleranzedikt für die Juden und ermutigte sie, ihren Tempel wieder aufzubauen; denn bis dahin war es ihnen nur gestattet gewesen, ein Mal im Jahr Jerusalem zu besuchen und die Zerstörung ihres Heiligtums zu beklagen. Seitdem hat sich die Bezeichnung „Klagemauer“ eingebürgert. Nun konnten während der kurzen Regierungszeit Julians (361–363) die jüdischen Pilger das ganze Jahr über ihre Heilige Stadt besuchen. Viele tauchten ihre Hände in Farbe und berührten die Mauer damit. Auf diese Weise sollte wenigstens etwas von ihnen dort haften bleiben.

Eine aufgefundene Steininschrift spiegelt etwas von ihrem Jubel über die Gegenwart Gottes an dieser Stätte wider: „Wenn ihr das seht, wird euer Herz sich freuen und ihr werdet aufblühen wie frisches Gras“ (Jes 66,14).

Das erhabene Heiligtum

Ein Fels als der Thron Gottes

Die Araber nennen den Felsendom „das erhabene Heiligtum“. Es ist ein Ort, der Juden, Christen und Muslimen heilig ist. Hier auf dem Berg Moria wollte Abraham seinen Sohn Isaak Jahwe hingeben. Gott sprach: „Nimm deinen Sohn, den Einzigen, den du liebst, Isaak, gehe in das Land Moria und bring ihn dort auf einem der Berge, den ich dir nenne, als Brandopfer dar“ (Gen 22,2). Doch dem Herrn genügte die Bereitschaft des Herzens. Statt Isaak wurde schließlich ein Widder auf den Altar gelegt.

Hier kaufte König David nach der Eroberung der Jebusiterstadt die Tenne des Arauna und stellte dort einen Altar auf (2 Sam 24,18). Einen Tempel für seinen Gott zu bauen, war ihm verwehrt, denn an seinen Händen klebte Blut.

Erst sein Sohn und Thronerbe, König Salomon, sollte dieses große Projekt in den Jahren 959–952 v. Chr. zu Ende führen.

Da von dem ersten Tempel so gut wie nichts erhalten geblieben ist, sind wir auf die Beschreibung von 1 Kön 5–9 und des Propheten Ezechiel 40 ff. angewiesen. 587 v. Chr. eroberte Nebukadnezar II. Jerusalem, zerstörte den Tempel und nahm die wertvollen Kultgeräte als Kriegsbeute mit nach Babylon. Die Bundeslade blieb endgültig verschollen.

Während des Babylonischen Exils beschreibt der Prophet Ezechiel in einer Vision die Idealstruktur eines zukünftigen Tempels. Auch wenn das großartige Bauwerk sich nicht verwirklichte, so sahen doch die

Deportierten in dieser prophetischen Schau all ihre Träume und Sehnsüchte enthalten: die Hoffnung auf eine Rückkehr nach Jerusalem, den Anbruch der messianischen Zeit.

Mit einem Dekret aus dem Jahr 538 v. Chr. erlaubte König Kyros den verschleppten Juden die Rückkehr in ihre Heimat. 18 Jahre später begann Serubbabel, aus den Trümmern einen schmucklosen Tempel nach dem salomonischen Grundriss aufzubauen. Das zweite Heiligtum wurde im Laufe von fünf Jahrhunderten mehr als einmal profaniert, wie z. B. durch den Seleukiden Antiochus IV. Epipnanes, der 170 v. Chr. den Tempel durch das Aufstellen einer Zeusstatue entweihte.

Im Jahr 20 v. Chr. beschloss Herodes der Große, mehr aus persönlichem Ehrgeiz als aus religiöser Überzeugung, den Tempel zu vergrößern und zu verschönern. Nach Josephus Flavius benötigte er 10 000 Handwerker dazu. Er ließ 1000 Priester zu Steinmetzen für die Arbeiten an der heiligen Stätte ausbilden. Das Werk war im Wesentlichen nach 10 Jahren abgeschlossen, auch wenn die letzten Ausführungen bis zum Jahre 6 n. Chr. andauerten.

Was Herodes, der größte Bauherr der Antike, da erstellt hatte, fand nicht seinesgleichen in der damaligen Welt: Das Atrium des zweiten nachbabylonischen Tempels war verdoppelt worden. Um den Berg mit seinem Höhenunterschied von 47 m einzuebnen, hatte der König 38 m hohe Substrukturen anlegen und durch Abtragen und Auffüllen das abschüssige Gelände ausgleichen lassen. Auf der 140 000 qm großen trapezförmigen Plattform erhob sich das grandiose sakrale Bauwerk. Josephus Flavius beschreibt es mit großer Bewunderung: „Das Äußere des Tempels wies alles auf, was Herz und Augen staunen lässt; denn über und über war der Tempel mit dicken Goldplatten umhüllt. Wenn die Sonne aufging, dann gab er einen Glanz wie Feuer von sich, sodass der Beschauer, auch wenn er absichtlich hinsah, sein Auge wie von den Strahlen der Sonne abwenden musste. Tatsächlich hatten die Fremden, die sich Jerusalem näherten, den Eindruck eines Schneegipfels, denn wo er des Goldes entbehrte, war er leuchtend weiß."

Der Tempel gliederte sich in drei Hauptteile. Im äußeren Bezirk lag der Vorhof der Heiden. Herodes stattete diesen Bereich mit großer Pracht aus. Ein buntes Mosaikpflaster bedeckte den Boden. Ein zweifacher Säulengang bildete die äußere Umfassung. Den nördlichen Portikus nannte man die „Halle Salomons". Hier trafen sich die Schriftgelehrten zum Disput über das Gesetz und die Propheten. In dieser Lehrhalle mag sich wohl die Szene mit dem zwölfjährigen Jesus abgespielt haben: „Nach drei Tagen fanden sie ihn im Tempel. Er saß mitten unter den Lehrern, hörte ihnen zu und stellte Fragen. Alle, die ihn hörten, waren erstaunt über sein Verständnis und über seine Antworten" (Lk 2,46–47).

Hier sprach Petrus nach der Heilung des gelähmten Bettlers zum Volk (Apg 3,11). Hier war der Treffpunkt der ersten Judenchristen.

Im Süden lag der königliche Portikus mit 162 korinthischen Säulen. In diesen Hallen saßen Geldwechsler und Händler, tauschten profane Währung gegen die heilige Tempelmünze, verkauften Opfertiere. Dort hatte Jesus im heiligen Eifer ihre Tische umgestürzt und das Haus seines Vaters von allzu weltlichen Absichten gereinigt: „Mein Haus soll ein Haus des Gebetes sein. Ihr aber habt daraus eine Räuberhöhle gemacht" (Lk 19,46).

Der zweite Teil des Heiligtums war der eigentliche, 150 x 220 m große Tempelbezirk, umgeben von einer brusthohen Balustrade. Am Eingang standen große

Wandtafeln mit einer Mahnung in griechischer und lateinischer Sprache, die an Nichtjuden gerichtet war: „Kein Fremder darf die um das Heiligtum gezogene Schranke und Umfriedung überschreiten. Wer darin ergriffen wird, ist selbst schuld, weil darauf der Tod folgt." Wegen einer angeblichen Übertretung dieses Verbots wurde Paulus von seinen Gegnern verprügelt und anschließend verhaftet; denn sie hatten die Überzeugung gewonnen, er sei mit dem Griechen Trophimos in das Atrium der Israeliten gegangen. Sie schrien: „Israeliten, kommt zu Hilfe! Das ist der Mensch, der in aller Welt Lehren verbreitet, die sich gegen das Gesetz und gegen diesen Ort richten; er hat sogar Griechen in den Tempel mitgenommen und diesen heiligen Ort entweiht" (Apg 21,28).

Ein großes Haupttor, „die Schöne Pforte", führte in den Vorhof der Frauen. Hier heilte Petrus jenen gelähmten Bettler, als er zu ihm sagte: „Silber und Gold besitze ich nicht. Doch was ich habe, das gebe ich dir. Im Namen Jesu Christi, des Nazaräers, gehe umher!" Und er fasste ihn an der rechten Hand und richtete ihn auf. Sogleich kam Kraft in seine Füße und Gelenke; er sprang auf, konnte stehen und ging umher (Apg 3,6–8).

An den Wänden des Frauenvorhofs befanden sich Opferstöcke. Hier hatte wohl Jesus die arme Witwe beobachtet, wie sie zwei kleine Münzen hineingeworfen hatte. „Da sagte er: ‚Wahrhaftig, ich sage euch: Diese arme Witwe hat mehr hineingeworfen als alle anderen; denn sie haben nur etwas von ihrem Überfluss geopfert. Diese Frau aber, die kaum das Nötigste zum Leben hat, sie hat ihren ganzen Lebensunterhalt hergegeben'" Lk 21,1–4).

Von dem Vorhof der Frauen gelangte man über 15 halbkreisförmige Stufen durch das 25 m hohe und 29 m breite Nikanor-Tor in das Atrium der Männer. „Auf dieser Treppe hatte Maria ihren neugeborenen Sohn dem Herrn geweiht und das Zeugnis des greisen Simeon und der Prophetin Hanna vernommen“ (Lk 2,21–38).

Hinter dem Männerhof lag etwas erhöht das Atrium der Priester. In der Mitte stand über der „Tenne des Arauna“ der 7 m hohe Brandopferaltar aus unbehauenen Steinen, mit einem Umfang von 18 x 15 m. Links davon das „Eherne Meer“, ein großes Becken mit geweihtem Wasser aus dem Schiloach-Teich für die rituellen Waschungen der Priester.

Hinter dem Altar führten 12 Stufen in den dritten Teil der Anlage, in das Tempelhaus mit seiner Länge und Breite von 50 x 50 m. Nach der imposanten Vorhalle betrat man das Heilige. Dort befand sich linker Hand der siebenarmige goldene Leuchter, an der rechten Seite der Tisch mit den 12 Schaubroten und in der Mitte der Rauchopferaltar.

Ein schwerer, kunstvoll gewebter Vorhang trennte das Heilige vom Allerheiligsten. Diesen Vorhang nennt das Markusevangelium im Zusammenhang mit dem Tod Jesu (Mk 15,38). Der Raum war völlig dunkel und leer. Ein Stein markierte den Ort, wo im salomonischen Tempel die Bundeslade gestanden hatte. Betreten durfte das Allerheiligste nur einmal im Jahr der Hohe Priester – an Yom Kippur, dem Versöhnungstag der Juden –, damit er über dem Stein ein Rauchopfer darbrachte.

Als Kaiser Hadrian im Jahre 130 auf dem Tempelberg einen Jupiter-Tempel errichten ließ, wurde diese Provokation zum auslösenden Funken des zweiten jüdischen Aufstandes gegen Rom, der 132 begann und 135 endgültig mit der Zerstörung des Tempels im Blut erstickt wurde.

Im 6. Jahrhundert ließ Kaiser Justinian (527–564) eine kleine Marienkirche am südlichen Rand des

Tempelberges bauen. Dieses Gotteshaus fiel beim Perseransturm im Jahre 614 wie alle anderen Kirchen im Heiligen Land dem Feuerkult der Invasoren zum Opfer.

Als Kalif Omar I. mit seinem muslimischen Heer 638 Jerusalem einnahm, fand er den Tempelplatz in eine Mülldeponie verwandelt. Auf dem Felsen Moria gedachte der neue Eroberer des Opfers Abraham und ließ eine Moschee errichten. Da nach muslimischer Tradition der Prophet Mohammed von dort in den Himmel entrückt wurde, baute der Omaijadenkalif Abd el-Malik in den Jahren 687–691 über der Stelle den Felsendom. Den Gläubigen sagte er, der Prophet Mohammed habe ihm direkt vom Himmel her einen entsprechenden Auftrag gegeben: „Dieser Felsen soll für mich die Stelle der Kaaba einnehmen."

„Deshalb", fuhr Abd el-Malik fort, „will ich den nackten Felsen mit einer machtvollen Kuppel überwölben, damit kein Tau dieses Schoßstück unserer Mutter Erde mehr benetze und kein Moos daran wachse." Er selbst nahm unter der Kuppel auf einem Thron Platz, wo er die Huldigungen der fernen Wallfahrer entgegennahm.

Jeden Montag und Donnerstag wurde der Felsen mit Moschus und Rosenwasser besprengt und das unvergleichlich schöne Bauwerk in kostbaren Weihrauch gehüllt. Dann sandte der Kalif Boten in die Stadt mit dem Ruf: „Der Felsen ist geöffnet. Wer auf ihm sein Gebet verrichten will, der komme!" Und die Menschen eilten herbei. Der Wohlgeruch, den der Fels ausströmte, war so stark, dass man es jedem, der von dort kam, anmerkte.

Auf einer breiten Freitreppe unter Säulenarkaden aus der Mameluckenzeit erreicht man die Terrasse des grandiosen Bauwerks. „Qubbet es-Sakhra", „das erhabene Heiligtum", nennen die Einheimischen diese älteste muslimische Gebetsstätte im Heiligen Land. Sicher gehört sie zu den schönsten oktogonalen Kuppelbauten der Welt, ein Werk byzantinischer und persischer Künstler. Neu sind nur die äußere Kachelverkleidung aus dem Jahre 1963 sowie die 1994 von Jordaniens König Hussein vergoldete Kuppel.

Viele muslimische Legenden ranken sich um den Ort. Er gilt als der Mittelpunkt der Welt, der Grundstein des Alls. „‚Du bist mein Thron', sagte Gott zu dem Felsen. ‚Du bist das Fundament, auf dem ich die Himmel erbaut und die Erde ausgebreitet habe. Auf dir werden die Menschenkinder vom Tod auferstehen.' Einst wurde der Fels aus dem Paradies herbeigetragen. Nun schwebt er frei in der Luft zwischen Himmel und Erde. Unter ihm entspringt die Quelle allen süßen Wassers. Von dieser Stelle entnahm der Allmächtige den Erdkloß, aus dem er Adam schuf. Auf diesem Felsgrat fand die Taube Noahs ihren Ruhepunkt, als sie mit dem Ölzweig heimkehrte. Hier wollte Abraham seinen Sohn Ismael opfern. Noch heute siehst du die Fingerspuren des Patriarchen, als der sich auf den Felsen niedersetzte.

Wie einst Moses von hier in den Himmel aufgenommen wurde, so ritt auch Mohammed von da mit seinem Pferd Burak – Blitz – ins Paradies. Dabei drückte sein Kopf den Felsen ein. Sein Körper bohrte das kreisrunde Loch durch die Decke der Höhle. In demselben Augenblick wollte auch der Felsen, der bis dahin in Schutt und Asche verborgen lag, sehnsüchtig seinem Herrn folgen. Aus eigener Kraft erhob er sich aus dem Unrat empor. Seitdem ist er wieder allen Menschen sichtbar. Und wenn du genau hinsiehst, kannst du noch die Fußspur des Propheten und den Abdruck der Engelshand erkennen, als der göttliche Bote Gabriel mit Mühe den nach oben strebenden Felsen zurückhielt."

Einmal fragte ich einen Muslimen, ob er mir erklären könne, warum Gott ausgerechnet diesen Felsen zum „gesegneten Ort“ erwählt habe. Als Antwort darauf erzählte er mir folgende Geschichte: „Der heilige Felsen, der einst Arauna als Dreschtenne gedient hatte, gehörte in grauer Vorzeit zwei Brüdern. Sie hatten einen Acker von ihrem Vater geerbt. Der eine war verheiratet, der andere nicht. Einmal, im Monat August, hatten sie auf der Tenne das Korn ausgedroschen und untereinander aufgeteilt. In der Nacht legte sich jeder zum Schlafen bei seinem Getreidehaufen nieder. Sie wollten ihn bewachen, wie man es heute noch zur Zeit der Ernte zu tun pflegt. Der verheiratete Bruder lag noch eine Weile wach. Er dachte über seine Ernte nach und sprach bei sich: ‚Ich bin jetzt ein reicher Mann. Ich habe Frau und Kinder sowie Getreide im Überfluss. Mein armer Bruder lebt einsam und allein. Warum soll ich so viel mehr besitzen als er? Wenigstens kann ich ihm mit Korn aushelfen.‘

So schleppte er einen Teil seiner Ernte hinüber zum Kornhaufen seines schlafenden Bruders. Bald darauf erwachte auch dieser. Auch er überlegte: ‚Besitze ich nicht mehr, als ich wirklich brauche? Habe ich doch weder Weib noch Kinder. Biete ich meinem Bruder etwas Korn zum Geschenk an, wird er es vielleicht nicht nehmen.‘ Da stand er auf, nahm von seinem Getreide und trug es zum Kornhaufen seines älteren Bruders.

Als sie am Morgen aufwachten, wunderte sich jeder darüber, dass sein Getreidehaufen genauso war wie vorher. Keiner konnte sich erklären, was sich zugetragen hatte, und keiner sprach über die Vorgänge der Nacht.

Gott aber hatte die Tat der Bruderliebe gesehen. Und er beschloss, diesen Ort zum Betplatz der Welt zu machen, an dem durch die Vaterschaft Gottes die

Jerusalem, Schnittpunkt dreier Weltreligionen: Für die Juden stand dort der Tempel, das „Haus Gottes". Nach muslimischer Tradition erhebt sich der Felsendom über der Stelle, an der der Prophet Mohammed in den Himmel entrückt wurde. Die graue Kuppel recht im Bild wölbt sich für die Christen über Golgota und das leere Grab Jesu, das Indiz seiner Auferstehung.

Menschen zur Bruderliebe finden sollten. Somit wurde die Stätte zum ‚gesegneten Ort'. Auf ihm ruht die Andacht der gläubigen Muslimen, die Ehrfurcht der Christen und die Sehnsucht der Juden."

Ein Flair von Mystik empfängt den Besucher beim Betreten des „erhabenen Heiligtums", gesteigert durch das diffuse Licht der 56 bunten Glasfenster.

Auf einer Treppe steigt man in den „Seelenbrunnen" hinab, eine Höhle direkt unterhalb des Felsens. Die Betplätze dort sind den verschiedenen Vätern des Alten Testaments, von Abraham bis Elija, geweiht. In zwei Nischen sollen David und Salomon im Gebet ihr Herz dem Herrn der Welt aufgetan haben.

In der Mitte der Grotte liegt eine runde Marmorplatte. Wenn man mit dem Fuß darauftritt, klingt sie hohl. Für die Muslimen befindet sich in einer darunterliegenden Höhle der Seelenbrunnen. Alle an diesem Ort gesprochenen Gebete kämen den Verstorbenen zugute. Früher sei der Geisterbrunnen geöffnet gewesen, damit die Gläubigen mit den Abgeschiedenen geheimnisvolle Zwiesprache halten konnten. Erst später habe man den „Mund" verschlossen, da die bösen Geister, durch die Kühnheit der Besucher geweckt, den Lebenden gefährlich geworden seien.

Diese Öffnung von oben mag vielleicht zur Zeit des Tempels als Abflussloch des Opferblutes gedient haben. Wahrscheinlich befindet sich darunter jener Kanal, wie ihn die Mischna beschreibt, und durch den das Blut von Stieren und Böcken ins Kidrontal floss. Nach muslimischer Tradition rauschen darunter die Wasser der Urflut.

Hoch über dem Fels wölbt sich die 31 m hohe Doppelkuppel wie ein Baldachin in ihrer Pracht. Vergoldete Stuckarabesken auf rotem Grund schmücken sie mit ihrem Durchmesser von 26 m. 12 Marmorsäulen – Symbole für die 12 Monate – und 4 Granitpfeiler tragen sie. Die 16 Säulen mit griechischen und byzantinischen Kapitellen des Umgangs stammen aus christlichen Sakral-Bauten des 4.–6. Jahrhunderts.

Von der Mitte der Kuppel fällt eine goldene Kette auf den „Nabel der Welt". Zwischen der unteren und oberen Dekoration verläuft an der Kuppelrundung ein breites, goldenes Schriftband, eingefasst von Sternen und Rosen, von Lotos und Lilien, Kleeblättern und Tulpen. Es enthält den berühmten Thronvers des Korans: „Allah! Es gibt keinen Gott außer ihm, dem Lebendigen und Ewigen. Nicht ergreift ihn

Schlummer und nicht Schlaf. Sein ist, was in den Himmeln und was auf der Erde. Wer ist es, der Fürsprache einlegt bei ihm ohne seine Erlaubnis? Er weiß, was zwischen ihren Händen ist und was hinter ihnen. Und nicht begreifen sie etwas von seinem Wissen, außer, was er will. Weit reicht sein Thron über die Himmel und die Erde, und nicht beschwert ihn die Erhaltung von beidem. Denn er ist der Hohe, der Erhabene“ (Sure 2,256).

Grab des Hohepriesters Kajafas

Auf dem Berg des schlechten Ratschlusses

Es war Ende November des Jahres 1990, als der israelische Archäologe Zvi Greenhut einen dringenden Anruf in seinem Büro des Rockefeller-Museums erhielt: Im „Friedenswald", östlich des Stadtteils Talpiot, sei bei einer Straßenerweiterung die Planierraupe unversehens auf eine alte Grabanlage gestoßen. Diese Höhe wird nach einer alten Tradition als „der Berg des schlechten Ratschlusses" bezeichnet. Hier soll nämlich der Hohepriester Kajafas mit dem Synedrium die Entscheidung getroffen haben, Jesus zu töten. Seltsamerweise befindet sich heute dort das UN-Hauptquartier.

Als der Altertumsforscher die Stätte erreicht hatte, sah er zunächst eine Grabkammer, voll von Totengebein und Keramikresten. Da sich die Bestattungsanlage inmitten einer Nekropolis aus der Zeit des Zweiten Tempels befindet, schien es sich zunächst um eine ganz „gewöhnliche" Routinearbeit zu handeln. Greenhut veranlasste eine Notgrabung, ließ fachgemäße Ausrüstung und Fotokameras herbeischaffen.

Im weiteren Verlauf der Arbeit kamen noch andere Gräber und insgesamt 12 steinerne Knochenkästen aus dem 1. Jahrhundert n. Chr. zum Vorschein. In solchen Ossuarien wurden die Gebeine Verstorbener nach der Verwesung ein zweites Mal, im Hinblick auf die Auferstehung von den Toten, beigesetzt. Einige Ossuarien waren mit geometrischen Mustern künstlerisch bearbeitet. Auf anderen zeigten sich Inschriften. Manche hatten schon Grabräuber in der Antike aufgebrochen. Der Archäologe erkannte, dass einige der Steinbehälter mit althebräischen Inschriften versehen waren: Kaipha, Bar Kaipha, Jehosaph Bar Kaipha. Außerdem bot die Lage der Grabstätte eine herrliche Sicht auf den Tempelberg. Greenhut gelangte zu der Überzeugung, hier das Familiengrab des Hohepriesters Kajafas gefunden zu haben, jenes Mannes, der Jesus an die Römer zur Kreuzigung ausgeliefert hatte. Nun wurde dieser Name zum ersten Mal nicht nur in der griechischen Umschreibung des Neuen Testaments, sondern auch in der Originalsprache nachgewiesen.

Nach Josephus Flavius wurde Kajafas vom römischen Statthalter Valerius Gratus im Jahre 18 n. Chr. eingesetzt. Seine Frau war die Tochter des „Alt-Hohen-Priesters" Hannas, der weiterhin als „Ehrenpräsident" dem Hohen Rat vorstand. Damit war Kajafas in allen Entscheidungen von seinem Schwiegervater abhängig. Man versteht, warum Jesus nach seiner Festnahme in Getsemani zunächst in das Haus des Hannas geführt wurde (Joh 12–14).

Als Opportunist hatte sich der „Alte" schon lange mit den Römern arrangiert und für die Absetzung des Herodessohnes Archelaus und die Machtübernahme durch die Römer plädiert. Kajafas, jetzt in den machtvollen Familienclan hineingeheiratet, trat in die Fußstapfen seines Vorgängers. Er verstand es, während der Regierungszeit zweier Prokuratoren im Amt zu bleiben: unter Valerius Gratus und Pontius Pilatus.

Als Hohepriester war er Haupt der jüdischen Selbstverwaltung und oberster Wächter des Gesetzes. In dieser Funktion entschied er allein über Gut und Böse. Als höchster Liturg am Tempel verkörperte er die religiöse Institution.

Da trat Jesus aus Nazareth auf den Plan. Er berief sich auf Gottes Willen, der allein Maßstab seines Handelns sei. Ja, er wagte es sogar, den Menschen über das Gesetz zu stellen. Der Clan der Priesterfamilie sah mit einem Mal seine ganze Macht, seine soziale und wirtschaftliche Stellung bedroht. Deshalb trug auch das Verhör des Nazareners nicht so sehr rechtlichen als vielmehr persönlichen Charakter. Und Kajafas handelte in seinem Sinne konsequent. Als Vertreter der jüdischen Innenpolitik stellte er das religiöse System über alles: „Ihr bedenkt nicht, dass es besser für euch ist, wenn ein einziger Mensch für das Volk stirbt, als wenn das ganze Volk zu Grunde geht“ (Joh 11,50).

Unter den frommen, gottesfürchtigen Juden genoss die Familie des Kajafas allerdings keinen guten Ruf. Das beweist eine Stelle im Talmud (Pessachim 54), in der das „Wehe“ über den Clan und seine Intrigen herabgerufen wird.

Die neuen Funde lassen auch erkennen, dass der Name „Kajafas“ der Familienbeiname des ganzen Geschlechts bedeutete.

Um Information aus erster Hand zu erhalten, stellte ich selbst am „Fundort“ dem Archäologen ein paar direkte Fragen über seine sensationelle Entdeckung.

„Herr Greenhut, wie kamen Sie zu der Überzeugung, dass es sich hier nicht um ‚gewöhnliche‘ Gräber handelte?“

„Zunächst brachte ich die Ossuarien in mein Büro. Dort versuchte ich, die Inschriften zu entziffern. Ich glaubte, den Namen ‚Kaphaz‘ zu erkennen, war mir aber nicht ganz sicher dabei. Deshalb wandte ich mich an meinen Freund und Kollegen Ronny Reich, einen

Experten in Sachen Epigrafik. ‚Nein', sagte er mir, ‚die Inschrift lautet: ‚Kaipha'.

Jetzt leuchtete mir die Wichtigkeit der Entdeckung ein. Da auch der Name ‚Bar Kaipha' auf einem der Gebeinkästen vorkommt, darf man die Schlussfolgerung ziehen, dass Kaipha der Vater und Bar Kaipha wohl der Sohn war."

„Soll damit der Hohe Priester Kajafas gemeint sein, der Jesus dem Statthalter Pontius Pilatus zur Kreuzigung ausgeliefert hatte?"

„Ich will nicht mit Sicherheit behaupten: Das ist das Grab des Hohen Priesters Kajafas. Aber mit großer Gewissheit handelt es sich hier um seine Familien-Grabstätte; denn bis jetzt haben wir den Namen ‚Kajafas' in noch keinem anderen Grab gefunden. Außerdem ist Kajafas ein Haus- oder Spitzname, in dem die etymologische Bedeutung ‚Kapha' – ‚Nadelöhr' – oder ‚Koph' – ‚Affe' – steckt. Nach den letzten wissenschaftlichen Ergebnissen steht der Name auf jeden Fall in Zusammenhang mit der Familie des Hohepriesters."

„Und wie lässt sich der Fund zeitlich datieren?"

„Eine Münze in einem der Totenschädel stammt aus der Zeit Agrippas I. um 42–43 n. Chr. Kajafas amtierte zwischen den Jahren 18–36 n. Chr., bis er von dem römischen Statthalter Vitellius abgesetzt wurde."

„Diese eben erwähnte Münze steht doch wohl in Bezug zu dem griechisch-heidnischen Brauch, einem Toten ein Geldstück auf den Mund zu legen, als Zahlung für den Fährmann, der den Verstorbenen über den

Styx ans ‚andere Ufer' brachte. Sollte der Hohepriester einer solchen heidnischen Sitte verfallen gewesen sein?"

„Hier stehen wir tatsächlich vor einem ernsthaften Problem. Tatsache ist, dass nun zum ersten Mal aus der zweiten Tempelperiode in Jerusalem ein solcher Fall vorliegt, während andere hellenistische Bräuche durchaus vorkommen, zum Beispiel Sandalen als Grabbeigaben im Hinblick auf die letzte Reise des Verstorbenen. In unserem Fall ist es interessant, dass wir die Münze im Schädel einer Frau fanden. Auf ihrem Ossuarium stand der Name ‚Mirjam Bat Shimeon', also ‚Mirjam, die Tochter Simeons'. Vielleicht hatte Mirjam eine heidnische Dienerin, die ihr diese Münze auf den Mund gelegt hatte, gleichsam als letzten Liebesdienst, damit sie den Fluss der Unterwelt sicher überqueren konnte."

„Stehen jedoch nicht die aufgefundenen Ossuarien im krassen Gegensatz zu der Auffassung der Sadduzäer, die ja keineswegs an die Auferstehung der Toten glaubten?"

„Da müsste aber vorab die Frage geklärt werden, ob Sadduzäer wirklich niemals ein zweites Mal beigesetzt wurden. Die meisten Gräber aus der Zeit des Zweiten Tempels weisen nämlich auf eine solche Bestattungsart hin. In diesem Punkt lässt sich kaum noch zwischen Pharisäern und Sadduzäern unterscheiden. Darum gehe ich von der Annahme aus, dass sich die Sadduzäer bis zur Zerstörung des Tempels genauso wie die anderen begraben ließen; denn vom archäologischen Standpunkt aus gesehen kann ich keine Unterschiede feststellen."

„Wenn es sich hier tatsächlich um das Grab des Hohen Priesters Kajafas handelt, müsste dann die Bestattungsstätte nicht monumentaler angelegt sein, wie es beispielsweise bei den Sanhedringräbern der Fall ist?"

„Gleichzeitig muss man sich aber auch die Frage stellen: Was geschah mit Kajafas, als er seines Amtes enthoben worden war? Könnte er nicht als ein ‚normaler' Mensch in einem weniger aufwändigen Grab bestattet worden sein?

Von Josephus Flavius wissen wir, dass sich die Grabstätte des Hohepriesters Hannas auf dem westlichen Hügel von Jerusalem befand, und dieser entspricht dem Abhang von Talpiot-Ost, auf dem wir das Kajafas-Grab gefunden haben. Außerdem liegen ganz in der Nähe monumental herausgeschlagene Felsgräber, die auf die Bestattung hoher Persönlichkeiten hindeuten."

„Wie sehen Sie die Stelle in Pessachim 54 des Talmuds, wo das ‚Wehe' über die ganze Familie des Hohen Priesters Kajafas ausgerufen wird?"

„Das bedeutet wohl, dass der ganze Clan in den Augen der frommen Juden im Ruf der Korruption stand. Kajafas selbst bestätigte das, indem er Jesus zur Kreuzigung an die Römer übergab. Für ihn sollte der Nazarener als Sündenbock die Schuld der Juden auf sich laden. Gleichzeitig bangte die hohepriesterliche Clique im Angesicht der Lehre Jesu um ihre Position. So entledigte sich Kajafas aus machtpolitischem Kalkül heraus dieses unbequemen und für ihn gefährlichen Zeitgenossen. Hier stehen sich zwei Persönlichkeiten mit nicht zu überbrückenden Gegensätzen gegenüber: Jesus, der Vertreter des Willens Gottes, und Kajafas, die Personifizierung des Gesetzes – der ewige Konflikt zwischen dem lebendigen Geist und dem toten Buchstaben.“

„Wie sehen Sie den Fund im Hinblick auf den Prozess Jesu?“

„Er bestätigt von der Archäologie her den geschichtlichen Hintergrund der Kajafas-Familie. Und damit öffnet sich eine Tür, um erneut das Augenmerk auf die historische Evidenz des Hohepriesters zu lenken.“

1600 Jahre alte Schriftrolle

Botschaft mit dem göttlichen Namen „Jahwe“

Es war im Jahre 1979, als der israelische Archäologe Gabriel Barkay bei Grabungsarbeiten in Jerusalem unter den Resten einer alten Kirche, unweit der schottischen Presbyterianer-Kirche „St. Andrew“, in Bestattungskammern aus der Zeit des Ersten Tempels zwei kleine Silberröllchen fand. Diese bisher in Israel einzigartigen Fundstücke reichte Barkay sofort zur Untersuchung an das Labor des Forschungsinstituts für Archäologie in Tel Aviv weiter.

Wenige Wochen später erhielt er einen Anruf von Yaakov Meshoer, dem Kurator für Numismatik des Israel-Museums. Mit aufgeregter Stimme teilte ihm der Wissenschaftler mit, er habe die erste Silberrolle mit Erfolg geöffnet. Es stünde außer Zweifel, dass auf dem jetzt glatten Metall-Plättchen mit den Ausmaßen von 97 mal 27 Millimetern in althebräischen Buchstaben der göttliche Name JAHWE eingraviert sei. Barkay begab sich selbst am nächsten Morgen zum Israel-Museum, um sich von der für ihn erschütternden Entdeckung selbst zu überzeugen.

Der Name JAHWE erscheint übrigens im Alten Testament mehr als 6800 Mal. Doch hier tauchte er erstmals bei archäologischen Grabungen in Jerusalem auf.

Auch das zweite, etwas schmalere Silberröllchen in der Größe von 39 mal 11 Millimetern wurde später geöffnet und ließ einen gebetsartigen Text vermuten.

Die Datierung der beiden Stücke bewegt sich zwischen dem Ende des 7. oder 6. Jahrhunderts v. Chr., also um die Zeit nach der Zerstörung des Tempels durch Nebukadnezar im Jahre 587 v. Chr. und der Verschleppung der Juden in die Babylonische Gefangenschaft.

Inzwischen haben die Paläontologen weiter an der Entzifferung der Schrift gearbeitet. „Der Text ist mit einem ‚eisernen Griffel' eingegraben", wie es bei Jer 17,1 heißt. Auf der größeren Rolle erscheint in der ersten Zeile fragmentarisch der Name des Amulettbesitzers „... yahu" – vielleicht „Ye'sha'ayahu", Isaias, oder „Yi'rmi'yahu", Jeremias. Dann folgten der bekannte Priestersegen und der göttliche Name JAHWE. Die Worte sind fast identisch mit den Versen in Num 6,24–26:

„Der Herr segne dich und behüte dich.

Der Herr lasse sein Angesicht über dich leuchten und sei dir gnädig.

Der Herr wende sein Angesicht dir zu und schenke dir Heil."

Die fünfzeilige Inschrift auf der zweiten Rolle ist nicht so gut erhalten. Zunächst erkennt man wiederum den Namen des Besitzers, „Benayahu" oder „Sh'banyahu". Die nächsten drei Zeilen sind unlesbar. Die folgenden Worte unterscheiden sich leicht vom Priestersegen in Num 6, doch erinnern sie an eine andere Version in Ps 67,2: „Gott sei uns gnädig und segne uns. Er lasse über uns sein Angesicht leuchten."

Die Sitte, Amulette mit Bibelsprüchen zu tragen, war weit verbreitet im antiken Israel. Das Buch der Sprüche sagt beispielsweise im Zusammenhang der Eltern-Mahnungen in Kapitel 1,Vers 9: „Sie sind ein schöner Kranz auf deinem Haupt und eine Kette für deinen Hals."

In den beiden aufgefundenen Silber-Amuletten befindet sich eine Öffnung, durch die man eine Lederschnur ziehen konnte. War es eine Tochter Jerusalems, die das Röllchen um den Hals oder um ihren linken Arm trug? Oder band ein strammer Soldat von der königlichen Garde es als Band um seine Stirn? Wir werden es nie genau erfahren. Auf jeden Fall bergen diese beiden kleinen Silberrollen, so zerbrechlich und kostbar sie sind, eine Botschaft in sich, die von der Antike bis in unsere moderne Zeit hineinreicht: die Bedeutung von Gottes mächtigem Wort, damals wie heute.

Das Magnificat-Institut in Jerusalem

Noten für den Frieden

Es begann alles mit einer Versetzung des Franziskanerpaters Armando Pierucci. Seine Ordensoberen hatten 1988 den weit über Italien hinaus bekannten Komponisten für sakrale Musik als Organisten an die Grabeskirche geschickt und zum Chefredakteur des italienischsprachigen Magazins „La Terra Santa" in Jerusalem gemacht. Bald reifte in dem sympathischen Mönch mit seinem immer frohen Lächeln auf den Lippen, das einen unwillkürlich an seinen „großen Bruder Sonne" erinnert, die Vision von einem Musikinstitut im Dienste des Friedens zwischen den beiden im Bruderzwist sich befindlichen Völkern der Juden und Palästinenser.

In seiner Redaktionsstube ließ er kurzerhand ein Klavier aufstellen und nannte den bescheidenen Raum „Istituto Magnificat". Obwohl er von manchen als Fantast belächelt wurde, ließ er sich nicht beirren in der Überzeugung, dass nur der Mensch ein Realist sei, der auch von großen Dingen zu träumen vermöge.

Bald gelang es ihm, halbwüchsige Palästinenser von der Straße zu holen, die noch vor Kurzem in blinder Wut gegen die verhassten Soldaten Steine geschleudert hatten und diese Wurfgeschosse jetzt gegen Notenblätter vertauschten. Für Pater Armando kein leichtes Unterfangen. Manchmal griff er sich in die zerzausten grauen Haare und bat seinen Herrn um himmlische Geduld. Und was keiner für möglich gehalten hätte: Am Ende des ersten Schuljahres fand in seinem Büro das erste Konzert seiner jungen, angehenden Musiker im Beisein der stolzen Eltern und verblüfften Mitbrüder statt.

Nach diesem gelungenen Startschuss ließ die Franziskaner-Kustodie mehrere uralte, unter der Erde liegende Kellergewölbehallen, die als Rumpelkammern dienten, räumen und wie eine mittelalterliche Krypta mit Übungsräumen, Bibliothek und einer kleinen Aula für öffentliche Konzerte ausbauen. Das „Istituto Magnificat“ hatte endlich seinen offiziellen Sitz gefunden.

Heute unterrichten dort 16 jüdische und palästinensische qualifizierte Musiklehrer 180 Studenten.

1999 lernte Pater Armando in Italien Anita Crasnich Tavasani kennen. Sie hatte wenige Wochen vorher ihren Sohn Carlo verloren. Im Gespräch mit dem mitfühlenden Franziskaner wurde Anita klar, dass sie sich nicht für immer in ihre mütterliche Trauer verschließen, vom Rest der Welt abkapseln durfte. „Wissen Sie was?“, kam es spontan aus ihr heraus. „Ich möchte etwas Konkretes für das lebendige Andenken meines Sohnes tun. Ich stifte den ‚Carlo-Tavasani-Preis‘. Das Magnificat-Institut soll einen jährlich stattfindenden Klaviermusikwettbewerb für junge talentierte palästinensische und jüdische Künstler veranstalten.“

Eine Idee war geboren. Der erste Wettbewerb wurde für den 7. Januar 2000 ausgeschrieben. 63 Teilnehmer von Nazareth, Nablus, Ramallah, Jerusalem, … hatten sich angemeldet, im Alter von neun bis dreißig Jahren. Das „Notre-Dame-Center“ in Jerusalem stellte seine Kulturhalle zur Verfügung. Das Thema dieses musikalischen Wettstreits lautete: „Noten für Frieden und Brüderlichkeit im Heiligen Land“. Die Preise empfingen die Sieger aus den Händen von Frau Tavasani und des italienischen Konsuls Gianni Ghisi, der Signora Anita als eine Botschafterin des Friedens für das Heilige Land bezeichnete.

Inzwischen haben bereits 300 junge Menschen an vier „Concorsi Pianistici Carlo Tavasani“ teilgenommen, Musikwettkämpfen ohne Diskriminierung der Nation, der Rasse oder Religion.

In die Jury hatte Pater Armando Maestro Elbar, einen talentierten israelischen Musiker, eingeladen. Da das Vorspiel an einem Samstag stattfand, reagierte Elbar als streng orthodoxer Jude zunächst ablehnend: „Am Shabat arbeite ich nicht!“

„Aber Sie tun doch damit nur ein gutes Werk“, antwortete Pierucci mit bäuerlicher Schläue.

„Da haben Sie eigentlich recht“, gab Elbar nach kurzer Überlegung zu. „Und da ich am Shabat kein Geld nehmen darf, möchte ich das gute Werk gratis tun.“

Während des besagten Vorspiels war der israelische Maestro nicht wenig überrascht, als das junge Volk aus Ostjerusalem, Jericho, Ramallah ... die Kinder dieser „schrecklichen Palästinenser“, wie beispielsweise der 16-jährige Teenager Jiries, die „Fantasia“ von Chopin mit einer Schnelligkeit, mit einer Musikalität im Blut spielte, die die Herzen bewegte.

„Wir sollten uns unbedingt wieder treffen“, bedrängte Elbar den Direktor von Magnificat nach dem Abschlusskonzert. „Wir müssen noch mehr gemeinsam unternehmen! Die Bravur der jungen Palästinenser hat mich restlos begeistert. Dieser Kampf, der nicht vom Röhren der Kanonen, nicht von dem Geknatter der Maschinengewehre, nicht vom Zischen der Schleudersteine geprägt war, sondern vom Sound der Noten eines Cimarosa, Brahms oder Debussy!“

Günstige Gelegenheiten weiterer Begegnungen zwischen jungen israelischen und palästinensischen

Musikern ließen nicht lange auf sich warten. Pater Armando wurde wieder einmal von der Muse geküsst und komponierte auf Arabisch die Messe „Mar Yusef“ zum Fest des heiligen Josef. Uraufgeführt wurde das Stück während einer Konzertreise durch Italien von einem gemischten Chor aus 30 palästinensischen und israelischen Sängern, unter der Leitung von Saul Zaks, Professor an der Rubin-Musikakademie in Jerusalem.

Damit war ein Stein ins Rollen geraten. Unter dem Motto: „Noten des Friedens“ lud Francesco Saverio, Koordinator für die „Scuole Popolari di Musica“ in Rom, zwei israelische Studenten von der Rubin-Akademie, einen Schüler von der „Palästinensischen Akademie für Musik und Tanz“ in Jerusalem und zwei palästinensische Studenten vom Magnificat-Institut für die Zeit vom 26. April bis 5. Mai 2004 zu einem gemeinsamen Studieren und Musizieren mit Studenten in Rom ein. Steve, einer der Schüler von Pater Armando, meinte am Ende dieser Woche des Austausches und Miteinanders: „Diese Tage wurden für mich zu einem unvergesslichen Erlebnis, wo es nicht mehr zählte, ob du Jude oder Araber bist, weil wir uns auf dem gemeinsamen Boden der Freundschaft, der Harmonie und der Gleichheit bewegten. Ich hatte den Eindruck, als hätten wir zusammen einen Friedensbaum gepflanzt, dessen Blätter sich im Rhythmus der Musik bewegten. Seine Blüten summten die gleiche Melodie in vielen harmonischen Stimmen. Es war, als arbeiteten wir an dem Entwurf einer großen Symphonie des Friedens für unsere gemeinsame Heimat Israel-Palästina.“

Juden und Palästinenser

Siamesische Zwillinge mit einem gemeinsamen Herzen

Manchmal frage ich mich: Sind Juden und Palästinenser, ja überhaupt die Völker des Mittleren Ostens, nicht alle Semiten? Macht die Tatsache, dass die arabische Bevölkerung im Heiligen Land sich Palästinenser nennt, diese schon automatisch zu potenziellen Terroristen?

Ein Priester aus dem Lateinischen Patriarchat erzählte mir seine eigene, schmerzliche Erfahrung zu diesem Thema: „Vor einiger Zeit bat man mich, während der Urlaubszeit in einer deutschen Pfarrei eine Urlaubsvertretung zu übernehmen. Als Palästinenser wurde ich zuweilen mit großer Herzlichkeit aufgenommen, zuweilen aber auch mit Zurückhaltung und Reserviertheit. Ich galt als suspekt. In solchen Augenblicken fühlte ich mich klassifiziert, abgestempelt. Eines Tages bat man mich, die Eucharistie einem kranken Mann der Gemeinde zu bringen. Der Pfarrsekretär rief vorher die Familie an. Ich hörte im Nebenzimmer, wie er am Telefon sagte: ‚Ein Priester wird die Kommunion bringen. Wissen Sie, er ist Palästinenser. Aber ein guter Palästinenser.‘ Ich fühlte mich gedemütigt, weil Palästinenser als böse und gefährlich galten. Ich war nur die Ausnahme dieser Regel.“

Täglich begegne ich Menschen, die der Verzweiflung Raum geben. Sie sind dabei, aufzugeben. Sie heben resigniert die Arme hoch und sagen: „Was kann ich schon noch tun? Es gibt sowieso keine Hoffnung mehr.“

Unwillkürlich erinnere ich mich an den melktischen Bischof von Galiläa und Friedensaktivisten Elias Chakur. Aus seiner Überzeugung heraus, dass Friedensverträge nicht mit einer Unterschrift auf einem Stück Papier, sondern in den Herzen der Menschen ratifiziert werden, erzählte er mir einmal folgende Geschichte: „Eines Tages erhob sich im Heiligen Land ein heftiger Sturm. Der Wind fegte mit unbarmherziger, destruktiver Gewalt über die Wälder. Die Zweige der Bäume schlugen heftig gegeneinander und zerstörten ihre Blätter. Eine geradezu apokalyptische Vision. Äste brachen ab. Und was noch übrig geblieben war, hing in einer chaotischen Unordnung übereinander. Während dieses fürchterlichen Sturms kam ein Wanderer vorbei und sah den fast schon zerstörten Wald. Er rief den verrückten Bäumen zu: ‚Seid ihr wahnsinnig?! Warum zerstört ihr euch gegenseitig?' Einer der Bäume antwortete ihm: ‚Mein Freund, merkst du nichts von diesem grausamen Sturm? Spürst du nicht den unbarmherzigen Wind? Wir Bäume sind die unschuldigen Opfer davon.'

Von diesem Gejammer völlig unbeeindruckt gab der Wanderer den Bäumen zur Antwort: ‚Aber eure Wurzeln umarmen sich doch! Sind diese nicht stärker als der Sturm?'"

Ich lese in der Zeitung den offenen Brief einer palästinensischen Medizinstudentin an ihre jüdische Freundin. Darin heißt es: „Liebe Anat, wir dachten, wir hätten es geschafft. Es war uns gelungen, trotz all unserer Unterschiede, Freunde zu werden. Ich bin gläubige Muslimin, du freidenkende Jüdin. Was uns verbindet, ist die Tatsache, dass wir beide in Jerusalem geboren sind. Ein Ort, der sich während unserer Kindheit und Jugend weniger als heilige Stätte, sondern vielmehr als Konfliktherd erwiesen hat.

Durch unser persönliches Miteinander entdeckten wir, dass wir beide zu der einen Menschheitsfamilie gehören. Die Hoffnung begann aufzukeimen, unsere gemeinsamen Träume nach einem glücklichen Leben in unserer Geburtsstadt könnten sich doch verwirklichen.

Du weißt, ich war aktiv in der palästinensischen Studentenschaft. Ich strebte mit euch israelischen Studenten eine engere Beziehung an, die ihr starkes Fundament in der Wahrheit hat. Trotz aller nationalen Gesichtspunkte von eurer und unserer Seite begegneten wir uns. Wir pflegten einen herzlichen Kontakt und bemühten uns um einen engagierten, zivilisierten Dialog. Auch deine Freunde akzeptierten unsere Beziehung.

Du und ich, beide sind wir Semiten. Beide sind wir Individualisten. Unabhängig gingen wir den Weg unserer Freundschaft. Und nun sind wir wieder durch Gewalt auseinandergerissen. Ich höre noch deine fragende Stimme am Telefon: ‚Etwas ist geschehen, Samah! Wir saßen doch am Friedenstisch. Alles schien so gut wie unter Dach und Fach.'

‚Von welchem Frieden sprichst du überhaupt?', fragte ich zurück. ‚Ist es der Frieden von Checkpoints, der Mauer, von Leibesvisitation am Flughafen? Von der Verweigerung einer Rückkehr unserer Flüchtlinge, vom Weiterausbau der international illegalen Siedlungen auf unserem Grund und Boden? Von einem Frieden, der Ostjerusalem als unsere Hauptstadt von vorneherein ausschließt?'

Am Ende hängtest du ein, Anat. Nun versuche ich dich durch diesen offenen Brief zu erreichen. Ich erlebte lange Tage der Besatzung, der Hausdurchsuchung, des Ausgehverbots. Ohne Wasser, weil deine Regierung mein Volk in einen Belagerungszustand versetzt hat.

Radikal zu denken bedeutet noch lange nicht, gewalttätig zu sein. ‚Radikal' bedeutet für mich, dass jeder von Grund auf das Recht auf Wahrheit und Menschenwürde hat. Sobald die Israelis den Palästinensern Gerechtigkeit gewähren, Anat, können wir wieder unsere Freundschaft pflegen. Du und ich. Fast hätten wir es geschafft. Aber jetzt ist die Mauer statt einer Brücke da. Und was nun? Ich schreibe dir bei düsterem Licht in meinem Zimmer. Weil der Strom wieder einmal ausgefallen ist.

Anat, wir leben an einem unruhigen Ort, fern von dem Gefühl einer wahren Zivilisation, fern von einer Sensibilität im Hinblick auf menschliche Werte. Man möchte mit Waffen, Geld und Macht Wahrheit und Gerechtigkeit ersetzen. Das ist ein Weg, der in die Irre führen muss. Und was dann?

Wirst du diese Zeilen lesen, Anat, und nicht einfach in den Papierkorb werfen? Wirst du weiterhin meine Freundin sein, und ich die deine?"

Viele Menschen im Land der Bibel quält die Frage: „Werden Juden und Palästinenser doch noch an einen gemeinsamen Verhandlungstisch zu bewegen sein? Sind sie doch wie siamesische Zwillinge mit einem gemeinsamen Herzen? Wie viele Worte, leere Gesten um die sogenannte ‚Road Map' wurden schon gemacht und am Ende stand wieder einmal nur die Geburt einer ‚toten Maus'."

Auch ich frage mich immer wieder: Warum sollten immer nur die Politiker und Militärs das Sagen haben? Warum nicht auch die einfachen Leute? Vielleicht würde eine Volksbewegung neue, frische Dimensionen in das ausweglose Chaos bringen, in der sich Israelis und Palästinenser mit ihrem gesunden Menschenverstand engagieren, um selbst an ihrer eigenen Zukunft zu bauen. Warum ist die „People-to-People-Initiative", die vor einem Jahrzehnt so hoffnungsvoll gerade unter der jungen Generation begonnen hat, fast gänzlich zum Erliegen gekommen?

Ein einsamer Rufer inmitten der Wüste der Resignation ist der jüdische Intellektuelle Reuven Moskovitz – ein aktiver Mitstreiter der gewaltlosen „Bewegung für Frieden und Sicherheit“ und Mitbegründer der Friedensoase „Neve Shalom-Wahat es-Salam“, einer Siedlung, in der Juden und Palästinenser gleichsam durch ein gesellschaftliches Laborexperiment zeigen, dass Frieden zwischen zwei Nationen und drei Religionen möglich ist. Reuven geht von der Überzeugung aus, dass der Krieg dort aufhört, wo die Flexibilität beginnt den eigenen Standort zu wechseln und eine Sekunde des Mitgefühls für den anderen zuzulassen. So eine Haltung schwäche zwar die eigene ideologische Position und berge die „Gefahr“ der Veränderung in sich, das aber sei der Beginn aller Menschlichkeit. Moskovitz ist der Meinung, es sei jetzt tatsächlich allerhöchste Zeit, den Sumpf trockenzulegen, anstatt die Stechmücken zu bekämpfen. Dann würden die Moskitos von selbst verschwinden und mit ihnen jede Art von krankhaftem Menschenwahnsinn.

In seiner direkten Art drückt der Friedensstreiter seine Kritik an der aktuellen, ausweglos erscheinenden Situation so aus: „Menschen entscheiden über das, was auf der Erde geschieht. Gott würde wahrscheinlich nichts dagegen haben, wenn sie ihn ein bisschen weniger und ihre Mitmenschen ein bisschen mehr liebten. Stattdessen schaffen wir uns Feindbilder und vernichten, unterdrücken und benachteiligen unsere Feinde oder erteilen Gott den Auftrag, sie zu vernichten. Da er in dieser Hinsicht etwas langsam ist, kommen wir ihm zuvor, führen in seinem Namen Kriege und verfolgen andere.“

Um aus diesem fatalen Teufelskreis der Gewalt herauszukommen, erinnert Reuven an einen Spruch der jüdischen Weisen: „Ein Held ist jemand, der sich seinen Feind zum Freund macht."

Mit Moskovitz glauben auch noch viele andere an die Gewalt der Gewaltlosigkeit, im gandhischen Wortverständnis von der Macht der Liebe und der Kraft der Wahrheit. Hatte nicht Mahatma Gandhi mit dieser „Power" Erfolg und bot er nicht damit dem ganzen englischen Imperium die Stirn, bis seinem Land die ersehnte Unabhängigkeit geschenkt wurde?

Martin Luther King setzte auf die gleiche Karte. Es gelang ihm, seine farbigen Landsleute in Amerika von

Fast hätten sie es geschafft. Aber jetzt ist die Mauer statt einer Brücke da. Was nun? Ein französischer Künstler klebte überlebensgroße Poster an die Mauer zu dem Thema „von Gesicht zu Gesicht". Er will damit einen wütenden Mauer-Protest beider Völker zum Ausdruck bringen als Aufruf zur Koexistenz in Frieden und Gerechtigkeit.

rassistischer Diskriminierung zu befreien, bis sie als gleichwertige Bürger mit den gleichen zivilen Rechten behandelt wurden. Ein Nelson Mandela war in der Lage, während er 27 Jahre im Gefängnis saß, passiven Widerstand gegen die südafrikanische, weiße Regierung zu leisten, die über ein Jahrhundert lang Apartheid praktizierte.

Warum sollte das nicht auch im Land der Bibel möglich sein? Die beiden Völker verlangen geradezu nach einem palästinensischen Nelson Mandela, nach einem israelischen Mahatma Gandhi.

„Selig die Friedensstifter" – die Peace-Maker also! – „denn sie werden Kinder Gottes genannt werden", heißt es in der Bergpredigt (Mt 59). In der hebräischen Sprachwurzel steckt in dem Begriff „Schalom" sowohl „Wohlergehen" als auch „Bezahlen". Wenn also jeder seinen gerechten Lohn empfinge, wenn soziale Gerechtigkeit herrschte, dann herrschte der Friede über die Menschen.

Im arabischen Wortgebrauch für „Frieden" – „Salam" – verbirgt sich der Begriff „sich anvertrauen". Wenn also gegenseitiges Vertrauen die Beziehungen prägte, dann herrscht wiederum Friede unter den Menschen und nicht die Angst.

Diese Worte haben ihren Ursprung im Munde Jesu, der für sein irdisches Wirken dieses Trouble-Land gewählt hatte. Auf dem Berg der Seligpreisungen verkündete er sein großes, politisches Manifest, seine Magna Charta, die wie ein ewiges Echo auch heute von diesem Hügel widerhallt: „Selig die Sanftmütigen, denn sie werden die Erde als Besitz empfangen." Also nicht diejenigen sind gemeint, die das Land mit Waffengewalt an sich reißen wollen, auch nicht jene, die nur das irdische Jerusalem sehen und es für sich allein beanspruchen, nicht jene, die ihre Ziele mit schussbereiten Maschinenpistolen und Sprenggürteln

Juden und Palästinenser, beide sind sie Semiten. Warum sind sie durch Gewalt auseinandergerissen?

um ihren Lcib erzwingen wollen, sondern vielmehr jene, die das Wort „eigene Sicherheit" mit dem Begriff „gegenseitiges Vertrauen" ersetzen und sich auf dieses Risiko einlassen.

Die Gebrauchsanweisung dazu ist dem Land der Bibel geradezu in den Schoß gelegt. Das Rezept existiert. Aber wird es auch angewandt? Ich glaube doch – wenn auch noch ganz zaghaft! Denn mehr und mehr gewinne ich den Eindruck, dass trotz allem Waffengeklirr mehr und mehr Menschen auf die Sprache der Non-Violence eingehen, weil diese Gewalt der Gewaltlosigkeit auf Dauer doch eine stärkere Sprengkraft in sich trägt als Bomben und Raketen. Diese sanfte Gewalt ist wie eine Blume, die sich durch einen kleinen Riss im hässlichen Asphalt ihren Weg bahnt und allmählich zu blühen beginnt.

Ein japanisches Sprichwort sagt: „Wenn du eine 100 Kilometer lange Reise antreten willst, so beginnt diese mit dem ersten Schritt." Das Heilige Land braucht heute viele solcher kleiner Schritte, die zeigen, dass in beiden Völkern Kräfte schlummern und mobil gemacht werden können, die Feindesliebe nicht mit sklavischer Unterordnung verwechseln. Auch nicht mit Schwäche oder mit dem Aufgeben der eigenen fundamentalen Rechte. Dieses Land braucht Menschen, die diese Rechte mit der Vehemenz der Gewaltlosigkeit und der Liebe verteidigen. Und damit ließe sich dann vielleicht allmählich ein Erziehungsprozess in Gang setzen, der von einer Kultur des Schwertes zu einer Kultur des Olivenzweigs umschwenkte.

Damit könnten alle Menschen guten Willens in der Welt sich die Hand zu einer „Lichterkette" reichen, die den ganzen Erdball umschließt. Ein Glied in dieser Kette ist der Peace-Aktivist und katholische Priester Labib Kopti. Er bringt seine Friedens-Vision so zum Ausdruck:

„Solange die Waffenindustrie blüht, wird das Töten weitergehen. Wir verlangen nicht von den Weltmächten, ihre Waffenproduktion einzustellen. Wir bitten nur darum, diese Waffen nicht in unserer Region zu testen. Wir verlangen nicht nach der Sonne oder nach dem Mond. Wir haben nur den Wunsch, dass man uns in Frieden unter der Sonne und unter dem Mond leben lässt. Lasst uns Herzen aus Fleisch und nicht aus Stein bilden. Israelische und palästinensische Kinder möchten wieder unbeschwert lachen können. Gebt ihnen die Chance, zu leben, und nicht zu sterben. Leben und Liebe sind wichtiger als Macht, Gier und Geld. Gewalttätigkeit wird enden, wenn Israelis entdecken, dass sie von den Palästinensern geliebt werden. Gewalttätigkeit wird enden, wenn die Palästinenser herausfinden, dass auch sie von den Israelis geliebt werden.

Palästinensische Kinder möchten mit ihren jüdischen Altersgenossen wieder unbeschwert lachen können.

Nur die wahre Liebe, frei von eigenen Interessen, kann eine neue Zukunft aufbauen. Wenn beide Völker nicht mehr auf Fanatismus und exklusives Geschrei hören, wird die brachiale Gewalt ein Ende nehmen. Wenn beide Völker ein klares Nein zum Töten und ein entschiedenes Ja zum Leben sagen, wird die Gewalt ein Ende nehmen. Was wir brauchen, ist echte Freundschaft und keine Kriege. Auf dass Israelis und Palästinenser einen Weg der Hoffnung und des Neubeginns finden!"

Eine neu entdeckte Höhle

Behausung Johannes' des Täufers?

„Archeologia?“, fragte mich der Mann am Eingangstor zum Kibbuz Tzova, „bewaffnet“ mit einer 1000 Watt starken Taschenlampe in der Linken.

„Yes, archeologia“, erwiderte ich. „Können Sie uns zur ‚Johanneshöhle‘ führen?“ „Selbstverständlich“, war die Antwort des freundlichen Kibbuzniks. Dann streckte er uns mit einem strahlenden Lächeln die Hand entgegen. „Mein Name ist Reuven Kalifon. Lassen Sie mich bitte in Ihren Wagen einsteigen. Dann fahren wir zusammen zur Höhle.“

Nach vier Kilometern machten wir am Straßenrand Halt. Reuven schloss ein provisorisches Eisengittertor auf. Dahinter verlief ein Feldweg durch die Pfirsichplantagen des Kibbuz. Nach hundert Metern standen wir vor dem Eingang zur „Johanneshöhle“.

Reuven erzählte uns, dass sie oft in der Regenzeit, wenn sie auf den Feldern gearbeitet hätten, auf dem Bauch in die durch Büsche versteckte, schmale Öffnung der Grotte hineingekrochen seien und Zuflucht suchten, während der Himmel seine Schleusen geöffnet habe.

Doch der Lehrer und Hobby-Archäologe Reuven Kalifon vermutete damals, dass dieser schmale Schlund zu einer größeren Grotte führen müsse, die durch das Geröll und die Ablagerungen der Jahrtausende verschüttet sei. Manchmal führte er gelegentliche Besucher dorthin. Einmal waren sie auf allen vieren tiefer in diese Spelunke hineingerobbt und entdeckten dabei, dass die Wände verputzt waren. Das ließ dem Emigranten aus Cleveland keine Ruhe mehr. Im Jahre 1999 bat Reuven seinen Freund, den englischen Archäologen Shimon Gibson, sich die Höhle doch einmal näher anzusehen.

„Als ich in das Felsenloch hineinkroch, das fast total von Farnkraut und Dornbüschen verdeckt war“, erinnert sich Gibson, „da war ich vollkommen überrascht, auf der Mauer das roh in die Felswand geritzte Antlitz eines Mannes zu sehen. In der Hand hielt er einen Stab. Auf der anderen Seite ein Haupt. Es war eine aufregende Entdeckung. Sofort kamen mir Assoziationen an Johannes den Täufer, dem ja Herodes Antipas den Kopf hatte abschlagen lassen.“

Gibson sprach über diese Entdeckung mit James Tabor, Professor für religiöse Studien an der Universität von North Carolina in Charlotte. Dieser signalisierte sofort Interesse für eine gründliche Ausgrabung der Höhle.

Bald wurde eines offensichtlich: Die Höhle war nicht irgendein verlassenes Reservoir, das sich mit Schlamm angefüllt hatte. In den folgenden fünf Jahren gelang es Gibson und seinem Team, mit freiwilligen Helfern die Grotte zu zwei Dritteln von der Füllerde zu befreien. Dabei gewannen sie die Überzeugung, dass die Höhle in der Eisenzeit, zwischen 800 v. Chr. und 500 v. Chr., ausgeschlagen und als rituelles Reinigungsbad der Juden benutzt worden war. Aus den verschiedenen Erdschichten buddelte man eine viertel Million Scherben ehemaliger Krüge aus. Die Menschen hatten sie wohl damals für ihre Reinigungsrituale benutzt.

Die Ausgräber entdeckten 28 Stufen, die bis auf den Grund hinabführten. Auch wir stiegen jetzt diese Stufen in die Höhle, mit ihren Ausmaßen von 25 Metern Länge, 4 Metern Breite und 5 Metern Höhe, hinab. Reuven machte uns auf eine in den Felsen gehauene Nische an der rechten Seite aufmerksam. „Hier hatten wohl die Männer ihre Kleider abgelegt, bevor sie mit entblößtem Körper in das jüdische Ritualbad hinabstiegen“, erläuterte der Lokal-Guide des Kibbuz. Dann zeigte er uns daneben einen ovalen Stein mit einer fußförmigen Vertiefung. Nach Gibson hätten hier die Gläubigen ihren rechten Fuß hineingestellt, wobei durch einen kleinen Kanal das rituelle Öl darübergegossen worden war. Das bewiesen auch die Fragmente kleiner Wasserkrüge, wie sie bei Taufriten gebräuchlich gewesen waren.

„Alles recht einsichtig für die alttestamentliche Zeit der Israeliten, aber wo bleibt die ‚Johannes-der-Täufer-Connection‘?“, bohrte ich mit einem leisen Unterton in der Stimme nach.

Reuven setzte ein strahlendes Lächeln auf. „Jetzt kommt’s! Wir müssen uns bewusst machen, dass wir im Heiligen Land durch die biblische Archäologie nur wenige Artefakte gefunden haben, die einen direkten Bezug zum Neuen Testament herstellen. Mit Recht sagt Shimon Gibson: ‚Johannes der Täufer war bisher nur eine Figur in den Evangelien. Jetzt wird er endlich lebendig. Denn gerade die Darstellungen in der Grotte erzählen uns etwas vom Wirken und Schicksal des Vorläufers Jesu. Das Neue Testament schildert ihn uns als einen Bußprediger, dem viele Menschen nachfolgten und seine Botschaft sich zu Herzen nahmen.‘

Sehen Sie hier die Figur in der Nähe der Höhlendecke in die Wand eingraviert? Der Mann mit seinem zerzausten Haar hat einen Heiligenschein. Er trägt ein grobes Gewand. Die Punkte darauf deuten wohl auf ein Tierfell hin. In der einen Hand hält er einen Stab mit einem Kreuz darauf. Die andere Hand ist erhoben wie zu einer Proklamation. Auf der anderen Seite der Wand erkennt man einen Kopf, der an die Enthauptung des Täufers durch Herodes Antipas erinnert.

Daneben die Darstellung eines Arms und von Kreuzen. Tatsächlich wurde im 4. Jahrhundert in Jerusalem der Arm des Täufers als Reliquie verehrt", schloss Reuven seine Ausführungen.

Gleichzeitig geben jedoch Gibson und Tabor zu, dass diese Graffiti wohl in die byzantinische Zeit datiert werden müssten und wohl von Mönchen aus dieser Epoche stammten. Jedoch hätten sie damit die Lokaltradition vom Täufer durch ihr Leben hier in der Abgeschiedenheit weiterhin hochgehalten. Trotzdem glaubt Gibson, dass die Grotte, die ganz in der Nähe von Ein Karem, des traditionellen Heimatortes Johannes' des Täufers, sich befindet, von diesem zu Beginn seines öffentlichen Auftretens persönlich benutzt worden sei: „Ich bin nun sicher, diese Höhle stand in Verbindung mit dem antiken Kult des Täufers. In der Tat mag das der Ort sein, an dem Johannes seine frühen Jahre verbrachte, die Stätte, wo er die Einsamkeit in der Wildnis suchte, und der Platz, wo er begann, die Taufe zu praktizieren."

Tabor drückt sich etwas vorsichtiger aus: „Niemand kann mit Sicherheit sagen, ob die Grotte je von Johannes dem Täufer benutzt wurde. Jedoch bringt sie uns durch ihre frühchristliche Tradition einen wichtigen Teil des Neuen Testaments nahe. Auf jeden Fall haben wir es bei dieser geografischen Lage, der Nähe zu Ein Karem, mit einer Höhle zu tun, die mit ihrem Wasser-Reinigungs-Ritus zurück ins 1. Jahrhundert reicht und damit eine Beziehung mit der Tradition des Täufers herstellt."

Nach Ansicht des Archäologen und Bibelwissenschaftlers L. Michael White, Direktor des Instituts für die Ursprünge des Christentums an der Universität von Texas in Austin, wurde diese Höhle erst vom 4. bis 7. Jahrhundert als Ort der Verehrung wahrgenommen, als die christlichen Pilger begannen, im Heiligen

Land nach heiligen Stätten zu suchen. Die byzantinischen Zeichnungen an den Wänden würden ganz in diese Linie passen.

Als wir uns nach gut zwei Stunden von unserem sympathischen Guide Reuven Kalifon verabschiedeten und voller neuer Eindrücke nach Jerusalem zurückfuhren, gingen uns viele Gedanken durch den Kopf: Tatsache ist, dass wissenschaftliche Untersuchungen des Pflasters an den Wänden der Grotte auf das 5. bis 8. Jahrhundert v. Chr. hindeuten. Deshalb ist anzunehmen, dass die Höhle damals als jüdisches Ritualbad gedient hatte, zumal die jüngsten Ausgrabungen südlich davon noch mehr in den Fels geschlagene Wasserbecken mit Kanälen ans Tageslicht brachten.

Möglicherweise wurde die Grotte schon im 1. Jahrhundert von den Urchristen bei ihrem Taufritus benutzt. Ob Johannes selbst dort taufte, ist eher nicht anzunehmen, da er nach dem Neuen Testament am Jordan öffentlich wirkte, was doch eine beträchtliche Entfernung von diesem Ort bedeutet. Außerdem gibt es in der Höhle keine Inschrift, die auf seine Person hinweisen würde. Deshalb lässt sich schwerlich ein schlüssiger Beweis für den Aufenthalt des Täufers dort antreten. Die Christen mögen in den folgenden Jahrhunderten angenommen haben, Johannes der Täufer habe diese Höhle benutzt, vor allem wegen der Nähe zu seinem Geburtsort. Und das könnte sie wiederum motiviert haben, die Graffiti des Täufers an den Wänden anzubringen.

So bleibt bei allen Pros und Kontras – wie bei so manchen Orten im Land der Bibel – so viel Licht, dass man glauben kann, aber auch so viel Dunkel, dass man nicht unbedingt glauben muss.

Kathisma-Marienrast

Auf dem Weg nach Bethlehem

Als ich im Jahre 1981 dem Kompass meines Herzens gefolgt war und für immer ins Land der Bibel kam, hatte ich endlich den „Schatz im Acker" in Gestalt einer jungen Frau gefunden, mit der ich inzwischen 25 Jahre verheiratet bin. Oft erinnerte sich Louisa auf dem Weg von Jerusalem nach Bethlehem, nahe der Kirche zum Propheten Elias, an eine Erzählung ihrer Großtante Jamile mit ihren 94 Jahren. Dort habe die heilige Jungfrau Maria eine Rast eingelegt, als die Stunde ihrer Niederkunft schon ganz nahe gewesen sei. Dort habe sie auch aus einem Brunnen getrunken. Und dort hätte in alter Zeit eine Kirche zum Gedächtnis an dieses Ereignis gestanden.

Mein archäologisches „Jagdfieber" war natürlich damit geweckt. Manchmal machten wir dort mit unseren Kindern Halt und begaben uns auf Spurensuche. Tatsächlich fanden wir Bruchstücke byzantinischer Krüge und andere Keramikscherben. Kreisförmig angeordnete Steine weckten Assoziationen an einen Brunnen. So hofften wir auf den richtigen Moment, bis die Zeit für eine systematische Ausgrabung reif sei.

Wie bei einem Sechser im Lotto gab es tatsächlich 11 Jahre später einen archäologischen Treffer. Die Autostraße von Jerusalem nach Bethlehem sollte verbreitert werden. Dabei fand man Reste eines antiken Bauwerks. Die herbeigerufene junge Archäologin Rina Avner identifizierte sie als Fundamente der Basilika Kathisma-Marienrast, eine der ersten Marienkirchen der Christenheit. So tickten an jenem heißen

Junitag des Jahres 1992 die Fernschreiber diese sensationelle Nachricht rund um den Erdball. Und damit verdrängte sie wenigstens für einen Tag die Schlagzeilen von Krieg und Naturkatastrophen in der Weltpresse.

Meine Frau und ich fühlten uns daraufhin in unserer Jerusalemer Wohnung wie elektrisiert. Also schwangen wir uns in unseren alten „Käfer“ und hofften auf Informationen aus erster Hand. Und wir wurden fündig! Auf dem Ausgrabungsgelände trafen wir Rina Avner bei ihrer Arbeit an. Auf unsere neugierige Frage, wie es zu dieser außergewöhnlichen Entdeckung gekommen sei, schaute uns die sympathische Archäologin vielsagend an, klappte ihre Ausgrabungsnotizen zu und lud uns ein, bei einer Tasse Kaffee auf dem „Fels der Marienrast“ Platz zu nehmen.

„Es begann alles mit einer Planierraupe, die bei dem Straßenbau auf Mosaikreste und die Basis einer großen Säule stieß“, begann die junge Frau zu erzählen. „Sofort wurde die Arbeit gestoppt. Es war klar: Hier musste zunächst ein Archäologe her. So erhielt ich den Auftrag, eine erste Notgrabung vorzunehmen. Als wir entdeckten, wie wichtig diese Funde waren, und dass die Mosaikteile zum nördlichen Bereich einer Wandelhalle innerhalb einer oktogonalen Kirche gehörten, erklärten sich sogar die zuständigen Behörden bereit, den Plan der Schnellstraße zu ändern“, fügte sie mit einem verschmitzten Lächeln hinzu.

„Mit welcher Berechtigung können wir sagen, hier die authentische Kathisma-Kirche vor uns zu haben?“, musste ich die nächste Frage loswerden.

Rina legte nachdenklich die Stirn in Falten. Dann fuhr sie fort: „Unsere Entdeckung passt genau zu den ursprünglichen, literarischen Quellen und liegt topografisch entsprechend den antiken Ortsangaben drei römische Meilen von Jerusalem entfernt. Außerdem hat die Flurbezeichnung an dieser Stelle bei der einheimischen Bevölkerung den Namen ‚Bir-Kathisma‘ –, ‚Rastbrunnen‘ –, bewahrt.

Die wichtigste Entdeckung war jedoch für uns der heilige Fels, in der Mitte der oktogonalen Kirche. Dieser erhebt sich über die ihn umgebenden Mosaiken. Ein weiteres Indiz dafür, welch große Bedeutung die frühen Pilger diesem Felsen hatten zukommen lassen. Der achteckige Kirchenbau hatte ihnen die Möglichkeit geboten, den frei stehenden Steinblock zu umschreiten und zu verehren.“

„Wie aber verträgt sich die Entdeckung des Felsens mit dem Bericht des Pilgers Theodosius, der uns erzählt, dass der Statthalter Urbicius diesen Steinblock absprengen und quaderförmig nach Art eines Altares behauen ließ, in der Absicht, ihn nach Konstantinopel zu bringen?“, versuchte nun Louisa provozierend zu fragen.

Frau Avner setzte ein entwaffnendes Lächeln auf. „Vielleicht sollten wir zunächst der Reihe nach eine kleine Exkursion in die geschichtliche Vergangenheit unternehmen: Das sogenannte ‚Protoevangelium des Jakobus‘ aus der Mitte des 2. Jahrhunderts erzählt uns von dem Ort, an dem die Geburtswehen Mariens auf dem Weg zur kaiserlichen Einschreibung nach Bethlehem begannen: ‚Und als sie bis auf drei Meilen herangekommen waren, wandte sich Josef um und sah, dass Maria traurig war. Und er sprach bei sich: ‚Vielleicht quält sie das, was in ihr ist.‘ Und wiederum wandte sich Josef um und sah sie lachen und er sagte zu ihr: ‚Maria, was ist mit dir, dass ich einmal dein Gesicht lachend und einmal traurig sehe?‘ Und es sprach Maria zu Josef: ‚Zwei Völker sehe ich in meinen Augen: Das eine Volk ist voll Weinen und Wehklagen, und das andere voll Freud und Jubel.‘

Und sie kamen halbwegs, und Maria sprach zu Josef: ‚Nimm mich von dem Esel herab, denn was in mir ist, drängt mich, dass es herauskomme.' Und er nahm sie herab von dem Esel.'

Der Pilger Theodosius, der um 518 das Heilige Land bereiste, kannte diese frühchristliche Tradition, denn er schreibt: ‚Drei römische Meilen von der Stadt Jerusalem gibt es eine bekannte Stätte. Als unsere liebe Frau Maria, die Mutter des Herrn, nach Bethlehem zog, stieg sie da vom Esel herab und setzte sich auf einen Feldstein und segnete ihn.' Theodosius erzählt nun weiter, dass ein mächtiger, byzantinischer Hofbeamter, ein gewisser Urbicius, diesen Feldstein habe wegschleppen lassen wollen. Ein Unterfangen, das er bitter bereuen musste, da die Erde ihn nicht in ihrem Schoß aufnehmen wollte, als er starb; denn sein Leichnam wurde dreimal aus dem Grab herausgeschleudert.

Um das Jahr 451 ließ Ikelia, eine überaus fromme und geschätzte Dame, an jener Stelle eine Kirche zu Ehren der ‚Himmlischen Frau und Gottesgebärerin' bauen, wie ein anonymer Zeitgenosse berichtet.

Im Zusammenhang mit der Biografie des heiligen Theodosius tauchte im 6. Jahrhundert erstmals die Verbindung des Ortes mit den drei Weisen auf, wenn es da heißt: ‚Es ist aber aus früherer Zeit eine Nachricht der Väter auf uns herabgekommen, dass jene gläubigen Magier, die aus dem Morgenland nach Bethlehem gereist waren, auf ihrem Rückweg abstiegen und hier die Nacht bis in den Morgen zubrachten, worauf sie ihren Heimweg antraten.'

Der Pilger von Piacenza besuchte um 570 die Kirche der Ikelia über der ‚Marienrast' und bezeugte als Erster eine Legende in Verbindung mit der Zisterne Bir-Kathisma: ‚Am Weg nach Bethlehem, da liegt beim dritten Meilenstein von Jerusalem aus Rachel begraben [...] Am selben Ort sah ich mitten am Weg

Wasser aus dem Felsen hervorkommen [...] Von diesem Wasser schöpften alle, ohne dass man eine Abnahme sähe. Es ist ganz unsagbar, wie süß es sich trinkt. Wie man sagt, erklärt sich dies so, dass die heilige Maria auf der Flucht nach Ägypten an diesem Ort saß und dürstete. So sei dieses Wasser hervorgequollen. Hier ist nun auch eine Kirche erbaut.'

Um auf Ihre Frage zurückzukommen", fuhr Rina fort, „das Protoevangelium des Jakobus spricht also von einem Felsstein. Der griechische Name der Kirche Kathisma bedeutet ‚Sitz'. Ich vermute, dass der Fels als Podium diente. Darauf stand wahrscheinlich eine Kathedra. Dieser Stuhl wurde wohl von Urbicius weggeschafft."

„Schon recht und gut", hakte ich nach, „aber lässt sich archäologisch feststellen, ob der Fels in einem Stück abgetragen wurde?"

„Wir werden bei weiteren Untersuchungen den Fels näher unter die Lupe nehmen", warf mir die Archäologin den Ball zurück. „Vielleicht finden wir mögliche Spuren einer Bearbeitung, vielleicht auch Löcher für den sich darüber befindlichen Sitz aus Stein, Holz oder Elfenbein."

„Was ist inzwischen von der Kirche freigelegt?", bohrte ich weiter.

„Wir haben bis jetzt etwa 20 Prozent der westlichen Kirchenseite ausgegraben", stellte Frau Avner sachlich fest. „Dabei fanden wir zwei oktogonale Wandelhallen mit vier Seitenkapellen und sehr gut erhaltenen Mosaiken. Einige von ihnen wurden erst im 8. Jahrhundert hinzugefügt. Die Mosaiken sind in verschiedenen Nuancen von Rot-, Gelb- und Grüntönen ausgelegt und zeigen eine Vielfalt pflanzlicher und geometrischer Formen. Unter den Motiven befinden sich verschlungene Linien und Bänder, die von Medaillons mit Pflanzenmotiven durchbrochen werden, sowie Palmen und vier Füllhörner, sogenannte Cornucopiae, die Akanthusblätter tragen und von denen Traubenranken ausgehen. Eine Inschrift nennt einen gewissen Basilius. Möglicherweise war dieser damals Patriarch von Jerusalem. Auch von einem Mönch namens Johannes ist die Rede, der wohl bei der Kathisma-Kirche die Pilger betreute, selbst noch als die Araber das Land eingenommen hatten.

Die mittlere Wandelhalle weist Kapellen und Räume auf. Die äußere ist in Viereckform angelegt.

Natürlich haben wir das Oktogon mit anderen achteckigen Kirchen verglichen, zum Beispiel mit der Marienkirche auf dem Berg Garizim. Bei aller auffallender Ähnlichkeit ist die Kathisma mit einer Breite von 46 Metern bedeutend größer. Das Marienheiligtum auf dem Garizim misst eine Breite von 30 Metern und weist nur zwei Wandelhallen auf. Da die früheren Quellen auch von einem Kathisma-Kloster sprechen, suchten wir danach und fanden deren Mauerreste mit weiteren Mosaikfragmenten.

Es besteht kein Zweifel, dass der Ort in der Frühzeit des Christentums ein wichtiges Pilgerzentrum mit einem Gästehospiz war. Wir fanden kleine Pilgerflaschen, die die Besucher mit heiligem Öl oder Weihwasser gefüllt und als Andenken nach Europa mitgenommen hatten.

Außerdem stießen wir auf 21 Münzen aus dem 5. Jahrhundert und der folgenden islamischen Epoche – wir wissen, dass die Kirche beim Moslemansturm durch die Omaijaden im Jahre 638 in Flammen aufgegangen war. Außerdem fanden wir Keramikkrüge, Teller und Becher aus dem 5. und 6. Jahrhundert."

„Die Kirche wurde um 451 zu Ehren der Theotokos, also der Gottesmutter, gebaut", versuchte ich, das Gespräch wieder in die historische Richtung zu lenken. „So handelt es sich wohl bei der Kathisma um eine der ältesten Marienkirchen der Christenheit überhaupt, da ja das Konzil von Ephesus 431 in Erwiderung auf die Irrlehren der Zeit, die die Gottessohnschaft Jesu infrage stellten, Maria als die Theotokos proklamiert hatte."

Mit einem zustimmenden Nicken bestätigte Rina meine Anmerkungen. „Sicherlich erlebte der Marienkult durch das Konzil von Ephesus einen neuen Aufschwung. Auch das Marienoktogon auf dem Garizim mit einem Reliquiar aus der Grabeskirche war der Theotokos geweiht. Wahrscheinlich hatte ihr Architekt 20 Jahre später den Grundriss der Kathisma übernommen. Ebenso stammt die Kirche über dem Mariengrab im Kidrontal aus der gleichen Zeit."

Tausend Fragen purzelten in meinem Kopf durcheinander. Doch eine nach der anderen: „Welchen Stellenwert hat die ursprüngliche, geschichtliche Quelle, hier das Protoevangelium von Jakobus, für die Archäologie?"

Frau Avner setzte ein gewinnendes Lächeln auf. „Es ist nicht das erste Mal, dass die Evangelienberichte, geschichtliche oder traditionelle Quellen mit den archäologischen Funden übereinstimmen. In unserem Falle setzten sie sich wie die Teile eines Puzzles geradezu nahtlos zusammen. Wenn die Kathisma eines Tages vollkommen ausgegraben und restauriert ist, hat die Stätte sicherlich für die christlichen Pilger aus aller Welt den gleichen Stellenwert wie die St.-Gabriels-Kirche über der Marienquelle in Nazareth, deren Tradition ebenfalls im Jakobusevangelium beheimatet ist. Da Kathisma in enger Beziehung zu den Ereignissen unmittelbar vor der Geburt Jesu steht, trägt der Ort auch zur Rekonstruktion des Lebens Mariens bei, das nichts mit einem Mythos zu tun hat, sondern dessen geschichtlicher Kern auch durch die Entdeckungen der Archäologie bestätigt wird. Gleichzeitig wird das

Glaubens- und Traditionsgut der frühen Christenheit an geschichtliche Stätten festgebunden."

Ich war erst einmal baff über diese Antwort einer israelischen Archäologin, die damit eine Lanze für den geschichtlichen Hintergrund im Leben der Mutter Jesu brach, bevor ich den Faden weiterzuspinnen begann: „In diesem Sinne wollte wohl auch Ikelia die Erinnerung an den heiligen Felsen mit dem Bau einer Kirche der Nachwelt überliefern?"

„Ja, so ist es", bestätigte Rina. „Wir wissen, dass Ikelia in der Zeit von Juvenal, dem Patriarchen von Jerusalem, lebte und die Kathisma-Kirche zwischen 450 und 458 über dem Felsen errichten ließ."

„Haben Sie nicht unmittelbar neben der Kirche auch eine Zisterne gefunden?", wollte Louisa wissen. „Können Sie schon etwas über deren Alter sagen?"

Rina Avner schien das intensive Frage- und Antwort-Pingpong zu gefallen. „Wir haben die Zisterne archäologisch noch nicht näher untersucht. Inzwischen berufen wir uns nur auf die antiken, literarischen Quellen und die alten topografischen Karten. Ich hoffe, wir werden, im Hinblick auf Keramik- und Münzfunde, in absehbarer Zeit mehr darüber aussagen können. Auf jeden Fall steht die noch zubetonierte Zisterne – vielleicht ist es auch ein Brunnen – in ganz engem Bezug zu der Kirche. So viel können wir jetzt schon sagen."

„Stimmt es, dass Sie auch Reste einer antiken Pilgerstraße ganz in der Nähe der Kirche entdeckt haben?", ließ ich meiner journalistischen Neugier freien Lauf.

Rinas Geduld mit solchen Plagegeistern schien keine Grenzen zu kennen. „Südlich des Klostergebäudes führt tatsächlich ein antiker Weg vorbei. Daneben liegt eine große, offene, byzantinische Zisterne. Die Engländer nannten sie auf ihren alten Karten Bir-Kathisma, auch wenn wir heute wissen, dass die ‚Marienquelle' direkt neben der zum Teil ausgegrabenen Kirche liegt. Dieser alte Weg ging in östlicher Richtung weiter. An einer Kreuzung zweigte er nach Südosten in die Wüste zu anderen Klöstern und nach Norden zu einem Kloster auf dem Hügel zu der ‚Rachelhöhe' ab.

Diese Entdeckung der antiken Pilgerstraße wirft weiteres Licht auf eine ganze Reihe anderer byzantinischer Klöster in der Umgebung, die gleichsam als Stationen auf dem alten Pilgerweg zwischen Jerusalem und Bethlehem lagen."

„So hatte der Weg verschiedene Nebenstraßen?", wandte meine Frau ein.

„Ja, es gab die große Verkehrsader mit ihren vielen Seitenwegen", war die Antwort. „Nach meiner Überzeugung kann man tatsächlich von einer solchen ‚Via Sacra' sprechen, umsäumt von Kirchen und Klöstern. Außerdem benötigten sie damals, wie auch die heutigen Pilger, unterwegs ein Hospiz oder eine Raststätte. Kathisma liegt an der Hauptverbindungsstrecke zwischen Jerusalem und Bethlehem. Man kann sich lebhaft vorstellen, dass es recht laut dort zuging. So suchten die Mönche Ruhe und Stille durch Gründungen von Tochter-Klöstern, wie zum Beispiel in Neu-Kathisma auf Ramat Rachel, fernab vom Pilgerlärm der Landstraße."

„Könnte man diese ‚Via Sacra' heute wieder rekonstruieren", verschoss ich meine letzte Frage, „damit sich Pilger auch des 20. Jahrhunderts auf den gleichen Weg begeben können?"

Die Altertumsforscherin strahlte mich an. „Das ist ein sehr verlockender Gedanke und einer meiner Lieblingsträume! Auch wenn nur gewisse Teile der Strecke archäologisch gesichert sind, so hoffe ich doch, dass die antike Straße wenigstens ein Stück wieder zum Leben erwacht, sich der heutige Pilger erneut aus dem Bir Kathisma erfrischt und dort gleichsam mit Maria eine Rast einlegt auf seinem Weg zwischen Jerusalem und Bethlehem."

Erneute Ausgrabungen im Jahre 1997 legten die große, im 5. Jahrhundert errichtete und im 6. Jahrhundert renovierte Kirche weiter frei. Im 8. Jahrhundert war der Bau in eine Moschee verwandelt und wenig später gänzlich zerstört worden.

Die Geburtsbasilika

Eine Futterkrippe wird zur Wiege des Christentums

Wie liebe ich diese Stadt Bethlehem, in der nicht nur meine Frau geboren ist, sondern von der auch der Prophet Micha sagte: „Aber du, Betlehem-Efrata, so klein unter den Gauen Judas, aus dir wird nur einer hervorgehen, der über Israel herrschen soll“ (Mi 5,1). Diese Weissagung bezieht sich in ihrem aktuellen Charakter natürlich zunächst auf David, den Sohn Isais. Samuel sollte den jungen Hirten im Geheimen zum König salben, nachdem Saul bei Gott in Ungnade gefallen war (1 Sam 15,35). Erst in der Fülle der Zeit würde in Bethlehem aus dem Samen Davids Jesus, der Christus, geboren werden.

Die Bezeichnung „Bethlehem“ bedeutet so viel wie „Haus des Brotes – Brothausen“. „Nomen est omen“, schon im Namen steckt ein Hinweis. Ist doch gerade in dieser Stadt das Wort Gottes Mensch geworden, das sich den Menschen bis heute als das lebendige Brot verschenkt.

Am Eingang der Stadt mit ihren 28 000 Einwohnern steht ein kleiner kuppelförmiger Bau, das Rahelgrab. Das 35. Kapitel im Buch Genesis erzählt, dass Jakob mit seiner Familie von Bet El in Richtung Efrata aufgebrochen war. Rahel, seine Lieblingsfrau, gebar vor den Toren der Stadt ihren Sohn Benjamin. Als das Kind zur Welt gekommen war, starb die Mutter an der Straße nach Efrata, das jetzt Bethlehem heißt. „Jakob errichtete ein Steinmal über ihrem Grab. Das ist das Grabmal Rahels bis auf den heutigen Tag.“

Heute erscheint der Ort wie eine düstere, mächtige Festung, von einer acht Meter hohen Mauer und Wachttürmen umgeben – ein Angst einflößender, monströser Anblick. Warum sind die Grabmäler der Toten in diesem Land immer wieder Anlass zu Konflikten und Bruderhass? Die Kreuzfahrerannalen berichteten schon vor über 1000 Jahren, dass die Ritter in Juden- und Muslimenblut gewatet waren, bevor sie sich vor dem Grab Jesu niederknien konnten. Der geistige Fortschritt der Menschen scheint auch heute, selbst bei der rasanten technischen Entwicklung, in die entgegengesetzte Richtung zu laufen.

In der Nähe der syrisch-katholischen Kirche liegen die „Zisternen" Davids. Die Bibel erzählt im Zweiten Buch Samuels 23,13–17 darüber: „Die Philister hatten Bethlehem besetzt. David führte einen Feldzug gegen den Erbfeind der Israeliten. Als er großen Durst litt, drangen drei seiner Helden in das Lager der Philister ein, schöpften Wasser aus der Zisterne am Tor von Bethlehem, nahmen es mit und brachten es David. Doch er wollte nicht davon trinken, nachdem die tapferen Männer unter Todesgefahr ihm das kostbare Nass gebracht hatten. Er konnte es einfach nicht übers Herz bringen, selbst seinen Durst zu löschen, während seine Soldaten weiterhin nach Wasser lechzten." Es ist das Beispiel eines Herrschers von absoluter Solidarität mit seinen Leuten. Das ausgedörrte Land und seine Menschen in Bethlehem verlangen nicht nur nach Wasser, da ihnen der Hahn oft abgedreht wird, sondern auch nach einem großzügigen und gerechten David von heute …

Gegenüber dem „Manger-Square", dem Krippenplatz, erhebt sich die Geburtsbasilika. Als ich das erste Mal davorstand, konnte ich es kaum fassen: Hier befand ich mich tatsächlich vor der ältesten Kirche der Welt – denn die Perser ließen bei ihrem Ansturm ins Heilige Land im Jahre 614 entgegen allen schlimmen Erwartungen ihre Brandfackeln der Zerstörung sinken, als sie dort über dem Hauptportal das Mosaik der Magier aus Persien erblickten und so „aus liebender Ehrfurcht vor ihren Vorfahren dieses Gotteshaus verschonten".

Auf Drängen seiner Mutter Helena hatte Kaiser Konstantin schon im Jahre 326 beschlossen, über der „mystischen Grotte" der Menschwerdung Christi ein Gotteshaus zu bauen. Nach 529 vergrößerte Kaiser Justinian das inzwischen zu klein gewordene Bauwerk um einen Nartex. Der Jerusalemer Patriarch Sophronius schreibt darüber: „Sie war eine prächtige Kirche, groß und schön, wie es selbst in Jerusalem keine wie diese mehr gab. An der Fassade befand sich eine Darstellung der drei Weisen aus dem Morgenland."

Die drei großen Hauptportale der justinianischen Basilika sind nur noch ansatzweise zu sehen. Unter dem mittleren erkennt der Besucher den typischen Spitzbogeneingang der Kreuzfahrer. Betreten kann man das Gotteshaus nur durch das „Nadelöhr" – eine notwendige Maßnahme während der Türkenherrschaft, um zu verhindern, dass Soldaten mit ihren Pferden hindurchritten. Inzwischen hat dieser Eingang eine mehr symbolische Bedeutung gewonnen: So wie das Wort Gottes in Bethlehem ein kleines Menschenkind wurde, so muss der Mensch sich bücken und klein werden, will er in die Geburtsgrotte gelangen. Stolziert er aufrecht und stur vorwärts, schlägt er sich unwillkürlich den Schädel an und riskiert dabei, auf diese Weise den „Stern von Bethlehem" zu sehen. Nur Kinder können aufrecht durch diese Pforte gehen …

Die kreuzförmige Basilika in ihrer Schmucklosigkeit verlangt schon eine gute Portion Fantasie, um sich vorzustellen, was in anderen Zeiten frühchristliche Pilger, wie beispielsweise die spanische Nonne Egeria im Jahre 384, voller Bewunderung niederschrieben: „Man sieht nichts anderes als Gold, Edelsteine und Seide. Auch die großen Wandteppiche bestehen aus goldgewirktem, feinem Stoff. Die Kultgeräte sind aus Gold gefertigt und mit Edelsteinen besetzt. Der Kirche Konstantins, die unter der Aufsicht seiner Mutter errichtet wurde, standen alle Geldquellen seines Reiches zur Verfügung. Und er schmückte sie mit Goldmosaiken und wertvollstem Marmor."

Wie ein schwacher Hauch von all diesem Glanz wirken einige Mosaikfragmente unter aufklappbaren Holztafeln: geometrische Figuren, Pflanzen, Tiere, Blumen, Paradiesäpfel, Ichdys, das griechische Wort für „Fisch", eines der ältesten christlichen Symbole überhaupt.

Kolonnaden mit je elf Monolithsäulen aus Rotsandstein teilen die Basilika in fünf Schiffe. Verblichene Kreuzfahrermalereien an den Säulen lassen eine Reihe von Heiligen erkennen, darunter Kosmas, Damianus, Olaf, der König von Norwegen, der Täufer, die Jungfrau Maria mit ihrem göttlichen Kind auf dem Arm, und die Jahreszahl 1130.

An den Wänden des Mittelschiffes befinden sich Mosaikreste aus dem 12. Jahrhundert, auf der nördlichen Seite die symbolische Darstellung der ersten sieben ökumenischen Konzilien und der sechs Landessynoden. Die griechischen und lateinischen Inschriften fassen jeweils die einzelnen Lehrentscheidungen zusammen. Die südliche Wand zeigt den Stammbaum Jesu. Im Querschiff erkennt der aufmerksame Betrachter die Erscheinung des Auferstandenen in Gegenwart des Zweiflers Thomas und den Einzug Jesu nach Jerusalem.

Das Mittelschiff mit der Ikonostasenwand dient der griechisch-orthodoxen Gemeinde als Pfarrkirche.

Wo die drei halbrunden Stufen zum Altarraum hinaufführen, befand sich der Grotteneingang der konstantinischen Kirche. Kaiser Justinian ließ ihn verschließen und öffnete von den Seitenschiffen aus zwei Zugänge. So konnte man dem immer stärker anhaltenden Pilgerstrom besser gerecht werden.

Auf der südlichen Seite steigen heute die Pilger in die Geburtsgrotte hinab. Justinians Architekten erweiterten sie auf 12,50 x 3,50 m in der symbolischen Form eines Kindes mit ausgestreckten Armen, das auf diese Weise alle Besucher willkommen heißt.

Unter dem Altar, an der Stirnseite, lokalisiert ein silberner Stern den traditionellen Ort der Geburt des göttlichen Kindes. Daneben die lateinische Inschrift „Hic de virgine Maria Jesus Christus natus est" – „Hier ist aus der Jungfrau Maria Jesus Christus geboren." An dieser Stelle berühren sich gleichsam Himmel und Erde, da hier Gott Mensch wurde, damit der Mensch Kind Gottes werden konnte. Die 14 Zacken des Sternes wollen schon an die 14 Stationen des Leidensweges Jesu nach Golgota erinnern, da ja schon kurz nach seiner Geburt Herodes dem Kind nach dem Leben trachtete und es mit seinen Eltern zu einem Heimatvertriebenen und Flüchtling machte.

Während auch heute die Menschen im Heiligen Land allmählich müde sind, von Friedensverhandlungen reden zu hören und doch unter dem Damoklesschwert einer permanenten Konfliktsituation leben zu müssen, ist dieser Silberstern eine ständige Herausforderung gegen Gewalt und Ungerechtigkeit. Denn der Frieden, der von diesem Ort ausgeht, beinhaltet die Botschaft dessen, der das Böse mit dem Guten besiegt hat, und ruft gleichzeitig zu einer Kampfansage auf: Kampf gegen den eigenen Egoismus, gegen Resignation und Gleichgültigkeit.

Auf der südlichen Seite der Grotte führen drei Stufen zum lateinischen Altar der drei Weisen hinab. Diese erschienen als die ersten ausländischen Pilger an diesem heiligen Ort. Das Matthäusevangelium nennt sie „Sterndeuter". Wer waren sie? Astrologen, Magier, Könige, Astronomen, Weltraumforscher der Antike? Unter den apokryphen Schriften der Urchristen beschreibt das „Armenische Kindheitsbuch" ihren Weg zur Krippe so: „Und es begab sich ein Engel des Herrn ins Land der Perser, um den weisen Königen Kunde zu bringen, dass sie das neugeborene Kind anbeten sollten. Er erschien den Leuten des Landes in Gestalt eines glänzenden Sternes, der das ganze Reich der Perser erleuchtete. Da nun am 25. des ersten Kamun – dem Tag der Geburt Christi – ein großes Fest der Feuer- und Sternenanbeter in Persien stattfand, begingen sie ihre Feiern mit großem Prunk. Da strahlte plötzlich ein helles Licht zu ihren Häuptern. Die Könige verließen das Festgelage, alle ihre Lustbarkeiten und traten aus ihren Häusern, um das Schauspiel zu genießen. So sahen sie, dass ein flammender Stern über Persien aufgegangen war. In seinem Glanz glich er einer großen Sonne.

Und die Könige sprachen zu den Priestern: ‚Welches Zeichen seht ihr dort?' Wie durch göttliche Eingebung antworteten sie: ‚Geboren ist der König der Könige, der Gott der Götter, das aus Licht ausströmende Licht. Und einer der Götter erschien, um seine Geburt anzukünden, damit wir ihm kostbare Geschenke darbringen und ihn anbeten.'

Da erhoben sich all die Oberen, die Beamten und Generäle und sprachen zu ihren Priestern: ‚Welche Geschenke sollen wir mitbringen?'

‚Gold, Weihrauch und Myrrhe', antworteten die Priester. Da kamen drei Könige, Königssöhne der Perser, und wie in geheimer Eingebung nahm der eine drei Pfund Myrrhe, der zweite drei Pfund Gold und der dritte drei Pfund Weihrauch. Sie hatten ihren kostbaren Schmuck angetan, trugen die Tiara auf dem Haupt und hielten ihre Schätze in den Händen. Beim ersten Hahnenschrei verließen sie die Heimat mit ihren Begleitern. So machten sie sich auf den Weg, und der Stern, der ihnen erschienen war, zog ihnen voran.

Als sie Jerusalem erreichten, ließ Herodes die Könige aus Persien rufen. Er fragte sie: ‚Woher kommt ihr, und was sucht ihr?‘

‚Wir suchen den König, der in Judäa im Land Jerusalems geboren ist‘, antworteten sie. ‚Einer unserer Götter hat uns die Geburt dieses Königs kundgetan, damit wir ihn anbeten und ihm unsere Gaben darbringen.‘ Herodes und alle um ihn erschraken beim Anblick dieser Königssöhne. Und er sprach zu ihnen: ‚Groß ist die Macht des Königs, der euch genötigt hat, ihm Ehre zu erweisen. Er ist wahrhaftig der König der Könige. Geht hin, forscht nach ihm und berichtet mir, was ihr gefunden habt, damit auch ich gehe und ihn anbete.‘ Herodes hatte aber in seinem Herzen den heimtückischen Plan gefasst, das Kind im noch zarten Alter umzubringen und die Könige aus Persien mit ihm. Im Stillen sagte er zu sich: ‚Jetzt ist mir die ganze Schöpfung untertan.‘

Als die Weisen ihn verließen, gewahrten sie den Stern. Er zog vor ihnen her, bis er über der Grotte stehen blieb. Da veränderte er seine Gestalt and verwandelte sich in eine Lichtsäule, die von der Erde zum Himmel reichte.

Sie betraten die Grotte und fanden dort Maria, Josef und das Kind, in Windeln gehüllt und in der Krippe liegend. Da beteten sie es an, brachten ihm ihre Gaben dar und begrüßten Josef und Maria. Die beiden staunten sehr, als sie sahen, wie die drei

Königssöhne, die Tiara auf dem Haupt, in Anbetung vor dem Neugeborenen knieten, ohne ihnen hierzu irgendeine Frage zu stellen. Da nahm Maria eine der Windeln Jesu und reichte sie ihnen. Sie empfingen sie gläubig aus ihren Händen als eine Gabe von hohem Wert.

Und als die Nacht des fünften Tages der Woche nach der Geburt herangekommen war, kehrte der Engel in Gestalt eines Sterns zurück, um ihnen als Führer zu dienen.

Ganz Persien freute sich über ihre Heimkehr und war voller Staunen. Als es zu tagen begann, versammelten sich die Priester und Könige. Sie sprachen zu ihnen: ‚Wie ist es euch auf eurer Reise ergangen, und was bringt ihr uns mit?' Da zeigten sie ihnen die Windel, die Maria ihnen geschenkt hatte. Man feierte sie, wie es bei den Magiern Brauch ist: Ein großes Feuer wurde entzündet. Als sie die Windel in die Flammen warfen, wurde sie wie Feuer. Danach zogen sie sie wieder hervor, weißer als Schnee und haltbarer als je zuvor. Sie nahmen sie in die Hand und küssten sie, hielten sie an ihre Augen und sprachen: ‚Wahrhaftig, ohne jeden Zweifel ist sie das Gewand des Gottes aller Götter, da es dem Feuer nicht gelang, sie zu verzehren.' Und sie bewahrten die Windel voller Ehrfurcht."

Neben dem „Altar der Weisen" befindet sich eine in Fels gehauene Futterkrippe, wie sie das Lukasevangelium erwähnt: „Dorthin legte Maria ihren Erstgeborenen, weil in der Herberge kein Platz für sie war" (Lk 2,7).

Mancher mag vielleicht die Erzählung mit der Krippe als eine gelungene Sage oder ein frommes Märchen ansehen, doch nachdem ich die Großtante meiner Frau kennengelernt hatte, kam ich zu einer ganz anderen Schlussfolgerung: Jamile hatte schon als sehr junges Mädchen geheiratet. Mit Spannung erwartete nun der ganze Clan den Stammhalter der Familie. Doch es verfloss ein Jahr um das andere und der ersehnte Sohn kam nicht. Jamiles Schwiegermutter machte manchmal die sarkastische Bemerkung: „Eher wird meine rechte Hand fruchtbar als dein Schoß." Jamile und ihr Mann litten schwer unter diesen Verächtlichkeiten. Da legten sie in ihrer Not eines Tages in der Geburtsgrotte ein feierliches Gelübde ab: „Wenn uns noch ein Sohn geschenkt wird, dann werden wir ihn wie du, Maria, in eine Krippe legen."

Und das Unfassbare geschah: Am 24. Dezember des gleichen Jahres gebar Jamile Anton, ihr einziges Kind. Und sie bettete ihn in eine Krippe.

Bis zu ihrem Tod mit 94 Jahren 1984 war Jamile ständig von einer großen Schar ihrer Enkel und Urenkel umgeben. Wenn es manchmal zu Zänkereien kam, hatte sie nur Segensworte auf den Lippen, da sie wusste, dass nur Segnen Wunden zu heilen vermag.

Das Evangelium spricht davon, dass in der Herberge kein Platz für Josef und Maria war. Wer denkt bei diesen Worten nicht sofort an weihnachtliche Krippenspiele: Josef und Maria werden bei der Herbergssuche in Bethlehem von einer Unterkunft zur anderen abgewiesen. Der Wirt knallt ihnen vor der Nase die Tür zu und jagt sie wie Lumpenpack aus der warmen Stube hinaus in die kalte, eisige Nacht.

Aber war es tatsächlich so? Klapperten Maria und Josef wirklich in Bethlehem ein Gasthaus nach dem anderen ab? Ich möchte eher mit einem Nein darauf antworten und dabei gleichzeitig den Blick zurück auf das Jahr null werfen. Im griechischen Urtext des Lukasevangeliums steht für das Wort „Herberge, in der kein Platz für die beiden war", der Ausdruck „Katalyma". Und „Katalyma" meint in seinem ursprünglichen Wortsinn ein großes Obergemach, das der Besitzer zum vorübergehenden Aufenthalt seinen Gästen zur Verfügung stellt. Wir finden übrigens die gleiche griechische Bezeichnung auch bei Mk 14,14 und Lk 22,11 für den Abendmahlsaal in dem Bericht über die Vorbereitung zur Paschafeier. Es handelt sich also bei „Katalyma“ auf keinen Fall um einen „Khan“ oder eine „Karawanserei“, wie man sie häufig im Orient antrifft. Dafür müsste das Wort „Pandocheion“ stehen. Lukas gebraucht es in dem Gleichnis vom barmherzigen Samariter für „Herberge“.

Aber was ist nun mit „Katalyma“ im neutestamentlichen Kontext gemeint? Vor einiger Zeit wurde mir mit einem Schlag eine verblüffende Antwort darauf gegeben. Ich arbeitete gerade an einer theologischen, geografischen, geschichtlichen und archäologischen Forschung über den biblischen Ort Ephraim. Heute befindet sich über den antiken Ruinen das kleine, christlich gebliebene Dorf mit dem Namen Taybeh. Fast jede Woche fuhr ich mit meiner Frau dorthin, um vor Ort die Gebräuche und Sitten seiner Bewohner zu studieren, die sich mit Stolz als die Nachkommen des Stammes Ephraim bezeichnen.

Eines Tages kamen wir mit einem hochbetagten, ortsansässigen Greis ins Gespräch. Aus seinem faltigen Gesicht leuchteten uns zwei kluge, hellwache Augen entgegen. „Das hier ist meine Ilieyh“, sagte er mit einem vielwissenden Blick. Dabei deutete er auf ein verwittertes Steinhaus, das die Stürme der Jahrhunderte trotzig überdauert hatte.

„Was haben Sie gerade gesagt?“, entfuhr es Louisa wie aus der Pistole geschossen. „Ilieyh, Ilieyh“, sinnierte sie in Gedanken halblaut weiter. „Ilieyh ist doch in der arabischen Bibel das Wort für ‚Obergemach‘.“

„Ja genau“, fuhr der alte Mann unbeirrt fort. „Meine Ilieyh ist das Obergemach für meine Gäste. Sehen

Sie, wenn mich jemand aus meinem Clan aus Jerusalem besucht und für die Nacht bleiben will, dann kann ich ihn doch nicht in meinem eigenen Haus übernachten lassen. Unser Wohn- und Schlafzimmer besteht aus einem einzigen Raum. Dort spielt sich das intime Leben unserer Familie ab. Es wäre undenkbar, dass ein Gast die Nacht gemeinsam mit mir, meiner Frau und den Kindern verbringt. Dafür steht ja schließlich die Ilieyh für die Mitglieder meiner weitverzweigten Verwandtschaft zur Verfügung. Jeder aus unserer Sippe hat das gute Recht, dort zu übernachten und auch für einige Zeit zu bleiben. Versorgt wird er jeden Tag im Turnus von einer anderen Familie unseres Clans hier im Dorf. Das Gleiche gilt auch für sein Reittier."

„Können wir Ihre Ilieyh etwas näher besichtigen?", fragte ich mit nervöser Ungeduld. „Selbstverständlich!", war die Antwort des Methusalem. „Mein Haus ist auch Ihr Haus. Ahlan wa Sahlan – herzlich willkommen!"

Dann öffnete der Alte auf umständliche Weise die schwere, ächzende Holztür seines Gästehauses. Zu meiner großen Überraschung führte er uns zunächst in eine Grotte, die sich direkt unter dem Steinhaus befand. Einige Ziegen und Schafe meckerten uns frech entgegen. Ein Esel fraß aus einer hölzernen Futterkrippe.

„Das ist die Tiefgarage für unsere Gäste", lächelte der Alte verschmitzt. „Manche meiner Verwandten fahren natürlich auch einen Mercedes oder einen Volvo wie ihr in Europa. Doch mein Vetter aus Ramallah kommt immer noch mit seinem treuen Maultier angeritten. Und der Maulesel wird hier untergestellt. Da ist es im Winter angenehm warm und selbst an den heißen Sommertagen recht kühl; denn in so einer Höhle herrscht eine ständige Temperatur von etwa 18 Grad. Doch jetzt lasst uns hinaufsteigen in die eigentliche Ilieyh."

Von der Höhle führten einige ausgetretene Steinstufen in das geräumige Obergemach.

„Sehen Sie", fuhr der Mann mit einer weit ausladenden Geste fort, „da ist Platz für mehr als einen Gast. Unsere Betten sind einfache Schafwollmatten, die man am Abend nur auszurollen braucht. Hier in den Nischen gibt es Raum für die Lampen als Leuchten in der Nacht."

Endlich ging mir ein Licht auf: Josef stammte ja aus dem Hause Davids. Wahrscheinlich hatte sich nach der Babylonischen Gefangenschaft in Nazareth ein kleiner Ableger dieses Stammes niedergelassen. Besagt doch schon der Name Nazareth in seiner ursprünglichen Bedeutung so viel wie „Spross", „Reis". Aus dem Spross Isais sollte ja der Retter kommen. Und die Heimat Isais, des Vaters von David, war Bethlehem gewesen. Da zu der Eintragung in die Steuerlisten, die einer Art Volkszählung gleichkam, jedermann in seiner Heimatstadt erscheinen musste, machte sich Josef mit Maria, scincr Frau, auf den Weg von Nazareth nach Bethlehem – eine drei Tage dauernde, beschwerliche Reise, besonders dann, wenn eine Frau dazu noch hochschwanger war. Und was unternahm Josef in Bethlehem? Er begab sich wohl unverzüglich ins Gästehaus vom Stamme David. Hatte doch auch er das Recht, dort für die Nacht und die folgenden Tage eine Bleibe zu finden.

Obwohl das Neue Testament sich eher über diesen Mann ausschweigt, den die Christen im Heiligen Land „den Gerechten" nennen, so begreift man sehr wohl, wenn man ein wenig zwischen den Zeilen zu lesen versteht, was für ein mutiger und sensibler Mensch dieser Josef von Nazareth war. Jetzt musste er in der Katalyma von Bethlehem schnell handeln. Unmöglich, dass in diesem Gedränge und Gezeter, in dem jeder von Rechts wegen auf eine freie Ecke in dem Gästeraum pochte, dass hier in diesem Tumult Maria das Kind zur Welt würde bringen können. Kurz entschlossen nahm er seine Frau bei der Hand und stieg mit ihr behutsam die Treppe hinab. Dort unten, in der Höhle bei den Tieren, war es außerdem angenehm warm. Die Futterkrippe diente als Kinderbettchen, das Stroh als Matratze.

Das Wort der Schrift wurde auf eine tragische Weise Wirklichkeit, wenn es dort heißt: „Und er kam in sein Eigentum, doch die seinen nahmen ihn nicht auf" (Joh 1,11). Die Ersten, die ihn erkannten, waren nicht die engeren Verwandten aus dem Stamm Davids, sondern die Hirten auf den Feldern in der Nähe der Stadt. Diese galten als die Letzten der Gesellschaft, als Randgruppe, als ungebildet. Wahrscheinlich wurden sie bei der Volkszählung gar nicht mitgezählt. Sie hatten sowieso so gut wie nichts zu versteuern. Und ausgerechnet denen wurde „der Friede den Menschen guten Willens" auf dieser Erde zugesagt. Sie folgten dem Licht der Engel, fanden das Kind in der Krippe und beteten es an. Sie kehrten zwar zu ihrem gleichen, grauen Alltag zurück, aber als veränderte Menschen. Weil sie hellwach gewesen waren, hatten sie nicht schlapp gemacht und die Begegnung mit Gott nicht verschlafen. Weil sie dem Licht nachgegangen und hellsichtig geworden waren, hatten sie mehr als nur das Dunkel der Nacht gesehen. Weil sie auf das Wort Gottes gelauscht hatten, hatten sie begonnen, hellhörig zu werden. Weil sie flexibel gewesen waren, hatten sie sich unverzüglich auf den Weg gemacht. Weil sie ein einfaches Gemüt gehabt und deshalb nichts gegolten hatten vor den Menschen, hatten sie in dem hilflosen Neugeborenen ihren Herrn erkannt. Wären sie zu gescheit und aufgeklärt gewesen, hätten sie ihn vielleicht nur belächelt.

Wie oft schon wurde mir in der Geburtsgrotte die Frage gestellt: „Stehen wir hier wirklich an dem authentischen Ort der Geburt Jesu?“ Tatsache ist, dass diese Höhle seit dem 1. Jahrhundert ununterbrochen als solche verehrt wird. Darin liegt auch der Grund, weshalb Kaiser Hadrian nach der Niederwerfung des zweiten jüdischen Aufstandes gegen die Römer im Jahre 135 einen heidnischen Adonishain über der Höhle errichten ließ. Er wollte damit jegliche christliche Erinnerung an den Ort auslöschen. Doch das Gegenteil trat ein: Im Herzen der Judenchristen lebte die Erinnerung der mystischen und lichterfüllten Grotte weiter. Das bestätigt auch Justinius der Martyrer, wenn er um das Jahr 155 schreibt: „Da Josef keine Bleibe im Dorf finden konnte, nahm er mit einer Grotte nahe bei Bethlehem vorlieb. Während sie dort waren, brachte Maria Christus ans Licht der Welt und legte ihn in eine Krippe.“

Origenes, der bedeutendste Theologe der Frühkirche, spricht um das Jahr 284 über die Verehrung der Grotte wie von der selbstverständlichsten Sache der Welt: „Wenn jemand bezüglich der Geburt Jesu neben den Weissagungen Michas und der schriftlich abgefassten Geschichte im Evangelium der Jünger Jesu noch andere Beweise verlangt, so soll er wissen, dass man in Bethlehem eine Grotte zeigt, in der Christus zur Welt kam, eine Krippe, wo er in Windeln gelegt wurde. Das ist allgemein bekannt und jeder kann es sehen. Selbst jene, denen unser Glaube fremd ist, sagen es jedem, der es hören will, dass ein gewisser Jesus, den die Christen anbeten und verehren, in der besagten Höhle geboren wurde.“

Gleichzeitig bestätigt der archäologische Befund die Ortslage im bewohnten Gebiet des biblischen Bethlehem. Auch heute sagt dem Pilger diese enge, rauchgeschwärzte, armselige Grotte mehr, als man

Wie ein schwacher Hauch von all diesem Glanz der Konstantinischen Basilika wirken einige Mosaikfragmente unter aufklappbaren Holztafeln. Kolonnaden mit je elf Monolithsäulen aus Rotsandstein teilen die Basilika in fünf Schiffe.

mit vielen Worten auszudrücken vermag, nämlich, dass Gott eine Schwäche für die Armut hat. Der Schöpfer des Himmels und der Erde zieht es vor, in einem Stall geboren zu werden. Ein hilfloses Kind wird die Tür zum Reich Gottes. In Bethlehem erreicht der begrenzte Mensch den Unendlichen.

Aber zeigt unsere Welt nicht ein ganz anderes Gesicht? – drängt sich auch mir manchmal der Zweifel auf, wenn ich in diese Grotte hinabsteige. Die Menschheit ist gespalten in Arme und Reiche. Die Bewohner der gleichen Nation teilen sich in Rechte und Linke auf. Man geht vom kalten Krieg zum kalten Frieden über. Zwingt nicht noch immer der Stärkere dem Schwächeren seinen Willen auf? Wie viele Kinder sterben jeden Tag durch Gewalt? Auch hier im Heiligen Land. Schwierigkeiten und Angst begleiten das tägliche Leben der Menschen: unzählige Kontrollen, ungerechtfertigte Gefangennahmen und Militärgerichtsentscheide. Arbeitslosigkeit und die Mauer führen zum wirtschaftlichen Ruin. Enteignungen rufen Enttäuschung und Verzweiflung auf den Plan. Die Folge ist Zunahme der Gewalt und der extremen Elemente. Die Franziskaner in Bethlehem können ein Lied davon singen, nachdem sie die 40-tägige Belagerung und Entweihung dieses Gotteshauses vor wenigen Jahren am eigenen Leib und unter ständiger Lebensgefahr miterlebt haben.

Ein hilfloses Kind wird die Tür zum Reich Gottes. In Betlehem erreicht der begrenzte Mensch den Unendlichen.

Die Botschaft von Bethlehem sagt trotzdem, damals wie heute, sehr deutlich, dass Frieden nur gemäß der Schöpfungsordnung möglich ist: wenn der Mensch nicht die Würde des anderen ignoriert und mit Füßen tritt, wenn er nicht selbst in Überheblichkeit den Platz des Schöpfers einnehmen will.

Von der angrenzenden katholischen Katharinenkirche aus erreicht der Besucher weitere unterirdische Höhlen. Die „Josefsgrotte" ist dem Mann geweiht, der mit einem wachen Ohr in den schwierigsten Situationen seiner Familie auf die „Stimme von oben" gehört hatte. Die „Grotte der unschuldigen Kinder" erinnert an das Blutbad des schrecklichen Herodes.

In der „Grotte des Hieronymus" lebte der große Kirchenlehrer von 384 bis 420. Neben der Leitung der von ihm gegründeten Mönchsgemeinschaft widmete er sich mit wissenschaftlicher Akribie der lateinischen Bibelübersetzung aus dem hebräischen und griechischen Originaltext. Oft traf er sich heimlich mit jüdischen Gelehrten zum Sprachstudium, unvergessliche Begegnungen, die er als „Nikodemusstunden" bezeichnete.

Dieser energische Kirchenvater scheute sich nicht, gleichzeitig mit harten und klaren Argumenten gegen die Irrlehren seiner Zeit anzugehen, in einer Weihnachtspredigt über den goldenen Glanz der Basilika seine Kritik zu äußern, weil man die aus Lehm gefertigte Krippe durch eine silberne ersetzt hatte – da der Schöpfer der Welt nicht in Gold und Silber, sondern in Staub geboren worden war.

Der gleiche Hieronymus mit der rauen äußeren Schale zeigte aber auch Großzügigkeit und Zartgefühl, als im Jahre 410, nach der Eroberung Roms durch den Gotenkönig Alarich, viele Flüchtlinge bei ihm in Bethlehem Zuflucht suchten. Wegen des unmöglichen Unterfangens, alle aufzunehmen, konnte er nichts anderes tun, als „seine Tränen mit den ihrigen zu vermischen".

In Bethlehem erzählte man mir eine Geschichte über ihn, die gleichsam einen tieferen Einblick in die Schichten seiner Seele gewährt: Wie man weiß, hatte Hieronymus in seiner Jugend ein sehr bewegtes Leben. Er trieb sich oft nächtelang in den damaligen Spelunken herum – heute würde man eher von der Rotlichtzone sprechen. Als er sich nach seiner Bekehrung ganz dem kirchlichen Dienst hingab, wurde man sehr schnell auf den jungen Mann mit seinem sprühenden, brillanten Geist aufmerksam. Auf der Karriereleiter stieg er bald zum Sekretär des Papstes auf. Manche hielten ihn sogar für papabilis. Trotzdem schlug er diese verlockende Zukunft entschieden aus. Er zog ins Heilige Land und wollte in Armut und glühender Liebe zur Schrift in der Nähe der Geburtsstätte seines Herrn leben. Doch manchmal überkamen ihn die Erinnerungen an seine nicht gerade fromme Jugendzeit. Voller Reue schlug er sich mit einem Stein gegen die Brust und rief aus: „Herr, verzeih mir, ich bin ein sündiger Mensch!" Eines Tages hörte er plötzlich eine innere Stimme, tief in seinem Herzen: „Hieronymus, Hieronymus, du hast mir noch nicht alles gegeben." Überrascht fragte er zurück: „Ja was denn, Herr? Ich habe doch alles hinter mir gelassen, meine Karriere und die berauschenden Nächte Roms. Was fehlt denn noch?"

„Gib mir deine Jugendsünden! Werfe sie in jenen tiefen See, der ‚Barmherzigkeit Gottes' heißt und an dem angeschrieben steht: ‚Fischen verboten!'"

Nachdem Hieronymus diesen Schritt vollzogen hatte, spürte der Kirchenvater, dass jetzt seiner eigentlichen Bekehrung nichts mehr im Weg stand.

Das Friedenslicht von Bethlehem

Leuchtpunkte auf dem Weg in die Welt

Bethlehem, 23. November 2004. Es ist 9.15 Uhr am Vormittag. Der Manger Square, der berühmte Krippenplatz vor der Geburtsbasilika, wirkt wie leer gefegt von den heftigen Regenfällen der vergangenen Nacht. Ein Segen für das ausgedörrte Land nach den heißen, trockenen Sommermonaten.

Der Platz ist aber auch menschenleer, wenn man von den paar Straßenverkäufern absieht, die missmutig an den Ecken herumlungern und vergebens nach Touristen Ausschau halten. Eigentlich sollte sich dort jetzt eine Gruppe hochkarätiger Persönlichkeiten aus Österreich einfinden. Wahrscheinlich wurden sie wieder einmal am Checkpoint beim Rahelsgrab aufgehalten. Laut Programm war ja für Viertel nach neun das Entzünden des „Friedenslichts" vorgesehen.

Ich flüchte inzwischen von der regennassen Straße in den Schutz der Kirche. Stelle mich gleichzeitig aufs Warten ein. Dabei fällt mir ein orientalisches Sprichwort ein: „Allah maa sabrin" – „Gott ist auf der Seite der Geduldigen".

Mit einer guten halben Stunde Verspätung zwängen sie sich endlich durch das „Nadelöhr" ins Innere der ältesten Kirche der Welt, rund 80 Delegierte aus Österreich. Allen voran das Kamerateam vom ORF-Landesstudio Oberösterreich, gefolgt von Botschafter Kurt Hengl, Landeshauptmann Pühringer, dem Präsidenten der Österreichischen Caritas, Franz Küberl, David Forstenlechner, dem Bürgermeister von Steyr, der Partnerstadt von Bethlehem, zusammen mit Hanna Naser, dem „Stadtvater“ des Geburtsorts Jesu, und anderen Persönlichkeiten.

Der zündende Funke für das „Friedenslicht“ entstand im Jahr 1986 durch den Österreichischen Rundfunk (ORF). Es ist eine Idee, die mittlerweile eine Lichtspur durch ganz Europa gezogen hat und dabei ist, die ganze Welt zu erobern mit ihrem Appell an die weihnachtliche Botschaft vom Frieden. Dr. Helmut Obermayr, der Initiant des „Friedenslichts“, meint dazu: „Es ist kein Zauberlicht, das den Frieden übertragen kann. Es ist eine Herausforderung an die Menschen, Frieden zu machen und Frieden zu halten. Denn von ganz alleine kommt dieser Friede nicht.“

Mitten in der Gruppe ein fast unscheinbar wirkendes zwölfjähriges Mädchen, die „Hauptfigur“ der bevorstehenden kleinen Feier: Elke Wiesmair aus Schleißheim bei Wels. Sie wird in wenigen Minuten das Friedenslicht in der Geburtsgrotte von Bethlehem entzünden. Für die Gymnasiastin ist die Nominierung als „Lichtbringerin“ eine besondere Freude. „Ich bin sprachlos und kann es noch gar nicht glauben, dass die Wahl auf mich gefallen ist“, gestand sie ihren Mitschülern. Ihre Schule ist bekannt für das soziale Engagement von Lehrern und Schülern. Das war auch der Grund, warum der ORF Direktor Josef Adlmannseder und seine Kollegen bat, ein Friedenslichtkind zu nominieren. Spontan fiel die Wahl auf Elke – nicht nur, weil sie als eine tüchtige Schülerin exzellente Noten hat, sondern sich auch vorbildlich in sozialen Bereichen engagiert. Außerdem ist sie Vollwaise. Den Vater verlor sie vor zehn Jahren durch einen Arbeitsunfall. Die Mutter verstarb vor einem Jahr, nach schwerer Krankheit.

Endlich ist es so weit. 80 erwartungsvolle Gesichter blicken in Richtung des südlichen Grotteneingangs. Da steigt ein ungleiches Paar die Stufen herab: der in Schwarz gekleidete griechisch-orthodoxe

Mönch und das schmächtige Mädchen im roten Anorak mit dem Emblem des ORF darauf. Scheinwerfer leuchten die Grotte aus. Die Kamera surrt. Elke mit der Sturmlaterne in der Rechten. Der Mönch entzündet seine Kerze an einer Öllampe über dem silbernen Stern, der Markierung der Geburt Christi. Die Kerzenflamme berührt den Docht in der „Friedenslicht-Laterne". Himmel und Erde scheinen sich zu nähern. Jemand aus der Gruppe stimmt ein Weihnachtslied an. Elkes strahlende Augen spiegeln etwas von der inneren Hoffnung und der Freude wider, die uns alle in diesem Moment erfasst haben.

Dann wird das „Friedenslicht" in die katholische St.-Katharinenkirche überführt. Das Mädchen aus Schleißheim stellt die Laterne auf den Altar. Hier wird für die nächsten 40 Minuten in der Eucharistiefeier Jesus, das wahre Licht der Welt, in Gestalt von Brot und Wein präsent. Hauptzelebrant ist Mag. Markus Stephan Bugnyar, der Direktor des Austrian Hospizes in Jerusalem. In seiner bewegenden Ansprache vergleicht er das „Friedenslicht" mit dem olympischen Feuer. Auch das würde an einem Ort entzündet und dann durch die Welt an die Stätte der aktuellen Olympiade getragen. So wie die olympische Flamme die Jugend der Welt zum friedlichen, sportlichen Wettstreit vereine, so bewirke auch dieses Bethlehem-Licht eine Art Ausnahmezustand, wo immer es weitergereicht würde: Die Menschen begegneten sich mit größerer Aufmerksamkeit, man sei gut zueinander, man wende den Blick weg von sich auf die Not der anderen. Es sei ein Licht, das menschliche Wärme und Hoffnung verbreite; ein Licht, das ganz unauffällig komme, so wie das Kind in der Krippe. Auch wenn die Menschen nur dieses kleine Licht sähen, so berge es doch eine große Macht in sich, eine Kraft, die fähig sei, aus „Schwertern Pflugscharen zu schmieden".

Nach dem Segen am Ende der Messe entzündet jeder der Anwesenden eine Kerze am Weihnachtslicht. Dabei tragen wir alle die Gewissheit im Herzen, dass in der Welt eine Lichterkette entstehen kann, wenn viele „kleine Leute“ viele kleine Lichter anzünden. Eine Kette, die Versöhnung schafft, auf dass auch in diesem unseren von Unruhen so geplagten Heiligen Land aus Feinden Freunde werden, sobald den verantwortlichen Politikern dieses „Licht aufgeht“.

Die Gruppe der 80 Delegierten hütet bei ihrem Rückflug nach Wien das Licht wie ihren eigenen Augapfel. Im Stephansdom wird es am dritten Adventssonntag an die Gläubigen weitergegeben und mit Flugzeugen und Zügen auch in die entlegensten Ecken Europas und der Welt gebracht. Ein Licht, das in der Tat weltweit Menschen unterschiedlichen Glaubens in ihrem Bestreben nach Frieden verbindet: in Kirchen, in Rathäusern, Schulen, Altenheimen, Krankenhäusern, Justizvollzugsanstalten und Einkaufszentren.

Eines ist ganz sicher: Dieses Licht, das am Heiligen Abend in vielen Laternen und Herzen ruht, vermag keine Dunkelheit der Welt zum Verlöschen bringen – so wenig wie vor 2000 Jahren der mächtige Herodes das neugeborene Kind in seinem maßlosen Hass zu töten vermochte.

Das Herodium

Ein Tyrann baut sich ein Mausoleum

12 km südlich von Bethlehem erreicht man inmitten des judäischen Berglandes, auf dem weithin sichtbaren Bergkegel, den herodianischen Festungspalast, das Herodium. 758 m liegt es über dem Meeresspiegel. Errichtet hatte Herodes der Große dieses einzigartige Bauwerk im Jahre 23 v. Chr. Hier wollte er auch begraben sein. Die Anlage war wie in einen künstlichen Krater hineingebaut worden. In der Tat sind die letzten 29 Meter von Menschenhand aufgeschüttet. Vielleicht hatte Jesus von daher seinen Ausspruch vom Berge versetzenden Glauben abgeleitet (Mt 17,20).

Die zylindrische Struktur mit einem Durchmesser von 62 m war von zwei konzentrischen Mauern umgeben. Darin baute der exzentrische Herrscher einen exotischen, privaten Palast. In der östlichen Hälfte lag ein viereckiger Hof, umgeben von einer Säulenhalle. An jedem Ende befand sich eine halbkreisförmige Nische für Statuen, die Exedra. Diesen Innenhof schmückten Zierpflanzen und farbenprächtige Blumen.

Die westliche Hälfte des Palastes war für das tägliche Leben bestimmt. Schlaf- und Wohnzimmer umsäumten einen kreuzförmigen Raum mit einem offenen Hof in der Mitte. Südlich davon befand sich das Triclinium, der offizielle Empfangs- und Speiseraum.

Während des ersten jüdischen Aufstandes gegen die Römer wandelten die Rebellen diesen Teil in eine Synagoge um, indem sie an den Wänden Bänke hinzufügten und vier Säulen für das Dach errichteten.

An der Nordseite des Schlaf- und Wohnbereichs schloss sich ein komplettes römisches Badehaus an. Hier genoss wohl Herodes inmitten seiner intimsten Freunde allen Komfort einer solchen Einrichtung.

Das Innere des Palastes konnte man nur über eine Rampe erreichen, die direkt auf die Höhe des Berges hinaufführte. Durch ein 5 m hohes und 3 m breites Portal gelangte man in das innere Torhaus mit seinen Ausmaßen von 5 x 5 m und von dort weiter ins Innere der Burg.

Vier mächtige Türme überragten den Palast und erlaubten einen weiten Blick auf die umliegende Landschaft. Drei dieser Türme waren halbkreisförmig an der Außenseite angebracht. Jeder von ihnen enthielt 20 Zimmer als Vorratsräume sowie Schlafsäle für Diener und Soldaten. Nur das obere Stockwerk hatte Fenster. Es diente als „Turmzimmer" für die speziellen Gäste des Königs.

Der östliche Turm ist in seiner Konstruktion einzigartig, bildete er doch eine Festung für sich. Mit seinen fast 3 m dicken Mauern erreicht er heute noch eine Höhe von 15,70 m. Von den Apartments dort oben konnte Herodes inmitten der judäischen Wüste sich einer angenehmen Brise auch an den heißesten Tagen gewiss sein und dabei die atemberaubende Schönheit der Landschaft mit Blick auf das Tote Meer und die Moabsberge in der Ferne genießen.

Josephus Flavius beschreibt uns mit bilderreichen Worten die ganze Anlage: „Den Namen Herodeion gab er einer in Gestalt einer Frauenbrust aufgeworfenen Höhe, 60 Stadien von Jerusalem entfernt; hier verwendete Herodes sogar noch mehr Prunk und Ausstattung. Um den Gipfel herum ließ er nämlich runde Türme errichten, und innerhalb des Mauerrings erstellte er prunkvolle Paläste, die nicht nur innen einen herrlichen Anblick boten, sondern deren Wände auch außen

Der östliche Turm der Herodions bildete eine Festung für sich. Mit seinen fast 3 m dicken Mauern erreicht er heute noch eine Höhe von 15,70 m. Von den Apartments dort oben konnte Herodes die atemberaubende Schönheit der Landschaft mit Blick auf das Tote Meer und die Moabsberge in der Ferne genießen.

Das Innere der prachtvoll angelegten Festung.

ebenso wie die Zinnen und Dächer mit verschwenderischem Reichtum übergossen waren. Von weit her ließ er unter ungeheuren Kosten große Mengen Wasser leiten und eine Treppe mit blendend weißen Marmorstufen, die zur Höhe hinaufführte, anlegen."

Ein komplexes System von Tunnels als Verteidigungssystem schlugen später die jüdischen Aufständischen der zweiten Revolte in den Jahren 132–135 gegen die Römer an der Nordost-Seite zu beiden Seiten des Stufenweges in den Berg. Einerseits konnten die Rebellen von da aus leicht das Innere der Burg erreichen, andererseits gab es auch einen verborgenen Ausgang nach außen zum Berg. Durch dieses verzweigte Tunnelnetz, in dem man aufrecht hatten gehen können, waren die Widerstandskämpfer in der Lage, die Römer mit Ausfällen zu überraschen oder sich im Falle eines Angriffes ins Innere der Festung zurückzuziehen.

Im Gespräch mit dem Archäologen Yaakov Kalman.

Herodes der Große starb im Jahre 4 v. Chr., nach 34-jähriger Herrschaft, in Jericho. Schon zu Lebzeiten hatte er das Herodium zu seiner Grabstätte bestimmt. Josephus Flavius ist es wieder, der von dem prunkvollen Trauerzug und der Beisetzung zu berich-

Das Herodion, das König Herodes wie einen künstlichen Krater hatte anlegen lassen.

ten weiß: „Archelaus, der Sohn des Herodes, tat alles, um den Leichenzug möglichst glanzvoll zu gestalten, und bot die ganze Pracht und Herrlichkeit des Königtums auf. Das Tragbett des Toten war aus purem Gold, mit Edelsteinen verziert, die Decke von Mee-

Die „Unterstadt" des Herodion mit seinem ehemals künstlich angelegten See von 46 x 70 m.

respurpur mit vielfarbigen Stickereien versehen, und auch der Tote obenauf war in Purpurgewänder eingehüllt. Auf seinem Haupt lagen das Diadem und darüber die goldene Krone, während in der Rechten das Zepter ruhte. Die Söhne und eine große Anzahl von Verwandten umgaben den Katafalk; dahinter kamen die Lanzenträger des Königs, der thrakische Haufe, die Germanen und die Gallier, sämtliche in voller Rüstung. Voraus aber gruppierte sich das restliche Heer in Waffen, wohl geordnet unter der Führung der Obersten und Hauptleute und gefolgt von 500 Sklaven und Freigelassenen, die herrlich duftende Gewürzkräuter trugen. Der Leichnam wurde nach dem 70 Stadien entfernten Herodeion gebracht, wo man ihn ganz der Anordnung des Toten entsprechend bestattete."

Gesamtansicht auf den Hügel des Herodions, wo das Herodesgrab entdeckt wurde.

Manche Archäologen vermuteten, das Grab des Herodes läge im unteren Teil des östlichen Turmes. Der aktuelle Ausgräber am Herodium, Ehud Netzer, war jedoch anderer Meinung, da die Juden in der Antike niemals ihre Toten innerhalb eines Wohnbereichs bestattet hätten. Der israelische Altertumsforscher ging von der Annahme aus, dass das Grab des Herodes eher am Fuße des Berges zu suchen sei.

„Dort unten errichtete der König noch andere Prachtbauten", fährt Josephus Flavius fort, „die der Hofhaltung und Unterbringung seiner Freunde dienen sollten, sodass sich die Festung wie eine Stadt ausnahm – denn es fehlte ihr dazu nichts mehr –, während sie an Ausdehnung nur eben einem Königsschloss entsprach."

Das herausragende Merkmal dieser „Unterstadt" war ein großer, künstlich angelegter, heute natürlich ausgetrockneter See mit seinen Ausmaßen von

Das Podium als Basis für das Herodesgrab.

46 x 70 m. Teilweise war der Teich in den Felsen gehauen, zum Teil mit breiten Feldsteinen errichtet. Vier Stufen mit einer Breite von 2,3 m führten an den vier Seiten hinab. Gespeist wurde der See mithilfe eines Aquädukts von den Quellen des 4,5 km entfernten Urtas. In der Mitte des Beckens erhob sich eine kleine Insel mit einem Durchmesser von 13,5 m. Darauf befand sich ein von Säulen umgebener Pavillon. Der Teich selbst diente als Wasserreservoir und Schwimmbecken. Selbst mit kleinen Booten konnte man darauf fahren. Die exotische Empfangshalle in der Mitte erwies sich gleichzeitig als ein gelungenes architektonisches Gestaltungselement des unteren Herodiums.

Umgeben war der Teich von großzügig angelegten Ziergärten. Westlich erstreckte sich eine breite künstliche Terrasse mit einer Länge von 350 m und einer Breite von 30 m. Daran schloss sich ein viereckiger monumentaler Bau an mit den Ausmaßen von 14 x 15 m. Er bestand aus einer einzigen Halle mit einer Reihe von Nischen zwischen den Pilastern.

Ehud Netzer vertrat jahrelang die Meinung, dass dieser Bau als Empfangshalle in engem Bezug mit dem Herodesgrab stehen könnte, zumal auch eine Mikwe, ein jüdisches, rituelles Reinigungsbad, in der Nähe gefunden worden war. Somit wäre der monumentale Bau vielleicht das Mausoleum des Herodes gewesen und die mächtige Terrasse als Paradeplatz für den militärisch geprägten Leichenzug anzusehen. Netzer vermutete, der Eingang zu der noch verborgenen Grabeshöhle des Herrschers sei wohl an der südlichen Mauer des monumentalen Gebäudes zu suchen. Auch die Tatsache, dass die Ausgräber in der Nähe eine Reihe von dorischen Friesen fanden, wie sie in Jerusalem in der damaligen Zeit bei Grabmonumenten Verwendung gefunden hatten, wie beispielsweise am „Absalomsgrab" im Kidrontal, diente als ein weiteres Indiz für Netzers These.

Und dann kam die sensationelle Entdeckung wie ein Blitz aus heiterem Himmel. Jerusalem, Dienstag, 8. Mai 2007 – „Breaking News" in den israelischen Nachrichten. Die Menschen im Land halten den Atem an: ein Bombenattentat? Oder die endgültige Abriegelung der Westbank? Vielleicht eine weitere Zuspitzung im Irankonflikt?

Nein! Diesmal nichts von alledem! Professor Ehud Netzer vom Institut für Altertumsforschung an der Hebräischen Universität gibt eine sensationelle Nachricht, nämlich die Lösung eines der größten archäologischen Rätsel Israels, bekannt. Wie ein Lauffeuer rast sie fast mit Lichtgeschwindigkeit um den ganzen Erdball: „Unsere lange Suche nach dem Herodesgrab hat nach drei Jahrzehnten endlich mit der Entdeckung der

Dekorative Bauelemente des Herodes-Mausoleums.

Reste seiner Bestattungsanlage, seines Sarkophags und des Mausoleums bei seinem Palast am Herodion, 15 km südlich von Jerusalem, ihr Ende gefunden."

In der Tat, die Suche nach dem Herodesgrab startete Netzer schon im Jahre 1972. In den letzten Jahren, bis 2006, richtete der Archäologe wie schon gesagt mehr und mehr sein Augenmerk auf die „Unterstadt“ des Herodion. Als sich jedoch keine Anzeichen eines Grabes dort finden ließen, startete Netzer eine Expedition mit den Archäologen Yaakov Kalman, Roi Porah und mit der Beteiligung ortsansässiger Beduinen am Hang des Tafelberges – obwohl sie kaum daran zweifelten, dass Herodes ursprünglich die Absicht gehabt hatte, bei der monumentalen Anlage beigesetzt zu werden. „Erst als er älter wurde“, vermutet Netzer, „änderte er wohl seine Meinung und entschied sich für seine endgültige Ruhestätte im ‚Bauch‘ des kraterähnlichen, von ihm künstlich angelegten ‚Vulkanberges‘.“

Jerusalem, Mittwoch, 9. Mai 2007: Als langjährige Ausgräber und Koordinatoren des archäologischen Projektes Emmaus-Nicopolis und Reiseleiter können wir nach einer unruhigen Nacht unsere wissenschaftliche Neugier nicht mehr zurückhalten. Gleich nach dem Frühstück flitzen meine Frau Louisa und ich mit unserem Auto zum Herodion. Nach 30 Minuten befinden wir uns vor der Ausgrabungsstätte. Und wir haben Glück: Yaakov Kalman steht uns gerne auf dem Podium, das seiner Meinung nach als Basis für das Herodesgrab diente, Rede und Antwort – einmal der Reporterin Reena von Fox News und einmal mir.

Auf die Frage, was er empfunden habe, als er mit seinem Team auf diesen für Israel sensationellen Fund gestoßen war, gesteht er mit einem leichten Schmunzeln um die Mundwinkel: „Ich war so überrascht und schockiert, dass es mir dermaßen in den Magen fuhr und ich zunächst einmal auf die Toilette gerannt bin.“

Allerdings mussten sich die Ausgräber gleichzeitig mit der Tatsache abfinden müssen, dass das Mausoleum schon in der Antike total zerstört worden war. Übrig geblieben war ein Teil des großen und sorgfältig ausgeschlagenen Podiums. Auch kunstvoll bearbeitete

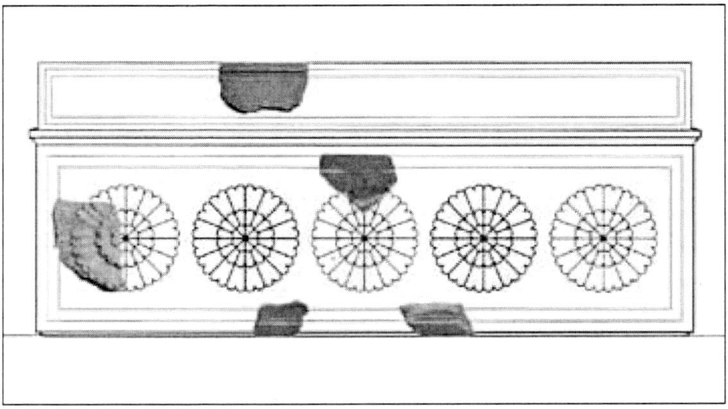

Seitenansicht des rekonstruierten Sarkophags von Herodes mit seinen dekorativen Rosetten und Steinelementen wie sie am Ausgrabungsort gefunden wurden.

Architekturelemente von höchster Qualität lagen in der Ruine. Dekorative Urnen mit einem dreieckigen Deckel, wie man sie bei Monumenten der Nabathäer gefunden hatten, wiesen auf die luxuriöse Grabanlage hin. Jedoch die bisher wichtigsten Indizien waren die zerbrochenen Stücke eines breiten, einzigartigen, 2,5 m langen Sarkophags mit seinem pyramidenförmigen Deckel aus Jerusalemer, rötlichem Kalkstein. Dekoriert war der Steinsarg mit Rosetten.

Auf meine Frage, ob dies der Steinsarg des Herodes sei, gibt Yaakov Kalman eine bejahende Antwort: „Nur wenige solcher Sarkophage sind hier im Land bekannt, das heißt, nur in besonders palastartig gebauten Grabanlagen wie beispielsweise in den ‚Königsgräbern' von Ost-Jerusalem."

Ob das Mausoleum wohl in der Antike von Grabräubern aufgebrochen worden sei, bohre ich weiter. Ohne zu überlegen, fährt Kalman fort: „Warum sollten Grabschänder den Sarkophag in Hunderte von einzelnen Stücken zerschlagen haben? Das musste aus einer inneren Wut gegen den Toten geschehen sein. Ich denke, die Zerstörung geschah wohl in den Jahren 66, während des ersten jüdischen Aufstandes gegen die Römer. Nach Josephus Flavius bemächtigten sich die Rebellen des Herodions, auch wenn im Jahre 71 die Palastanlage von den römischen Söldnern geschleift worden war. Die Zeloten waren für ihren Hass gegenüber Herodes und seiner Familie – als Marionetten und Speichellecker Roms – bekannt. Das bestätigt auch der archäologische Befund durch Brandspuren, das Ausgraben von zahlreichen Pfeil- und Lanzenspitzen sowie Münzen aus dem ersten Aufstand."

Am Schluss unseres Gesprächs am „offenen Herodesgrab" drängt sich mir noch die Frage nach irgendwelchen Inschriften auf, die direkt auf Herodes hindeuten könnten. Mit einem entwaffnenden Lächeln meint Kalman: „So Gott will, werden wir solche in den noch folgenden Grabungswochen finden."

Schon wollen wir die Grabungsstätte verlassen, da schwenkt die Kamera von Fox News auf Louisa und die amerikanische Reporterin schießt nun ihre Gretchenfrage auf meine Frau los: „Was bedeutet für Sie als Tour-Guide diese Entdeckung im Hinblick auf die Führung von Gruppen?"

Meine Frau kontert schlagfertig zurück: „Für Touristen ist es eine Attraktion mehr, weiteres von der Geschichte dieses Landes und seinen Herrschern vor Ort zu erfahren.

Für unsere Pilgergruppen, die wir auf die Spuren der Bibel führen, bedeutet diese Entdeckung eine Bestätigung der historischen Figur des Herodes, dessen Thron vor dem Kind in der Krippe, vor dem neugeborenen König in Bethlehem, zu zittern begann und der deshalb vor dem schrecklichen Kindermord nicht zurückschreckte. Also bestätigt für mich dieser Fund, dass das

Fox-News-Interview mit Louisa Fleckenstein.

Evangelium nicht eine schön erfundene Fabel darstellt, sondern sich in einem konkreten geschichtlichen Zusammenhang ereignet hat: in einem ganz bestimmten Land, zu einer ganz bestimmten Zeit und mit ganz bestimmten Personen."

Emmaus

Eine Stadt erwacht aus dem Kulturschutt der Jahrtausende

Keiner der Evangelienberichte geht mir so nahe wie die Erzählung von den beiden Jüngern auf der staubigen Straße nach Emmaus (Lk 24,31). Sind wir nicht alle unterwegs nach Emmaus? Mit unseren endlosen Fragen und Nöten, mit manchen verbrannten Illusionen und aufkeimenden Hoffnungen. Emmaus, eine Herausforderung für das Leben.

Lukas, der Maler – wie ihn die frühchristliche Überlieferung nennt –, benutzt in seiner Erzählung vielfältige Gestaltungselemente: Dialog, Frage und Antwort, dramatische Wechselrede, um die Szene in Spannung zu setzen.

Über den Namen „Kleophas" ist viel nachgedacht worden. Falls er identisch ist mit dem bei Joh 19,25 erwähnten Klopas, wäre er nach dem Zeugnis des Eusebius ein Bruder Josefs, des Pflegevaters Jesu. Nach Origenes soll der zweite Jünger dessen Sohn Simeon gewesen sein, der laut Eusebius als Nachfolger des Herrenbruders Jakobus die Gemeinde von Jerusalem leitete. Vielleicht gehörten die beiden zu jenen 72 Jüngern, die Jesu zu zwei und zwei ausgesandt hatte, um die Großtaten vom Reich Gottes zu verkünden. Der griechische Urtext lässt diese Fragen offen. Auf jeden Fall legte der Wanderprediger Jesus viel Wert auf Weggemeinschaft: „Wo zwei oder drei in meinem Namen beisammen sind, da bin ich mitten unter ihnen" (Mt 18,20).

Daran halten die beiden eisern fest, bei all ihren zerbrochenen Hoffnungen. Sie gehen ihren Weg zu zweit.

Auch auf unserem Weg nach Emmaus ereignen sich Vergangenheit und Zukunft in der Realität des Auferstandenen. Zwischen der Auferstehung Christi und seiner Wiederkunft am Ende der Zeiten laufen unsere Zeit und unser Weg, ein Weg des Glaubens in Licht und Dunkelheit.

Ostermontag 2005, 6.00 Uhr in der Früh: Wie vor 2000 Jahren starten auch wir, gleichsam mit Kleophas und seinem Begleiter, vom Abendmahlsaal aus den Weg nach Emmaus, 40 unternehmungslustige Menschen. Mit ein paar belegten Vesperbroten und genügend Wasser im Rucksack. Wir hatten uns schon lange darauf gefreut, Stunde um Stunde unterwegs zu sein im Geiste der beiden Jünger von Emmaus. Von Zeit zu Zeit legen wir eine kleine Station ein. Halten inne. Lesen den Text im 24. Kapitel bei Lukas. Singen und meditieren. Nehmen einen Schluck aus der Wasserflasche. Dann geht's weiter. Zwei und zwei. Eine einzigartige Gelegenheit, miteinander tiefer ins Gespräch zu kommen. Die Seelenschichten des Weggefährten neu zu entdecken und ein Stück auszuloten. Heute wie damals.

Wir versetzen uns zurück auf die römische Straße nach Emmaus im Jahre 33: Zwei fragende, suchende Männer stolpern traurig, niedergeschlagen vor sich hin. Kleophas und sein Sohn Simeon. Sie haben ihren Messias für tot erklärt. Obwohl sie gehofft hatten, er würde Israel vom römischen Joch erlösen, mit Feuer und Schwert, mit Ross und Wagen – so wie die Makkabäerbrüder damals, als sie der verhassten hellenistischen Besatzungsmacht durch einen blutigen Aufstand ein Ende setzten.

Es fällt den Emmausjüngern schwer, durch den Dunst ihrer vorgefertigten Meinungen hindurchzusehen und anzuerkennen, dass auch bei dem schrecklichen Geschehen auf Golgota Gott am Werk gewesen

Wie vor 2000 Jahren begeben sich auch heute immer wieder Heilig-Land-Pilger in einer Art Zeitreise mit Kleophas und seinem Begleiter auf den Weg nach Emmaus.

sein könnte. Das trostlose Gespräch spiegelt ihre Fehleinschätzung der Situation wider. Für sie ist eine Welt zusammengebrochen. Der, auf den sie alles gesetzt hatten, um dessentwillen sie Beruf und Familie, alle Sicherheiten ihres Lebens darangegeben hatten, ist nun den Tod eines Verbrechers gestorben.

Sie wissen zwar alles, was man von Jesus wissen kann. Aber ihr Nachdenken darüber bringt sie noch nicht zu einem lebendigen Kontakt mit ihm. Trauer, Hoffnungslosigkeit und Enttäuschung haben über sie die Oberhand gewonnen. Doch gerade dort, wo für sie die Sache Jesu anscheinend erledigt ist, wo sie Gott in ihrem Leben keine Chance mehr einräumen, weil sie ihn als ohnmächtig neben den vielen anderen Belanglosigkeiten ihres Lebens erfahren, gerade dort tritt er als ein Fremder zu ihnen.

Jesus ist in ihrem Gespräch der ganz Hörende. Er nimmt sie mit all ihrer Not in sich auf. Ohne Hemmungen vertrauen sie ihm ihre letzte Unsicherheit und Ausweglosigkeit an.

Nun sind auch wir unterwegs nach Emmaus. An der Schwelle zum 3. Jahrtausend haben wir uns so vieles für das Land der Bibel erwartet. Die Städte waren geschmückt wie eine Braut, die ihren Liebsten willkommen heißt. Es gab neue Hotels, neue Straßen und Plätze. Man war auf einen Ansturm von Pilgern und Touristen eingestimmt. Man hatte etwas zu bieten: nicht nur die heiligen Stätten, sondern auch Kulturangebote von internationalem Niveau. Man brauchte nur dem Stern zu folgen.

Dann kam jener fatale Septembertag des Jahres 2000. Der Funke des Aufstands entwickelte sich zu einem Flächenbrand: Unruhen, Straßenschlachten, Schießereien, zerstörte Häuser, weinende Mütter, neu aufgeschüttete Gräber, ...

Es drängt sich uns die Frage auf: Aber wir hatten doch gehofft? Sind nicht all unsere Sicherheiten genommen? Will Gott uns reinigen wie Gold im Feuerofen? Uns aufbrechen aus der Kruste eines zu traditionellen Glaubens? Möchte er uns in ein neues Abenteuer führen, indem wir uns im Loslassen von den allzu irdischen Dingen auf ihn einlassen? Obwohl er unser Leben total auf den Kopf gestellt hat? Will er eine große Bresche in unsere Herzen schlagen?

Es ist, als beginne Jesus zu sprechen: „Bevor ich einen Menschen brauche, schüttle ich ihn. Bevor ich ihm Licht schenke, lasse ich ihn in die dunkelste Finsternis geraten. Bevor das Leben geboren wird, muss sich der Mensch in Geburtswehen krümmen. Hilflos und lebensgefährlich bedroht. Ich durchleide gerade heute mit euch die Agoniestunde von Getsemani. Ich hänge am Kreuz, völlig ausgeliefert. Die Sonne verdunkelt sich. Doch mein Sterben ist voller Leben. Mein Ende bringt eine neue Zukunft. Auch euch. Die Angst wandelt sich in Freude, die Hilflosigkeit in Geborgenheit. Vertraut mir nur und habt Geduld: Wenn die Nacht ihren dunkelsten Punkt erreicht, bricht der Tag bald an."

Langsam beginnen wir als Emmausjünger von heute gerade darin die Spur seiner Liebe zu entdecken, aus dem Bewusstsein, dass alles, was Gott zulässt, zu unserem Besten geschieht. Wir stehen zwar vor dem Trümmerhaufen vieler unerfüllter Erwartungen. Wir klammern uns jedoch an den letzten Funken Hoffnung, das Leben doch neu zu wagen. Damit wäre Emmaus nicht das Ende, sondern der Anfang eines neuen Lebensweges. Das Licht des Ostermorgens beginnt zu dämmern.

Noch einmal werfen wir einen Blick zurück auf das Emmaus im Jahre 33: Als den Jüngern das Herz zu brennen beginnt, ahnen sie, dass der Emmanuel, der „Gott mit uns", sie begleitet. Voller Vertrauen bitten sie ihn: „Bleibe bei uns, Herr; denn es will Abend werden." Jesus geht in die Dunkelheit der Emmausjünger. Die Rollen vertauschen sich. Aus dem Gast wird plötzlich der Hausherr. Der Auferstandene nimmt das Fladenbrot in seine Hände, erhebt die Augen dankend zum Vater – die typische Geste bei der Speisung der 5000. Die Ärmel seines Kleides lassen ein wenig die Arme frei. Die Augen der Jünger weiten sich. Sie sehen die Merkmale der Nägel, die Stigmata seines Leidens an den Händen. Da erkennen sie ihn … Endlich ist er bei ihnen angekommen.

Die beiden Männer eilen zurück nach Jerusalem. Sie geben Zeugnis davon, dass Jesus lebt. Aus dem sehenden Glauben heraus bestätigen sie: Er ist erfahr-

Emmaus gehört zu den fünf topographischen Zeugen, wo die beiden Jünger ihren Herrn beim Brotbrechen als den Auferstandenen erkannt hatten.

bar, auch heute: im Wort, in der Eucharistie, in der Gemeinschaft untereinander. Auch unser Herz beginnt uns zu brennen.

Endlich, nach knapp acht Stunden, erreichen wir den biblischen Ort Emmaus-Nicopolis. Um 17.00 Uhr startet in der altehrwürdigen byzantinischen Kirchenruine eine Messfeier mit dem Jerusalemer Patriarchen Michel Sabah und Monsignore Boulos Marcuzzo aus Nazareth, dem Titularbischof von Emmaus-Nicopolis. Ein zeitlicher Bogen schlägt sich über 2000 Jahre hinweg. Es ist derselbe Jesus, der uns jetzt das Brot bricht. Unser Herz ist voller Freude und Dank. Es ereignet sich Emmaus heute.

Wo aber liegt dieser Ort, den allein das Lukas-Evangelium erwähnt? Im Laufe der blutigen Geschichte des Heiligen Landes war er längst in Schutt und Asche versunken.

Der Erste, der in der Neuzeit das vergessene Emmaus-Nicopolis identifizierte, war der amerikanische Palästinaforscher und Geschichtsgeograf Eduard Robinson. Am 27. April 1843 besuchte er das arabische Dorf Amwas. Dort entdeckte er neben Resten von Marmorsäulen und Sarkophagen die byzantinische Kirchenruine. An jenem denkwürdigen Tag schrieb er in sein Tagebuch: „Dieses Amwas ist identisch mit dem antiken Emmaus oder Nicopolis."

Unabhängig davon kam die palästinensische Mystikerin, die Karmelitin Mirjam Baouardy, zu der gleichen Entdeckung. Es war am 10. Mai 1878, während einer Reise von Bethlehem nach Nazareth. Als der Wagen zum Pferdewechsel bei dem Dorf Amwas-Latrun anhielt, geriet die „Kleine Araberin", wie man sie nennt, in eine mystische Verzückung und rannte über Feldwege und Äcker zu einer kleinen Anhöhe. Dort lag zwischen Dornen und Gestrüpp im hohen Gras eine verwahrloste Ruine. Erschüttert blieb sie wenige Schritte davor stehen und rief mit lauter Stimme: „Hier ist der Stein, und das ist wirklich der Ort, wo der Herr nach der Auferstehung mit seinen Jüngern gegessen hatte."

Eine Wohltäterin des Karmels von Bethlehem, Bertha Darthigaux, erwarb 1896 das Land für das Kloster.

In den Jahren zwischen 1924 und 1930 unternahm die Jerusalemer École Biblique unter Leitung von L. H. Vincent die ersten systematischen Grabungen, die überraschende Ergebnisse zu Tage brachten: zwei Basiliken aus der byzantinischen Zeit und eine Kreuzfahrerkirche. Dann lag Emmaus über 70 Jahre lang in einer Art Dornröschenschlaf.

1992 baten die Karmelitinnen aus Bethlehem meine Frau Louisa und mich, den inzwischen verlassenen

Ort mit Hacke, Schaufel und Pinsel archäologisch der Vergessenheit der Geschichte zu entreißen. Aus einem „unverschämten" Glaubensakt heraus gründeten wir eine internationale Assoziation der „Freunde von Emmaus". Tatsächlich blieb das Echo nicht aus. Junge Menschen aus Deutschland, Finnland, den USA, Belgien, Russland, Österreich, Frankreich, England und anderen Nationen machten sich mit uns auf den „Weg nach Emmaus", gleichsam als „Detektive der Vergangenheit", um Indizien auszugraben, die vergangene Zeitepochen uns lebendig vor Augen stellten.

Menschliche Skelette in Richtung Osten und mit verkreuzten Armen bestattet, signalisieren den christlichen Glauben frühchristlicher Mönche. Vor rund 1600 Jahren waren sie als „Freunde von Emmaus" im Vertrauen auf den auferstandenen Herrn entschlafen. Die Mauern eines größeren Hauses, Kalkböden und eine Feuerstelle mit dem Fragment eines Topfes darauf sprechen für die menschliche Wohntätigkeit in diesem Teil der Stadt. Antike Grabstätten in einem alten Steinbruch, mit aufgefundenen herodianischen Öllampen, römischen Glasampullen, Tonkrügen und einem Skarabäus, weisen auf vorchristliche Begräbnisbräuche hin.

Erstmals seit dem 5. Jahrhundert fiel im Basilikenbereich wieder das Tageslicht auf Mosaiken, deren Motive die Symbolkraft der damaligen christlichen Epoche widerspiegeln. Das sogenannte Wassermosaik aus der gleichen Zeit zeigt die Darstellung eines überfließenden Brunnens. Vögel trinken daraus, daneben Fische, ein Stier, der Kopf eines Lammes. Und in der Mitte eine Kyrieeleison-Inschrift. Darüber der Genitiv des Namens „Titus".

Wenige Meter davon entfernt tauchte eine in Fels gehauene, verputzte Wasserzisterne auf. Ein von Menschenhand geschlagenes Loch in einem Felsblock daneben mag auf einen inzwischen versiegten Brunnen oder eine Zisterne hindeuten – möglicherweise der erste archäologische Hinweis auf eine antike Tradition, wie sie der Geschichtsschreiber Sozomenes im 5. Jahrhundert erwähnt. Demnach soll Jesus während seines öffentlichen Wirkens einmal nach Emmaus gekommen sein und sich dort in der Quelle die Füße gewaschen haben. Seit dieser Zeit sei der Brunnen heilkräftig für Mensch und Tier gewesen, bis im 4. Jahrhundert der gottlose Kaiser Julian Apostata die Anlage habe zerstören und zuwerfen lassen.

Unter der dreischiffigen byzantinischen Basilika fanden wir Mauerzüge eines großen Gebäudes und ein weiteres Mosaikstück mit geometrischen Mustern. Bei dieser Entdeckung drängte sich uns die Frage auf, ob vielleicht zur Erinnerung an den Ort, an dem die beiden Jünger den Auferstandenen an der Geste des Brotbrechens erkannt hatten, ein Memorialbau errichtet worden war. In der Tat versammelten sich die ersten Christen vorzugsweise an Stätten, an denen Jesus ein Wunder gewirkt, an die er seinen Fuß gesetzt und als Mensch gelehrt hatte. Sie nannten solche Häuser „domus ecclesiae", „Hauskirche".

Unter der Kulturschicht des angenommenen Kleophas-Hauses fanden wir ein römisches Grab. Reiche Beigaben wie goldene Ohrringe, ein Parfümglas, ein kleines Tränenfläschchen und ein gläsernes Kosmetikgefäß, noch mit „Schminkstift" und Kohle darin, deuten auf eine begüterte Besitzerin hin. War diese „römische Dame" vielleicht ein Mitglied der ersten christlichen Gemeinde in Emmaus und wollte an der Stelle begraben sein, wo der Auferstandene seinen Jüngern das Brot gebrochen hatte?

Zu Beginn der Grabungskampagne 2003 ließen wir durch zwei Geologen eine Magnetometer-Untersuchung am südlichen Hang vornehmen. Durch diese Methode können unterirdische Mauerwerke oder Hohlräume lokalisiert werden. An zwei Stellen wurden in der Nähe des antiken Steinbruchs Grotten unter der Erde geortet.

Bei der ersten markierten Stelle entdeckten wir eine frühchristliche Begräbnisstätte. Stufen führten hinab. Am Ende ein Rollstein. Die Funde sprachen eine eindeutige Sprache: über hundert unversehrte byzantinische Öllampen mit christlichen Symbolen darauf – die Palme als Lebensbaum; das kosmische Kreuz als Siegeszeichen über den Tod; das gehörnte Kreuz, mit den beiden Hörnern als Zeichen der Allmacht Gottes, gleichzeitig auch als Hinweis auf die innige Beziehung zwischen Vater und Sohn. Die Tatsache so vieler Öllampen an diesem Ort mag als Zeichen von Glaubenskraft der Christen in Emmaus gedeutet werden. Sie besuchten ihre Familiengräber, vor allem wohl in der österlichen Zeit, zündeten eine Öllampe an, in dem Bewusstsein, dass „das Licht Christi allen Menschen leuchten möge“, wie es die griechische Umschrift auf einer Lampe deutlich zum Ausdruck bringt.

Auf einer Scherbe befand sich neben dem gehörnten Kreuz der griechische Buchstabe Rho als Symbol für Jesus, den Retter der Welt.

Eine Münze von Pontius Pilatus (26–36 n. Chr.) deutet darauf hin, dass diese Höhle von den Christen seit dem 1. Jahrhundert als Begräbnisort benutzt worden war.

Während der Ausgrabungs-Kampagne 2005 entdeckten wir an der Ostmauer der Höhle ein Bank-Bogen-Grab. Darin befanden sich neben byzantinischen Öllampen eine Gürtelschnalle, eine Münze von Valerius Gratus (15–26 n. Chr.) – römischer Statthalter und Vorgänger von Pontius Pilatus unter Kaiser Tiberius. Gratus hatte die Tempelverwaltung neu

Eine römische Grabhöhle wurde möglicherweise während der byzantinischen Zeit von Einsiedlern bewohnt. Anzeichen dafür sind ein aufgefundener, unversehrter Ölkrug.

strukturiert und zuerst Anna und später Josef Kajafas als Hohepriester eingesetzt.

Aufgefundene Mauerreste und Fundamente in unmittelbarer Nähe sowie zahlreiche Mosaiksteine können als Indiz für ein kirchliches Gebäude über dieser Grabanlage angesehen werden.

Übrigens hatte der frühchristliche Glaube im Hinblick auf das Sterben und die Bestattung der Toten seine Grundlage in der allgemeinen jüdischen Bestattungspraxis, natürlich erweitert und aktualisiert durch die Lehre und das Beispiel Christi im Hinblick auf sein eigenes Leben und Sterben. Wie beim jüdischen Begräbnis wurde der Leichnam noch am gleichen Tag des Ablebens bestattet. Die Angehörigen schlossen dem Toten die Augen, indem sie eine Münze darauflegten. Dann wuschen sie den ganzen Körper mit Salben und Parfüm. Hände und Füße wurden gebunden. Anschließend wickelte man den ganzen Leib in ein Leichentuch. Nun trugen die Hinterbliebenen den Toten für die Beisetzung in einer Prozession zu einem Familiengrab außerhalb der Stadt. Dies bestand meist aus einer Höhle, die dann mit einem Rollstein verschlossen wurde. Da die Toten in Christus entschlafen waren, galt die Grabanlage als der Ort der Ruhe in Gott.

Die zweite, durch die Magnetometeruntersuchung identifizierte Grotte erwies sich als eine Grabanlage aus der Zeit des Neuen Testaments. Dort fanden wir in einer Tiefe von rund vier Metern vier unberührte Ossuarien aus den Jahren 40 v. Chr. bis 70 n. Chr. Damals wurden nach Monaten, wenn das „sündige Fleisch" zerfallen war, die Gebeine des Verstorbenen aus dem Felsengrab herausgenommen und in solchen steinernen Gebeinkästen ein zweites Mal beigesetzt. In unmittelbarer Nähe dieser Ossuarien lagen acht unversehrte herodianische Öllampen – weitere Indizien für die frühe christliche Gemeinde von Emmaus, die im Glauben an den Auferstandenen dort ihre Toten bestattet hatte.

Beim Freilegen des antiken Steinbruchs entdeckten wir weiter östlich drei Stufen. Sie führten zu einer Höhle mit einem gemauerten Eingang. Die Anlage war mit einer Steinplatte versiegelt. In römischer Zeit diente die Höhle als Begräbnisort, denn an der Ost-, West- und Südseite im Inneren befanden sich drei aus dem Felsen geschlagene Sarkophage. Zwischen menschlichen Überresten lagen darin Grabbeigaben aus dem 1. und 3. Jahrhundert n. Chr.: römische Öllampen, goldene Ohrringe, Nägel, Perlen, Münzen, eine Halskette, Armreife, Ringe, Glasgefäße. Ein Steinblock an der Westseite des Eingangs weist einen

Schlitz wie bei einem Briefkasten auf. Spontan nannten wir die Grotte „Letter-box-cave".

Möglicherweise wurde die Grabhöhle während der byzantinischen Zeit von Einsiedlern, die sich in sogenannten „Inclusen" einmauern ließen und ihr Leben als Büßer beendeten, wieder benutzt. Anzeichen dafür könnten aufgefundene menschliche, nicht wie üblich bestattete Überreste sein, ein Wasser- und ein Ölkrug, eine byzantinische Öllampe und ein Eisenring in der Steintür, um diese von innen zu verschließen.

Ein zweites Hauptaugenmerk der Ausgrabungs-Kampagne 2004–2005 galt der „römischen Villa" mit noch vorhandenen Grundmauern, nordwestlich vom Basilikenbereich. Einer der Räume enthält einen Mosaikfußboden mit einem qualitätsvollen Flechtbandmuster. Keramikfunde und eine Münze von Kaiser Elagabal erlauben es, das Gebäude in das 3. Jahrhundert n. Chr. zu datieren, also in die Zeit, als Julius Africanus Stadtpräfekt von Emmaus war.

Die Villa scheint über einen längeren Zeitraum in Benutzung geblieben zu sein. So fanden sich auf etwas höherem Niveau Reste von weiteren Mosaikfußböden aus byzantinischer Zeit.

Möglicherweise stand der Bau in Verbindung mit einer antiken Färberei, da wir im Norden des Grabungsareals drei in den Felsen gearbeitete Wasserbecken fanden, die von einer zugehörigen Wasserleitung gespeist wurden. Im Kanal selbst lagen mehrere römische Münzen.

An der südöstlichen Seite der „römischen Villa" kamen am Ende der Grabungssaison 2005 unter den Trümmern fünf Stufen zum Vorschein. Von dort gelangt man durch einen bogenförmigen Eingang zu einer römischen Zisterne mit den Ausmaßen von 5,0 m x 5,0 m x 2,5 m. Die Decke wird von zwei Pilastern mit dorischen Kapitellen getragen. Die Wände sind verkleidet mit einem 3 cm dicken römischen Verputz, bestehend aus Kalk und zerstampfter Keramik. In der Mitte der Decke befindet sich eine aus dem Fels geschlagene Öffnung zum Herausziehen des Wassers. Es ist jedoch nicht auszuschließen, dass es sich dabei um einen Brunnen handelte. Bisher ist nur ein Drittel des Wasserreservoirs freigelegt.

Auf jeden Fall handelt es sich bei diesem vielversprechenden Baukomplex um den ersten sicher nachweisbaren Zivilbau in Emmaus.

In der täglichen Arbeit auf dem Grabungsfeld erfuhren wir mit den freiwilligen Helfern, was es heißt, als internationales Team ein gemeinsames Ziel vor Augen zu haben. Es ging dabei nicht nur um ein archäologisches Forschen und Suchen nach dem versunkenen Emmaus-Nicopolis, es war auch ein Stück Weges, den die jungen Menschen dort gemeinsam zurücklegen durften in Richtung der Quellen ihres Glaubens. Viele gewannen in Emmaus die innere Sicherheit, dass dies ein Ort sei, der den Christen aller Konfessionen auch heute Augen und Herz öffnen wolle.

Eine Grabungsteilnehmerin formulierte es so: „Was habt ihr denn in Emmaus gefunden?“ – Das war mit Abstand die meistgestellte Frage nach unserer Rückkehr aus Israel. Die Antwort fällt gar nicht so leicht, denn zwei Wochen bei den Ausgrabungen lassen sich nicht an den Funden messen, die wir aus der Erde freigelegt haben. Obwohl wir auch in dieser Hinsicht einiges vorzuzeigen haben: Scherben aus byzantinischer Zeit, römische Münzen, Tränengläser und vieles mehr.

Es war schon ein Abenteuer besonderer Art, das wir mit 26 jungen Teilnehmern aus Deutschland und einer gleich großen, älteren Gruppe aus Finnland eingegangen waren: Leben auf engstem Raum, frühes Aufstehen, Arbeit in der Hitze, frustrierende Erfahrung mancher erfolgloser Grabungstage, Verständigungsprobleme mit Teilnehmern, die weder deutsch noch englisch sprachen. Einige erlebten ihre persönlichen Grenzen. Doch die Grabungen in unserer Seele zeigten uns einen ganz erstaunlichen Fund: Jesus ist mittendrin! Die Erfahrung der Emmausjünger wurde zu unserer eigenen Erfahrung. Jesus tritt in unsere Mitte und redet mit uns. Unser Herz beginnt zu brennen. Hoffnung und neue Freunde gewinnen Raum. Es wächst Gemeinschaft. Das geteilte Brot öffnet die Augen.

Und um auf die Eingangsfrage zurückzukommen: „Was haben wir in Emmaus gefunden? Den Schatz der Gemeinschaft, der nicht in einem Museum ausgestellt werden kann, sondern der durch Teilen wächst. Das Graben hat sich also gelohnt!“

Aber auch für die „Ortsansässigen“ im Heiligen Land, Juden und Araber, trägt Emmaus eine Botschaft der Versöhnung in sich. Die durch die Jahrhunderte hindurch oft heiß umkämpfte und strategisch so wichtige Ajalon-Ebene, die immer wieder zu einem „Tal der Tränen“ wurde, angefangen von Josua über die Kreuzfahrer bis zum Sechs-Tage-Krieg, kann morgen vielleicht doch ein „Tal des Friedens“ werden. Versöhnung ereignet sich, wenn Juden und Palästinenser den inneren Reichtum entdecken, der in jeden Menschen hineingelegt ist: Auf der arabischen Seite die sprichwörtliche Gastfreundschaft, ein Schuss Spontaneität in den zwischenmenschlichen Beziehungen und die großzügige Bereitschaft, auch noch Zeit füreinander zu haben. Auf der israelischen Seite unter anderem das Know-how, das die Einwanderer aus über 100 Nationen mitbringen und das allen zugutekommen soll.

Versöhnung geschieht letztlich dann, wenn die beiden Völker ein „Wir-Bewusstsein“ entwickeln, aus dem alles „Nur-für-uns-Denken“ verbannt ist. Denn nur als Brüder können sie in Frieden miteinander leben. Genau das ist die Botschaft von Emmaus.

Neve Shalom-Wahat es-Salam

Friedensoase auf einem windigen Hügel

Es begann im Jahre 1972, als der Dominikanerpater Bruno Hussar seine kühne Vision von einem Friedensdorf auf einem „windigen Hügel“ in die Tat umzusetzen versuchte. Das Land hatte der „Realutopist“ von dem nahe gelegenen Trappistenkloster Latrun auf 100 Jahre Erbpacht gegen eine symbolische Miete von einem Dollar pro Jahr erhalten. Hussar, als Kind jüdischer Eltern in Ägypten geboren, war während seines Ingenieurstudiums Christ und später katholischer Priester geworden.

In einem persönlichen Gespräch gestand er mir einmal: „Seit Jahren träumte ich von einem Dorf, in dem Menschen aus den verschiedenen Gruppen des Landes als Nachkommen des gemeinsamen Stammvaters Abraham in Frieden zusammenlebten: Juden, Christen, Muslime, und zwar in der Treue zu ihrem Glauben, im Respekt und in der Achtung vor der Verschiedenheit des anderen. Aus dieser Gemeinsamkeit heraus sollte eine Akademie des Friedens entstehen, im Gegensatz zu den vielen Militärakademien, in denen man nur das Kriegshandwerk lernt.

Der Beginn unserer Siedlung war eine echte Herausforderung. Ich hauste zunächst in einer Holzkiste, einem Würfel von 2,50 m Seitenlänge. Ein Neueinwanderer aus New York hatte mir seinen Möbelcontainer geschenkt. Meine einzigen Gefährten waren giftige Skorpione und gefährliche Schlangen. Es gab kein Wasser, keinen Baum, keinen elektrischen Strom, keine Straße. Ich hatte dem Himmel ein Ultimatum gestellt:

‚Ein Jahr, Herr. Wenn du mir innerhalb von 12 Monaten keine Familie schickst, ob jüdisch oder arabisch, dann breche ich meine Zelte wieder ab. Dann weiß ich, ich bin nur einem Phantom nachgerannt.'

Und das Zeichen trat ein, nämlich in Gestalt eines jüdischen Ehepaares. Bald schlossen sich weitere Familien an."

In dem Gemeinschaftsdorf wohnen heute Familien und Ledige. Das Leben der Bewohner wird durch einen gewählten Ausschuss demokratisch geleitet. Durch regelmäßige Mitgliederversammlungen nehmen alle an den Entscheidungen teil. Jedes Jahr wählt man einen Sekretär, der die Funktion eines Bürgermeisters innehat. Auch die Komitees für Arbeit, Kultur, Tourismus, für Finanzen und Hausbau werden jedes Jahr neu gebildet.

Am Anfang war die Struktur des Dorfes der eines Kibbuz sehr ähnlich. Die Mitglieder arbeiteten und legten das Einkommen in den gemeinsamen Topf. Doch Ende der Siebzigerjahre sah man ein, dass dieses System für sie nicht recht passte. Jede Familie sollte getreu ihrer Tradition und ihrer Identität leben können. Die Unterschiede sind oft sehr groß, z. B. zwischen Palästinensern, die in Galiläa geboren sind, und Juden, die aus Amerika kommen.

Die Bewohner beschlossen, den Schwerpunkt auf die Familie zu legen. Andererseits sollte sich aber auch das Gemeinschaftsleben entwickeln können. Dabei stellte sich unwillkürlich die Frage: Welchen Stellenwert nehmen die religiösen Feste ein? Die jüdischen, christlichen und muslimischen Feiertage gewannen allmählich in Neve Shalom-Wahat es-Salam einen doppelten Aspekt: den religiösen und den folkloristischen. Abed geht beispielsweise als Muslim an seinen Feiertagen nach Jerusalem in die El-Aqsa-Moschee, um zu beten. Die Christen besuchen im nahe gelegenen Trappistenkloster die Festgottesdienste und die Juden gehen zur nächstgelegenen Synagoge. Doch den folkloristischen Teil der Feste feiern alle gemeinsam. Natürlich ist das immer ein Höhepunkt für die Kinder.

An Ostern versteckte Pater Hussar die bunten Eier in seinem Garten. Wenn die nichtchristlichen Kinder fragten, was das auf sich habe, erklärte er ihnen die symbolische Bedeutung der Ostereier: So wie das Küken die Schale durchbricht, erinnert es uns an Jesus, den Auferstandenen, der das Grab gesprengt hat. An Hannuka laden die jüdischen Familien ein. Man begeht miteinander das Lichterfest. Am Geburtstag des Propheten Mohammed sind alle bei den muslimischen Familien zu Gast. Dann gibt es ein Festessen nach orientalischer Art. Dabei werden die entsprechenden Stellen aus dem Koran vorgelesen.

So kennt jeder etwas von den religiösen Bräuchen des anderen. Gleichzeitig legt man großen Wert darauf, dass jeder aber auch seine Treue zu seinem Glauben bewahrt. Manche der Mitbewohner, die die religiösen Wurzeln ihrer Väter verloren hatten, entdeckten diese im Kontakt mit ihren Glaubensbrüdern neu.

Das Gemeinschaftsdorf hat einen eigenen Kindergarten mit Grundschule. Es ist wahrscheinlich die einzige Schule im Land, in der jüdische und palästinensische Kinder binationalen und bilingualen Unterricht erhalten. Obwohl am Anfang manche kritische und skeptische Stimme meinte, es würde nie gelingen, zweisprachige Kinder zu einem Schulabschluss zu führen, bestätigen heute die Inspektoren vom Erziehungsministerium: „Das Niveau dieser Schule liegt zum Teil über dem in der Stadt." Der Lehrkörper besteht zur Hälfte aus Juden und zur Hälfte aus Palästinensern.

Im Unterricht erfahren die Schüler ihre nationalen und kulturellen Unterschiede, wobei jeweils die eigene Identität berücksichtigt wird. Die ganze Zeit über sind die Kinder in beiden Sprachen – Hebräisch und Arabisch – miteinander in Berührung. Diese besondere Atmosphäre befähigt sie, die andersartige Tradition ihrer Freunde zu verstehen und zu würdigen, sodass alle daraus Nutzen ziehen, denn die Kinder wachsen in einem solchen Rahmen unbehindert von Vorurteilen und Klischeedenken auf. Es ist zu hoffen, dass dieses Erziehungssystem, das sich hier noch in einer Art „Laborexperiment“ befindet, eines Tages im ganzen Land durchsetzen wird.

Seit 1980 existiert in Neve Shalom-Wahat es-Salam außerdem eine „Friedensschule“. Diese bildet heute eine der Hauptaktivitäten des Dorfes. Regelmäßig kommen junge Menschen zwischen 15 und 20 Jahren – Juden wie Palästinenser – aus über 100 Schulen des Landes für einige Tage dorthin, um sich von den Friedensideen der Bewohner anstecken zu lassen. Das Ziel ist es auch, durch erzieherische Methoden zwischen Juden und Arabern gegenseitig Vertrauen aufzubauen, und zwar in einem Umfeld, in dem Extremismus, Gewalt und Unmenschlichkeit vorherrschen und so gegenseitiges Misstrauen die Regel ist.

Mit Spielen beginnen sie zunächst, die Angstschwelle zu überwinden. In spielerischer Weise versetzen sich die Juden in die Lage der Araber und umgekehrt. Dabei kommt es zu einem sehr engagierten Austausch. In die Denkart des anderen versetzt, jenseits der eigenen Lebenssphäre, merkt der Jugendliche, dass er selber nicht unbedingt immer im Recht und der andere gar nicht so hundertprozentig im Unrecht ist. Damit wird ein Prozess des Umdenkens in Gang gesetzt, der zunächst für den Einzelnen sehr unangenehm sein kann. Ist er doch gefordert, sich selbst infrage zu stellen. Aber damit öffnet sich ein Feld für den Friedensdialog. Man macht dabei die Entdeckung: Als Jude und Palästinenser sind wir Kinder Abrahams und damit Brüder und Schwestern. Außerdem ist das Land groß genug, dass wir beide darin miteinander in Eintracht leben können.

Im Laufe der Jahre hat Neve Shalom-Wahat es-Salam zahlreiche internationale Preise und Auszeichnungen erhalten, darunter den Niwano-Friedenspreis (Japan), den Beyond-War-Award (USA), die Buber-Rosenzweig-Medaille (Deutschland), den Preis der Bruno-Kreisky-Stiftung, den Paul-Harris-Preis, den Marcus-Sieff-Award, den Armstrong-Preis und andere. Außerdem wurden das Dorf und die Friedensschule bereits fünfmal für den Nobelpreis nominiert.

Abgeschirmt, in einer lieblichen Mulde am Rande des Dorfes, liegt die Dumia, „das Haus des Schweigens", ein Ort zum Nachdenken, Meditieren und Beten. „Für dich ist tiefe Stille Lob Gottes", heißt es in Psalm 65,2. Dieser Ort möchte zum Ausdruck bringen, dass die Menschen, mögen sie auch durch die Verschiedenheit ihres Glaubens oder ihrer Kultur getrennt sein, doch in der Stille Gemeinschaft erleben können.

Zweimal fand in der „Friedensoase" ein großes Jugendfestival statt. Das letzte Mal waren 20 000 junge Menschen angereist. Jüdische und arabische Künstler, Sänger und Schauspieler stellten ihre Talente in den Dienst dieser Friedensinitiative. Dabei erlebten die jungen Teilnehmer Stunden tiefer Freundschaft, ohne politische Diskussionen und Engstirnigkeiten. Was daraus in der Folge entstand, ist ein Netz von Beziehungen, des Vertrauens und des Aufeinanderzugehens.

Bruno Hussar, der Begründer des Friedensdorfes, ist im Jahre 1996 verstorben.

In Neve Shalom-Wahat es-Salam leben die Menschen in der Hoffnung weiter, eine neue Generation von Juden und Palästinensern zu formen, die morgen auch als Mitglieder im Parlament dialogfähig mit allen sein werden. Sie glauben fest daran, dass durch Menschen guten Willens ein stabiler Friede im Heiligen Land möglich sein wird.

Eine Stadt namens Ephraim

Ein Bibelhaus wie vor 2000 Jahren

Da Jesus sich in aller Abgeschiedenheit auf seine Blutstaufe in Jerusalem vorbereiten wollte, zog er sich mit seinen Jüngern für eine gewisse Zeit „in eine Stadt namens Ephraim“ zurück (Joh 11,54).

Was wissen wir über den Ort und wo ist er heute zu suchen? Auf diese Frage versuchte ich durch eine biblisch-archäologische Forschungsarbeit eine Antwort zu finden. Der beste Kandidat dafür schien mir das bis heute christlich gebliebene Dorf Taybeh, 30 km im Nordosten von Jerusalem, zu sein. Der damalige Pfarrer, Jonny Sansour, zeigte sich meinem Anliegen gegenüber aufgeschlossen und wurde mir ein guter „Wegweiser“.

Auf einer kleinen Anhöhe am Fuße des Dorfhügels zeigte er mir die Reste einer Basilika aus dem 4. Jahrhundert. Darüber hatten die Kreuzfahrer später eine einschiffige Kirche gebaut. Vielleicht waren diese Gotteshäuser über dem Haus errichtet worden, in dem Jesus bei seinem Rückzug in Ephraim wahre Gastfreundschaft erfahren hatte.

Auf dem höchsten Punkt der Siedlung liegt die Ruine eines kleinen Kreuzfahrerkastells. Darunter soll sich ein verzweigtes Netz antiker Fluchtstollen zur nahen Wüste befinden. Auf diese Weise hatte die Bevölkerung die Möglichkeit, in Zeiten der Bedrängnis in der Wildnis unterzutauchen. Wahrscheinlich erklärt sich von daher auch, dass die Dorfbewohner jeder Art von Zwangsmuslimisierung entgehen konnten.

Eine alte Ortstradition berichtet von dem Wandel des biblischen Namens „Ephraim“ zu der heutigen Bezeichnung „Taybeh“. In der Kreuzfahrerzeit hieß der Ort „Afra“. Als Saladin, der Sieger über deren Heer, im Jahre 1187 in der Nähe von Jerusalem sein Feldlager aufgeschlagen hatte, ließ er die Bewohner der einzelnen Ortschaften am Eingang seines Zeltes antreten. Als er nun die Leute von Afra fragte, wie denn ihr Dorf heiße, erschrak er über die Antwort, denn im arabischen Wortstamm „Afer“ steckt die Bedeutung von „böser Geist“. Aus Furcht vor diesem Namen mit dem Unglück verheißenden Omen befahl Saladin den Abgesandten dieser Gemeinde: „Von nun an soll euer Ort ‚Taybeh‘ heißen, nämlich ‚die Gute‘, denn ich sehe, ihr seid gute Leute, denen alles Übelwollen fern ist.“

Taybeh ist bis heute wegen seiner Gastfreundschaft bekannt. Wohl der berühmteste Gast war Charles de Foucauld, der in den Jahren 1889 und 1898 während seiner Einkehrtage dort die Einsicht gewann, dass das Evangelium sein Leben werden müsste, und zwar in Verbindung von Arbeit und kontemplativem Leben.

Aus dem Geist der Gastlichkeit heraus hatte Pfarrer Sansour in Taybeh ein kleines Pilgerhospiz errichten lassen, und zwar aus der Überzeugung heraus: Die Menschen, die Taybeh besuchen, sollen dort „lebendigen Steinen“ begegnen, wenn sie gemeinsam mit der Gemeinde Gottesdienst feiern, wenn sie die Gastfreundschaft der Familien erfahren …

Diese Tradition führt der neue Pfarrer des Ortes, Abuna Raed, mit großem Engagement weiter. Eine der Initiativen ist die „Olive Branch Foundation“. In deren Werkstätten arbeiten heute über 20 junge Männer und Frauen an der Herstellung einheimischer Produkte. Das originellste Produkt ist die olivgrüne Friedens-Lampe in der Form einer Taube, mit

An der Türschwelle des „Bibelhauses" fällt eine Vertiefung auf, das einzige nächtliche Kommunikations-System in der Antike zwischen den Bewohnern drinnen und der Außenwelt. Schon das Hohe Lied der Liebe erinnert daran, wenn es die Braut sprechen lässt: „Mein Geliebter steckte die Hand durch die Luke; da bebte mein Herz ihm entgegen. Ich stand auf, dem Geliebten zu öffnen."

einem begleitenden Friedensgebet: „Betet für den Frieden in Jerusalem" (Ps 122,6). Abuna Raeds Ziel ist: Die Christen in aller Welt sollten sich solidarisch im Gebet für Frieden im Heiligen Land vereinigen.

Wer hier am Rand der Wüste den Spuren Jesu begegnen möchte, der sollte es nicht versäumen, das sogenannte „Bibelhaus" zu betreten. An seiner Türschwelle fällt eine Vertiefung auf – das einzige nächtliche Kommunikationssystem in der Antike zwischen den Bewohnern drinnen und der Außenwelt. Schon das „Hohe Lied der Liebe" erinnert daran, wenn es die Braut sprechen lässt: „Mein Geliebter steckte die

Hand durch die Luke; da bebte mein Herz ihm entgegen. Ich stand auf, dem Geliebten zu öffnen. Da tropften meine Hände von Myrrhe am Griff des Riegels. Ich öffnete meinem Geliebten: Doch der Geliebte war weg, verschwunden“ (HL 5,4–6).

Das Innere des Hauses ist in zwei Bereiche unterteilt: unten eine Grotte, die als Stall für das Kleinvieh, aber auch für das Reittier, das Pferd oder den Esel, diente. Auf vier Stufen steigt der Besucher zum Obergemach hinauf. Ein einziger Raum für die Familie, Küche und Schlafzimmer zugleich. Während des Tages wurden die Matten in dem Bettkasten gestapelt. Darauf stand die Lampe für die Nacht. Bei ihrem Anblick erhellt sich das Wort der Schrift: „Zündet man etwa ein Licht an und stülpt ein Gefäß darüber oder stellt es unter das Bett?“ (Mk 4,21).

Des Nachts breitete man die Matten auf dem Fußboden aus. Die ganze Familie, Vater, Mutter und die zahlreichen Kinder, schliefen wie die Heringe nebeneinander. Und da kommt in einem der Gleichnisse Jesu ausgerechnet um Mitternacht ein Freund und klopft nervös an die Tür. Er bittet um drei Brote, weil unerwartet ein Gast eingetroffen ist. „Lass mich in Ruhe!“ ist die Antwort von drinnen. „Die Tür ist schon verschlossen, und meine Kinder schlafen bei mir“ (Lk 11,5–8). Schließlich erhebt sich der Hausvater doch von seinem Lager und erfüllt die Bitte des zudringlichen Freundes.

An den Wänden hängen die für den Alltag notwendigen Utensilien und Geräte. Ein hölzerner Pflug erinnert an die Worte Jesu: „Keiner, der die Hand an den Pflug gelegt hat und nochmals zurückblickt, taugt für das Reich Gottes“ (Lk 9,62). Die Felder in Palästina sind steinig. Wer da beim Pflügen zurückschaut, dessen Ackergerät hat keine lange Lebensdauer.

In einer Ecke hängt ein alter, ausgetrockneter Weinschlauch. Unwillkürlich drängen sich einem die Worte auf: „Auch füllt man nicht neuen Wein in alte Schläuche. Sonst reißen die Schläuche. Der Wein läuft aus, und die Schläuche sind unbrauchbar“ (Mt 7,19).

An einem Nagel hängen zwei einteilige Galabijas, die typischen Kleider des orientalischen Mannes. Dieses Gewand diente ihm auch als Decke in der Nacht. Und die Nächte können im Orient recht kalt sein. Von daher die Mahnung im Buch Deuteronomium: „Wenn ein Mann in Not ist, sollst du sein Pfand nicht über Nacht behalten. Bei Sonnenuntergang sollst du ihm sein Pfand zurückgeben. Dann kann er in seinem Mantel schlafen. Er wird dich segnen, und du wirst vor dem Herrn, deinem Gott, im Recht sein“ (Deut 24,12–13).

Das andere Kleid ist mit vielen Flickstücken besetzt. Es mahnt an das Wort im Neuen Testament: „Niemand näht ein Stück neuen Stoff auf ein altes Kleid; denn der neue Stoff reißt doch vom alten Kleid ab, und es entsteht noch ein größerer Riss“ (Mk 2,21).

Eine Getreidehandmühle weist auf die Mahnung Jesu im Hinblick auf die Endzeit hin: „Und von zwei Frauen, die an derselben Mühle mahlen, wird eine mitgenommen und eine zurückgelassen“ (Mt 24,41).

Eine Doppelwand bildet die sogenannte Scheune. Darin befanden sich Getreidesorten aller Art. Die Wand erhebt sich etwa einen halben Meter vom Fußboden. Dort sind unten Löcher angebracht und mit konisch zugeschlagenen Steinen verstopft. Benötigte die Hausfrau beispielsweise Gerste, um Mehl mit der Handmühle zu mahlen, dann löste sie den entsprechenden Stein und die Körner rieselten heraus. Diese Art von „Scheune“ meint das Evangelium, wenn es von dem reichen Mann spricht, der eine gute Ernte

Auf vier Stufen steigt der Besucher zu dem Obergemach des „Bibelhauses“ hinauf. Ein einziger Raum: Küche und Schlafzimmer für die Familie zugleich. Während des Tages wurden die Matten in dem Bett-Kasten gestapelt. Darauf stand die Lampe für die Nacht.

hatte und bei sich überlegte: „Ich werde meine Scheunen abreißen und größere bauen. Dort werde ich mein ganzes Getreide und meine Vorräte unterbringen.“ Der Mann hätte also nichts anderes getan, als diese Doppelwand zu verbreitern. „Doch in seiner Selbstsicherheit wird noch in derselben Nacht sein Leben von ihm zurückgefordert“ (Lk 12, 18).

Der Fußboden ist uneben und mit Feldsteinen gepflastert. Wen wundert es, wenn die Frau im Gleichnis von der verlorenen Drachme dort ein wertvolles Silberstück verliert: „Die Frau fegt das Haus und sucht unermüdlich, bis sie das Geldstück findet. Dann ruft sie ihre Freundinnen und Nachbarinnen zusammen und sagt: ‚Freut euch mit mir, ich habe die Drachme wiedergefunden, die ich verloren hatte'" (Lk 15,8–10).

Ein Loch im Flachdach bildet den „Ventilator". Während der Regenperiode wurde es mit passenden Steinen verschlossen. Wurde durch solch eine Öffnung der Gelähmte in Kafarnaum, im Hause des Petrus, zu Füßen Jesu herabgelassen? Da sie den Kranken „wegen der vielen Leute nicht zu Jesus bringen konnten, deckten sie dort, wo Jesus war, das Dach ab und ließen den Gelähmten auf einer Tragbahre durch die Öffnung herab" (Mk 2,1–12).

Als ich das erste Mal das „Bibelhaus" verließ, kam es mir vor, als wäre ich wie in einer Zeitraffer-Maschine Zeuge des Alltags von vor 2000 Jahren geworden. Das helle Sonnenlicht blendete meine Augen. Erst allmählich gewöhnte ich mich wieder an das „Heute", während ich auf der modernen Fahrstraße in weniger als 40 Minuten die 30 Kilometer lange Stecke bis zu dem modernen, pulsierenden Jerusalem zurücklegte.

Masada

Letztes jüdisches Bollwerk gegen die Römer

Wenige Kilometer hinter der Wüstenoase En Gedi taucht das Massiv der Felsenfeste Masada auf. In Serpentinen windet sich der „Schlangenpfad“ auf das Hochplateau, 440 m über dem Niveau des Toten Meeres. Die Geschichte von Masada ist schnell erzählt: Schon im 1. Jahrhundert v. Chr. hatte der Hasmonäerkönig Alexander Jannäus dort eine Festung gebaut. 60 Jahre später musste Herodes vor den Parthern nach Rom fliehen. Auf Masada ließ er seine Familie unter dem Schutz seines Bruders Joseph mit 800 Soldaten zurück.

37 v. Chr. kehrte Herodes als der von Rom abhängige Schattenkönig zurück. In den folgenden sechs Jahren baute er Masada als Fluchtburg mit Palästen und Lagerhallen aus. Der Grund dafür lag wohl in seinem neurotischen Misstrauen gegenüber der ägyptischen Königin Kleopatra und der Angst vor einem Aufstand seiner jüdischen Untertanen.

Nach seinem Tod 4 v. Chr. saß jahrelang eine römische Garnison auf der Felsenfeste. Im Jahre 66 brach der erste jüdische Aufstand gegen Rom aus. Eine Gruppe von Zeloten unter Führung des Galiläers Menachem Ben Jehuda überwältigte den römischen Vorposten auf Masada. Nach der Ermordung Ben Jehudas durch seine eigenen Leute übernahm sein Neffe Eleazar Ben Yair das Kommando. Dieses letzte Widerstandsnest mit 973 Männern, Frauen und Kindern blieb nach der Eroberung Jerusalems im Jahre 70 den Römern ein Dorn im Auge.

Es war mehr ein Politikum, als Kaiser Vespasian seinen Feldherrn Flavius Silva mit 15 000 Soldaten, 500 jüdischen Sklaven und Gefangenen nach Masada schickte, um die letzte Flamme der jüdischen Rebellion auszutreten. Drei Jahre dauerte die Belagerung. Am 2. Mai des Jahres 73 musste schließlich Masada sein Haupt beugen. Die Zeloten wählten den Freitod und ließen ihre Wohnungen in Flammen aufgehen.

Auf der Ostseite überwindet heute eine Drahtseilbahn in wenigen Minuten den Höhenunterschied von 305 m. Natürlich kann man für den Aufstieg auch den 600 m langen Schlangenpfad nehmen. Das ist allerdings in den heißen Sommermonaten nur in den frühen Morgenstunden ratsam, da man doch mit einer knappen Stunde steilen Weges rechnen muss.

Die letzten 30 m führen über Stufen zum Plateau. Dort kann man noch eine der 12 Zisternen sehen, die Herodes in die Bergflanken hatte schlagen und mit Kalk verputzen lassen. Seine Bauingenieure schufen damit ein ausgeklügeltes Wasserversorgungssystem. Da in der Regenzeit die ausgetrockneten Wadis mit Flutwasser gefüllt sind, bauten sie in zwei Flussbetten einen Staudamm und leiteten das kostbare Nass über Aquädukte in die Reservoire. Die gesamte Kapazität betrug 40 000 Hektoliter. Damit war Masada auf Jahre hin mit Wasser versorgt gewesen.

Für fast zwei Jahrtausende war das „Felsennest“ in die Vergessenheit der Geschichte gesunken. Obwohl der dramatische Bericht des Josephus Flavius von der Niederlage der Zeloten wie eine Sage aus uralten Zeiten weiterlebte, wusste niemand mehr die Festung zu identifizieren. Erst im Jahre 1838 entdeckte der amerikanische Bibelgelehrte E. Robinson den herodianischen Nordpalast.

Die archäologische Expedition auf Masada, die größte und dramatischste, die je in Israel ausgeführt wurde, startete jedoch erst nach 125 Jahren, im Oktober 1963, mit Professor Yigal Yadin von der Hebräischen Universität in Jerusalem. Ähnlich dem römischen General Silva musste sich Yadin zunächst darüber klar werden, wie er am besten den Berg bezwingen könne. Einer seiner klugen Schachzüge bestand darin, mit der Londoner Zeitung „The Observer" übereinzukommen, dass diese einen guten Teil der Projektfinanzierung übernähme, wenn sie dafür die exklusiven Foto- und Storyrechte über Masada erhielte.

Silva hatte das Wasserproblem dadurch gelöst, dass er jüdische Gefangene und Packesel das „flüssige Gold" von den En-Gedi-Quellen hatte herbeischaffen lassen. Yadin überzeugte die israelische Wasserbehörde Mekorot, eine Leitung nach Masada zu legen.

Ein Basislager wurde mithilfe der Armee am Fuße der römischen Rampe auf der Westseite des Berges aufgeschlagen. „Jeden Morgen zwischen 5.00 Uhr und 5.30 Uhr stiegen wir bei Sonnenaufgang hinauf", erinnert sich der israelische Archäologe Ehud Netzer. „Aufgeweckt wurden wir durch flotte Musik aus dem Lautsprecher. Dafür sorgte Yadins Frau Carmela. Die Entschädigung für unsere harte Arbeit bis 4.00 Uhr am Nachmittag war die einzigartige Sicht von dort oben, die reißenden Wasserstürze im Winter, die Kreise von Sonnenlicht über dem Toten Meer bei bewölktem Wetter. Die eigentliche Kompensation bestand natürlich in der lebendigen Beweiskraft von dem alltäglichen Leben der Zeloten, die uns die Funde vor Augen stellten, bis hin zu dem dramatischen Zeugnis des letzten Tages: die Spuren von Feuer, die Haarflechten einer Frau, die Lose …" – Die höchste Entschädigung bestand für Netzer allerdings in der Romanze mit Devora, einer amerikanischen Emigrantin und Keramik-Restaurateurin, mit der er später in den „Hafen der Ehe" segelte.

In einer 11-monatigen Ausgrabungskampagne mit mehr als 4000 freiwilligen Helfern aus 28 Ländern konnten 97 Prozent der Anlage freigelegt werden.

Das Gipfelplateau betritt der Besucher durch den Torraum. Der Blick schweift zu den Mauerresten, die als Verteidigungsring die ganze Fläche umgaben. Dort legten die Ausgräber eine Kasemattenmauer mit einer Länge von 1280 m frei. Nach Josephus Flavius war sie mit 37 Wachttürmen bestückt. Diese Doppelmauern mit einem Zwischenraum von 4 m bauten später die Zeloten für ihre 110 Familien aus. Durch Funde in dem Areal lässt sich das Alltagsleben der Freischärler ein Stück nachzeichnen: rußige Backöfen, Krüge, Teller, Gürtelschnallen, Bronzeschlüssel, Knöpfe, Löffel ... „Wir hatten das Gefühl, als wäre die Stätte vor Kurzem erst verlassen worden“, gestand Yigal Yadin.

Vorbei an dem herodianischen Steinbruch erreicht man auf dem Rundgang den Vorhof zum römischen Badehaus. Säulenstümpfe und Mosaikreste erinnern an die ehemalige Schönheit der Anlage. Von dort betritt man das Apodytarium, den Umkleideraum. Freskenfragmente lassen etwas von den ehemals herrlichen Wand- und Deckenmalereien erahnen. Auch hier die Spuren der Zeloten in Form eines roh hingesetzten rituellen Reinigungsbeckens. Im Tepidarium, dem Lauwarmbad, ist der Fußboden noch teilweise mit schwarz-weiß gemusterten Fliesen ausgelegt. Rechts davon stiegen einst die Herodesgäste in das Frigidarium, das Kaltwasserbecken. Im aufwändigsten Badezimmer, dem Caldarium, ruhte der Fußboden auf 200 kleinen Ziegelsäulen. Von der Ostseite des Gebäudes blies ein Ofen, das Perfurnarium, heiße Luft darunter. Man brauchte jetzt nur noch den Boden mit Wasser zu überschwemmen und das Dampfbad war in Funktion.

Wenige Schritte vom römischen Badehaus entfernt liegen die 17 Lagerhäuser. Herodes hatte die Festung so ausbauen lassen, dass sie im Falle einer feindlichen Belagerung selbst auf Jahre hin nicht auszuhungern gewesen wäre. Das unterstreicht auch Josephus Flavius: „Große Bewunderung verdienten noch die Mengen von Vorräten, die immer wegen ihrer außerordentlichen Haltbarkeit aufgespeichert waren. Da lag nämlich eine Menge von Getreide, ein Vorrat für viele Jahre; ebenso gab es Wein, Öl, Datteln und die verschiedensten Hülsenfrüchte."

Beim Freilegen der Lagerräume entdeckte man tatsächlich getrocknete Oliven, Nüsse, Datteln, einschließlich Äpfel aus Italien für den königlichen Nachtisch. Aufgefundene Getreidekörner senkte man in die Erde – und sie begannen, nach 2000 Jahren, zu keimen, ähnlich wie die tote Sprache des Althebräisch, die im Ivrit zu neuem Leben erwacht war.

Hunderte zerbrochener Tongefäße und Weinkrüge lagen im Kulturschutt. Einige der Amphoren enthielten die Inschrift „Regi Herodi Judaico", „für Herodes, den König der Juden". Diese Form einer persönlichen Adresse auf einem Weinbehälter war außerordentlich unüblich in der Antike. Andere Krüge enthielten die Namen der Weinbergsbesitzer aus dem italienischen Brindisi.

Von hier bietet sich ein herrlicher Panoramablick auf das Tote Meer mit den Moabsbergen am östlichen Ufer. Rings um den Masadafelsen ließ General Silva acht römische Belagerungskastelle und eine 3,5 km lange, rund 2 m breite, ringförmige Blockadenmauer anlegen, an der jeder Fluchtversuch scheitern musste. Reste davon lassen sich von oben gut ausmachen.

Am Nordende des Berges betritt man die obere Terrasse des privaten, königlichen Lustschlosses. Es ist durch eine gewaltige, verputzte Mauer vom Rest des

Gipfelplateaus abgetrennt. Wie ein Adlerhorst hängt der Nordpalast über dem Abgrund. Dort fanden die Archäologen vier Wohngemächer, vielleicht für eine der neun Frauen des Herodes. Der Fußboden zeigt schwarz-weiße, geometrische Figuren. Ein halbkreisförmiger Balkon gibt einen berauschenden Blick auf die Oase En Gedi frei.

Von einer Außentreppe steigt der Besucher zu den beiden unteren Terrassen hinab. Die mittlere ist ein Rundbau mit zwei konzentrischen Mauern und einem Säulenumgang. Hier stieß man auf die Reste eines verborgenen Treppenhauses. In der Südwand befinden sich Nischen, durch Pilaster voneinander getrennt. Die Wände sind mit Fresken bemalt. Man versteht, warum Herodes seine Privatvilla an diesem Abhang bauen ließ. Die meiste Zeit des Tages liegt der Palast nämlich im Schatten der Felsenklippen.

15 m tiefer gelangt man zu der unteren Terrasse. Die Veranda ist mit Kolonnaden begrenzt. Als die Archäologen mit dem „Josephus Flavius" in der Hand die halbrunden Säulen entdeckten, stellten sie fest, dass sich hier der jüdisch-römische Geschichtsschreiber hatte täuschen lassen. Während er jede Säule als aus einem einzigen Steinblock bestehend beschreibt, sah man jetzt den Trick der herodianischen Künstler: Statt Monolithen hatten sie Trommelsäulen verwendet und sie so geschickt übermalt, dass sie wie aus einem Stück Marmor wirkten.

Auf der Ostseite führen Stufen zu einem kleinen römischen Badehaus. Dort stieß man auf einen erschütternden Fund: die Skelette eines Mannes, einer jungen Frau und eines Kindes. Die Kopfhaut der Frau mit den geflochtenen Zöpfen war infolge des trockenen Klimas noch völlig intakt. Daneben ihre Sandalen und ein Schal. Weiter im Geröll kamen Pfeilspitzen, Schuppen eines Panzerhemdes, getrocknete Früchte, ein Tontäfelchen mit einem Brief in aramäischer Sprache zum Vorschein. Ob man hier vor den sterblichen Überresten des Festungskommandanten Ben Yair und seiner Familie stand?

Längs der westlichen Kassemattenmauer erreichen die Touristen auf ihrem Rundgang die Synagoge, eines der ältesten aufgefundenen jüdischen Gebetshäuser des Landes. Diese Synagoge stand noch, als im Jahre 70 schon der Tempel Jerusalems in Trümmern lag. In einem Raum an der Nordwestecke fand man unter dem Fußboden Schriftfragmente aus dem letzten Abschnitt des Buches Deuteronomium und Teile des Buches des Propheten Ezechiel. Der alttestamentliche Seher schildert dort ein Feld von Totengebein: „So spricht Gott, der Herr, zu diesen Gebeinen: ‚Ich selbst bringe Geist in euch, dann werdet ihr lebendig. Ich spanne Sehnen über euch und umgebe euch mit Fleisch. Ich überziehe euch mit Haut und bringe Geist in euch, dann werdet ihr lebendig'" (Ez 37, 5–6). Eine Schau, die von vielen Juden heute auf die sechs Millionen Opfer des Holocaust und die Wiedererweckung ihres Volkes durch die Staatsgründung Israels gedeutet wird.

Noch einen zweiten religiösen Bau findet man auf dem Felsenplateau: die byzantinische Kapelle aus dem 5. Jahrhundert, erbaut von den letzten und friedlichsten Bewohnern Masadas. Auf der Suche nach Abgeschiedenheit fanden einige christliche Mönche den Weg zu der vergessenen Ruine. An den Wänden der kleinen Kirche sind Keramikstücke und Kieselsteine zu geometrischen Figuren gestaltet. In einem sakristeiähnlichen Nebenraum befindet sich ein gut erhaltenes Fußbodenmosaik mit 16 Rundfeldern: Darstellungen von Weintrauben, Paradiesäpfeln, einem Korb mit Eiern …

Den öffentlichen Palast für Audienzen, einen Wirtschaftstrakt mit Küche, Werkstätten und Vorratskammern hatte Herodes auf der Westseite des

Gipfels anlegen lassen. Mit einer Grundfläche von 1200 qm ist es das größte Gebäude Masadas. Dort befinden sich zwei der ältesten in Israel aufgefundenen Mosaiken. Das eine liegt im Gang zu einem Bad. Das geometrische Muster in der Mitte ist aus herzförmigen Teilen zusammengesetzt und bildet einen Kreis. Das Ganze wird von einem Quadrat eingerahmt – ein Zeichen dafür, dass Herodes, bei aller Religionsverachtung, das religiöse Empfinden seiner jüdischen Untertanen nicht provozieren wollte und deshalb bildliche Darstellungen nach römischem und hellenistischem Vorbild vermied. Im Vorraum zum „Thronsaal" zeigt ein anderes Mosaikfragment typische Ornamente jüdischer Kunst der damaligen Zeit: Granatäpfel, Wein- und Feigenblätter ...

Die Zeloten machten aus diesem Palast eine Reihe bescheidener Wohnräume. Leider waren dabei die wertvollen Mosaiken beschädigt worden.

Beim Verlassen des Felsplateaus gelangt man auf der Westseite zum byzantinischen Torweg und steigt auf der römischen Rampe den Berg hinunter. Dort spielte sich im Jahre 73 die furchtbare Tragödie um den Fall Masadas ab. Als Silva nämlich von seinem Hauptquartier nordwestlich des Felsenmassivs aus erkennen musste, dass es ihm auf Jahre hin nicht gelingen würde, die Rebellen auszuhungern, entschloss er sich zum Bau einer Erdrampe. Tausende gefangener Juden mussten zunächst das Wadi auffüllen. Die Verteidiger sahen, wie ihre eigenen Landsleute unter der römischen Knute einen 60 m hohen und 185 m langen Steindamm errichteten.

Am festgesetzten Tag X rollten die Römer ihren, eisenbeschlagenen Belagerungsturm mit dem Rammbock auf die Rampe. Dann schossen sie mit Pfeilen und Katapulten auf die sich verzweifelt wehrenden Zeloten – die Ausgräber fanden dort über 100 Steinkugeln. Schließlich hatte der Rammpfahl eine Bresche in die Mauer geschlagen. Fieberhaft errichteten die Juden dahinter einen Erdwall und verstärkten ihn mit einem Rahmen von etwa 4000 langen Holzbalken, die sie von den Dächern der einzelnen Gebäude heruntergenommen hatten. Der eiserne Widder konnte gegen diese Konstruktion nicht ankommen, denn durch jede Erschütterung wurde die Erde noch fester zusammengerüttelt. Wie der verbissene Kampf weitertobte, schildert uns Josephus Flavius: „Als Silva dies sah, glaubte er, dieser Mauerkonstruktion besser mit Feuer beikommen zu können. So ließ er seine Leute eine Menge Brandfackeln darauf werfen. Tatsächlich ging diese zum größten Teil hölzerne Mauer gleich in Flammen auf. Da sie nur lose in sich gefügt war, brannte sie bald bis zum Boden nieder. Doch wie es zu brennen anfing, erhob sich zum großen Schrecken der Römer ein Nordwind, der die Flammen von dem Berg hinweg gegen die Angreifer jagte. Schon wollte Silva an seinem Kriegsglück zweifeln, da die Maschinen in Gefahr waren, vom Feuer ergriffen zu werden, da drehte sich wie durch ein Eingreifen Gottes mit einem Mal der Wind, wurde zum Südwind und nahm an Stärke zu, sodass die Flammen gegen die Mauer zurückschlugen, die schließlich in ihrer ganzen Höhe lichterloh brannte. Das war für die Römer das Zeichen, dass die Gottheit zu ihren Gunsten eingegriffen hatte. Jetzt kehrten sie fröhlich ins Lager zurück, mit dem Entschluss, am nächsten Tag zum Sturmangriff überzugehen."

Die Zeloten wussten, dass nun alles verloren war. Sollten sie sich kampflos der römischen Übermacht übergeben? Der Kommandant der Festung, Eleazar Ben Yair, forderte in einer flammenden Rede seine Landsleute zum Freitod auf: „Meine getreuen Gefolgsleute! Vor langer Zeit entschlossen wir uns, weder den Römern noch sonst jemandem, außer Gott, zu dienen, der allein der wahre und gerechte Herr der Menschen ist. Jetzt ist die Zeit gekommen, unsere Entschlossenheit durch unsere Taten zu beweisen. In solchen Zeiten dürfen wir uns nicht selber entehren.

Bis zu diesem Augenblick haben wir uns niemals der Sklaverei unterworfen, auch wenn sie mit keiner Gefahr verbunden war. Wir dürfen die Sklaverei auch jetzt nicht wählen und mit ihr Strafen, die, wenn wir lebend in die Hände der Römer fallen, das Ende von allem bedeuten werden; denn wir hatten uns als Erste von allen erhoben und werden die Letzten sein, die den Kampf beenden. Und ich meine, es ist Gott, der uns dieses Vorrecht gibt, edel und als freie Menschen sterben zu können und nicht wie die anderen, die unerwartet geschlagen wurden.

In unserem Falle ist klar, dass mit dem Morgengrauen unser Widerstand enden wird, aber wir sind frei, mit unseren geliebten Angehörigen einen ehrenvollen Tod zu wählen. Das können unsere Feinde nicht verhindern, wie inbrünstig sie auch beten mögen, uns lebend zu bekommen; denn im Kampf können wir sie nicht schlagen. Lasst unsere Frauen ungeschändet, unsere Kinder ohne die Erfahrung der Sklaverei sterben. Danach lasst uns gegenseitig ohne Murren einen Liebesdienst erweisen, den unsere Freiheit als ruhmvolles Leichentuch bewahrt. Aber zunächst lasst unseren Besitz und die ganze Festung in Flammen aufgehen.

Es wird, wie ich weiß, ein harter Schlag für die Römer sein, unser Leben außerhalb ihrer Reichweite und nichts mehr für sie zum Plündern zu finden. Nur eins lasst uns aussparen, unser Lager an Nahrungsmitteln. Es wird, wenn wir tot sind, Zeugnis davon ablegen, dass wir nicht umkamen, weil wir Mangel litten, sondern weil wir von Anfang an entschlossen waren, lieber den Tod als die Sklaverei zu wählen."

Und so geschah es. Jedermann steckte seine bescheidene Habe in Brand, küsste Frau und Kinder und tötete sie durch das Schwert. 10 Männer wurden durch das Los ausgewählt, die anderen umzubringen. Der zuletzt Übriggebliebene legte Feuer an den Palast, dann nahm er seine ganze Kraft zusammen, trieb sich das Schwert durch den Körper und fiel neben seine Familie.

Während der Ausgrabungskampagne im Jahre 1964 war der Archäologe Dan Bahat verantwortlicher „Supervisor" für die Untersuchung der aufgefundenen Tonscherben. Eines Abends zeigte er Yigal Yadin die Entdeckung von 12 Ostraka, auf denen Namen von der gleichen Handschrift zeugten. Eine Scherbe enthielt nur drei Buchstaben und war offensichtlich nicht vollendet worden. Auf einer stand der Name „Ben Yair". „Wäre es möglich, dass wir hier die Lose der Zeloten vor uns haben?", fragte sich Yadin. „Aber Josephus spricht nur von 10 Namen. Und hier sind es 11. Aber vielleicht zählte Eleazar Ben Yair als Ergänzung zu den 10 anderen."

Als sich später Yadin mit Professor Nahman Avigad, einem namhaften Epigrafen von der Hebräischen Universität in Jerusalem, beriet, zeigte dieser zunächst Skepsis gegenüber der „Los-Theorie", doch musste er zugeben, dass diese Keramikstücke sich von anderen unterschieden, die man auch beschriftet in Masada gefunden hatte, da sie von einer Hand stammten, mit derselben Tinte geschrieben waren und von einem einzigen zerbrochenen Krug stammten.

Von den 973 Bewohnern Masadas hatten nur zwei Frauen und fünf Kinder das freiwillige Massaker überlebt. Da sie mit der Entscheidung Ben Yairs nicht einverstanden waren, hielten sie sich in einem Wasserleitungskanal versteckt. Sie erzählten den Römern, die in den frühen Morgenstunden die Festung stürmen wollten, was sich in dieser schicksalsschweren Nacht zugetragen hatte. Josephus Flavius schließt seinen Bericht über die Belagerung Masadas mit den Worten: „Als die Römer nun der Menge der dahingeschlachteten Menschen gewahr wurden, da überkam sie keine Freude, wie etwa beim Anblick toter Feinde, sondern es erfasste sie Bewunderung für den großartigen, kühnen Entschluss und für die unbeugsame Verachtung des Todes, wie sie diese Menschen durch ihre Tat gezeigt hatten."

Die Bedeutung von Masada ist für viele problematisch geblieben. Für eine symbolhungrige junge Nation wie Israel war der Heroismus einer Gruppe Widerstandskämpfer auf diesem Berg und ihre entschlossene Zurückweisung der Sklaverei eine Quelle der Inspiration. Nicht umsonst werden heute Elitetruppen des israelischen Heeres mit dem Ruf „Masada wird nie wieder fallen!" auf dem Felsen vereidigt.

Andere wiederum sehen in den Zeloten von Masada eher eine Gruppe von Fanatikern, die sich selbst und ihre nächsten Angehörigen in ein buchstäblich tödliches Ende getrieben haben.

Der erste Ministerpräsident Israels, Ben Gurion, gehörte zu diesen Skeptikern. „Am Anfang weigerte er sich sogar, Masada zu besichtigen", erinnert sich der Archäologe Yosef Aviram. „Er lehnte die Idee des Suizids einfach ab. Doch am Ende kam er doch, um zu sehen, was wir dort gefunden hatten."

Mit oder ohne Symbolismus, Tatsache ist, dass dieser Berg in der judäischen Wüste als die am meisten besuchte antike Stätte des Landes gilt.

Qumran

Die Entdeckung des Jahrhunderts

Am nordwestlichen Ufer des Toten Meeres liegt auf einem Mergelplateau eine der ältesten „Klosterruinen" der Welt: Kirbet Qumran, vor 2000 Jahren Sitz der religiösen Essener-Bewegung. Die Entdeckung der Siedlung und ihrer inzwischen weltberühmt gewordenen Schriftrollen in den umliegenden Höhlen der judäischen Wüste beginnt an einem heißen Apriltag des Jahres 1947. Der Beduinenjunge mit Namen Muhammed ed Dib, „der Wolf", aus dem Stamm der Taamira, läuft einer verlorenen Ziege nach. Einen Steinwurf entfernt sieht er den Eingang einer Höhle. Hat sich das Tier dorthin verlaufen? Ed Dib wirft einen Stein hinein. Es klingt wie nach einer zerbrochenen Scherbe. Am nächsten Tag kehrt er mit einem Freund zurück. Sie wollen die geheimnisvolle Grotte näher untersuchen. Dabei entdecken sie etliche Tonkrüge, fast alle mit einem Deckel verschlossen und wohlgeordnet aufgestellt. Den beiden Jungen klopft das Herz. Sollten etwa wertvolle Schätze darin verborgen sein? Sie lüften einen Deckel. Ein übler Geruch verschlägt ihnen den Atem. Der Inhalt ist etwas in Leinenstoff, gleich einer Mumie Zusammengerolltes und außen mit Wachs und Pech Versehenes.

Die Jungen bringen das Gefundene zu ihrem Stamm. Der Onkel der beiden sieht, dass die Rollen aus festem Material bestehen, nimmt eine davon und bringt sie zu einem Schuster nach Bethlehem. Er soll damit seine zerschlissenen Schuhe reparieren. Da nun mal die Bethlehemiten kluge Leute sind, schickt der

Nach dem Auffinden der Schriftrollen tauchte die Frage auf: Sollte etwa die Ruine, die kaum 1000 Meter von der Höhle entfernt liegt, und die man bisher für die Überreste eines römischen Beobachtungspostens gehalten hatte, mit der Siedlung der Essener identisch sein, die Plinius der Ältere in seiner „Historia Naturalis" beschreibt?

Schuhmacher den Beduinen zu einem Antiquitätenhändler auf der anderen Straßenseite. „Verkauf ihm das Zeug", gibt er den guten Rat, „und du wirst so viel Geld dafür bekommen, dass du dir bei mir ein neues Paar Schuhe kaufen kannst." So geschieht es.

Der Händler heißt Kalil Iskanader Salim. Bei nächster Gelegenheit bringt er die Schriftrollen zu Mar Athanasius Yeshua Samuel, dem Metropoliten des syrischen Jakobiten-Klosters St. Markus in Jerusalem, in der Meinung, es handle sich um einen antiken syrischen Text. Mar Athanasius erkennt zwar die hebräischen Schriftzeichen, ist sich aber keineswegs ihres hohen Wertes bewusst. Trotzdem kauft er dem Händler die Rollen ab und verspricht auch weitere zu nehmen, sollte der Beduine noch welche bringen. In der Tat erwirbt er im Laufe einiger Wochen noch weitere fünf Rollen um den Preis von 90 Sterlingen. Die Krüge aus der Grotte benutzen inzwischen die Nomadenfrauen zum Wassertragen.

Der syrische Metropolit macht sich auf die Suche nach kompetenten Wissenschaftlern, die das Alter und die Echtheit der Schriftrollen bestimmen können. Doch er stößt nur auf Zurückhaltung und Skepsis. Nicht zuletzt auch deshalb, weil man in der Vergangenheit mehr als einmal Fälschungen zum Opfer gefallen war.

Glücklicherweise kommt zur gleichen Zeit Professor E. L. Sukenik von der Hebräischen Universität in Jerusalem und Fachmann auf diesem Gebiet von einer längeren Reise aus den USA zurück. Ein syrischer Händler erzählt ihm von der Existenz der Schriftrollen. Durch dessen Vermittlung kann er Einblick in das Material nehmen. Sukenik ist sich sofort klar darüber, dass es hier um echte antike Texte geht: das fast vollständige Buch des Propheten Jesaja, eine unbekannte Schriftrolle, später unter der Bezeichnung „Krieg der Söhne des Lichtes gegen die Söhne der Finsternis“ bekannt, eine Textrolle mit Hymnen, ähnlich der biblischen Psalmen, die „Gesänge des Dankes und der Gnade“.

Im Februar 1948 schickt der syrische Metropolit eine Fotokopie des Manuskriptes Professor W. F. Albright von der John-Hopkins-Universität in Baltimore, einem der kompetentesten Archäologen und Philologen seiner Zeit. In seiner Antwort schreibt Albright begeistert zurück: „Herzlichen Glückwunsch zum größten Handschriftenfund unserer Zeit. Ich würde die Schrift um das 1. Jahrhundert v. Chr. ansetzen. Was für eine unglaubliche Entdeckung! Es besteht nicht der geringste Zweifel an der Echtheit der Handschriften.“

Als am 15. März 1948 der Staat Israel proklamiert wird und kurz darauf der jüdisch-arabische Krieg ausbricht, möchte Mar Athanasius die Rollen in Sicherheit wissen und übergibt sie persönlich 1949 dem syrischen Metropoliten in den USA.

Am 1. Juni 1954 erscheint im New Yorker „Wall Street Journal" eine interessante Anzeige unter der Rubrik „Kauf und Tausch": „Die vier Rollen vom Toten Meer. Biblische Manuskripte zu verkaufen, mindestens auf das Jahr 200 v. Chr. zurückgehend. Als ideales Geschenk für ein kulturelles oder religiöses Institut geeignet."

Der glückliche Umstand will es, dass in dieser Zeit sich Professor Yigal Yadin, der Sohn von E. L. Sukenik, in New York zu Gastvorlesungen aufhält. Ein Freund, der die Anzeige gelesen hat, macht ihn telefonisch darauf aufmerksam. Yadin ist sicher, dass es sich hier um die Rollen des Metropoliten handeln müsse, von denen man seit 1948 nichts mehr gehört hatte. Mit finanzieller Unterstützung des Staates Israel kauft er die heute unbezahlbaren Manuskripte um den Preis von 250 000 US-Dollar. Die Schriftrollen kehren in ihr Ursprungsland zurück.

Heute bilden die sieben aus der ersten Höhle gefundenen Handschriften das Herzstück im „Schrein des Buches" des Jerusalemer Israel-Museums.

In weiteren 11 Höhlen der Umgebung von Qumran hat man noch viele andere Schriftfragmente gefunden. Da alle aus dem 1. Jahrhundert vor und nach Chr. stammen, bilden sie die ältesten Bibelhandschriften überhaupt. Außer dem Buch Esther umfassen sie alle Bücher des Alten Testaments, eine Reihe der Apokryphen sowie Texte, die sich auf das Leben der Qumransekte beziehen.

Nun tauchte natürlich die Frage nach den Autoren der Schriftrollen auf. Sollte etwa die Ruine, die kaum 1000 Meter von der Höhle entfernt liegt, und die man bisher für die Überreste eines römischen Beobachtungspostens gehalten hatte, mit der Siedlung der Essener identisch sein, die Plinius der Ältere in seiner „Historia Naturalis“ beschreibt? „Auf der Westseite des Toten Meeres wohnen, soweit das Ufer nicht ungesund ist, ein einsiedlerischer und von allen anderen Menschen sonderbarer Schlag. Sie leben ohne Frauen, haben der Liebe völlig entsagt. Sie sind ohne Geld und wohnen in der Nähe von Palmen. Tagtäglich ergänzen sie sich durch die Schar der neu Hinzukommenden; denn es gibt eine Menge derer, die des Lebens überdrüssig geworden, durch das Schicksal zu jenen Menschen hingeführt werden. So erhält sich ein Volk, es klingt unglaublich, durch die Jahrhunderte fort, in dem kein Mensch geboren wird.“

Der damalige Leiter der Jerusalemer École Biblique, Roland De Vaux, und Professor G. L. Harding, Direktor der jordanischen Altertumsverwaltung, begannen im November 1951, dieser Frage mit archäologischen Untersuchungen am „Römerfort“ nachzugehen.

Das Ergebnis von sechs Ausgrabungskampagnen war ein voller Erfolg. Die klosterähnliche Ruine Qumran, in der nach R. De Vaux die antiken Handschriften entstanden sind, trat aus dem Kulturschutt. Nach Ansicht vieler Fachleute ist der Ort mit der im Buch Josua 15,62 zitierten Salzstadt identisch.

Die Ausgräber gingen von der Überzeugung aus, dass sich dort im 2. Jahrhundert v. Chr. die Sekte der Essener niedergelassen hatte. Worin aber bestand der Grund für diesen Rückzug in die Wüste?

164 v. Chr. gelang es Judas Makkabäus im Aufstand gegen den Seleukiden Antiochus IV., den Tempel von der hellenistischen Profanierung zu reinigen.

Mit der Herstellung der nationalen Unabhängigkeit führte er auch den Jahwe-Kult wieder ein. Als 152 v. Chr. sein Bruder Jonatan Königtum und hohepriesterliche Würde in Personalunion vereinte, provozierte er damit den Widerstand der Frommen im Lande. Damit unterbrach er nämlich abrupt die rechtliche Priester-Nachfolge der Familie des Sadok. Der Führer der religiösen Opposition, der „Lehrer der Gerechtigkeit“, entschloss sich, mit dem offiziellen Judentum und seinem Tempel in Jerusalem zu brechen.

Als Konsequenz zog er sich mit seinen Anhängern, den Essenern, in die Wüste Juda zurück. Mit der Berufung auf die Worte des Propheten Jesaja 40,3 verstanden sie sich als der heilige „Rest Israels“, den Gott durch einen neuen Exodus von der Sklaverei einer moralisch korrupten und kompromissbereiten Umwelt in die Wüste führte und mit dem er einen neuen Pakt schloss. Ihren Gegensatz zur Jerusalemer Kultgemeinde brachten die Essener durch einen eigenen Kalender zum Ausdruck. Dieser folgte nicht den Mondmonaten, sondern teilte das Sonnenjahr in 364 Tage. Auf diese Weise fielen die Hauptfeste, der Sukhot, Neujahr und Ostern, immer auf einen Mittwoch – Ausdruck der unwiderruflichen göttlichen Ordnung im Kosmos.

Die Liebe der Sektenmitglieder zu Jahwe drückte sich vor allem in einer rigorosen Befolgung des Gesetzes aus. Am Sabbat war es strengstens verboten, irgendeine Arbeit anzurühren. Die Essener getrauten sich nicht einmal, einen Gegenstand von der Stelle zu bewegen. Selbst wenn jemand in einen Brunnen gefallen war, durfte man ihn am Ruhetag nicht herausziehen. Das Gesetz stand als höchste Autorität über dem Menschen.

Gleichzeitig war die Liebe zum Nächsten eines der obersten Gebote, eine Liebe, die sich allerdings nur

Einen authentischen Einblick in das Leben der Essener gibt uns die sogenannte Ordensregel, die mit zu den wertvollsten Höhlenfunden gehört.

auf die Mitglieder der Gemeinschaft bezog. Dort herrschte vollkommene Gleichheit. Man verachtete jede Form von Sklaverei. Wer ein übergeordnetes Amt innehatte, war gleichzeitig zum größten Respekt gegen die Untergebenen verpflichtet. Alte und Kranke wurden mit besonderer Aufmerksamkeit behandelt. Ihr Bruderschaftsgeist äußerte sich konkret in einer totalen Gütergemeinschaft.

Josephus Flavius, der als Priestersohn wahrscheinlich selbst bei den Essenern einige Jahre seiner Jugend verbrachte, schreibt darüber: „Man findet bei ihnen niemanden, der mehr besitzt als die anderen; denn nach ihrem Gesetz müssen jene, die sich ihrer Sekte anschließen wollen, ihr Hab und Gut an die Gemeinschaft übertragen. Auf diese Weise trifft man bei ihnen weder auf erniedrigende Armut noch auf Reichtum, der überheblich macht. Vielmehr wird der gesamte Einzelbesitz zu einem einzigen brüderlichen Gemeingut."

In ihrem Streben nach Tugend flohen die Essener vor jeder Art des Genusses, wie Josephus Flavius bestätigt: „Sie lehnen jede sinnliche Lust ab und sehen darin eine Sünde, während sie die Enthaltsamkeit und den Widerstand gegen die Begierde als Tugend erachten. Über die Ehe urteilen sie abträglich. Doch nehmen sie Kinder anderer auf, solange sie noch in einem bildungsfähigen Alter stehen. Sie sehen in ihnen Zugehörige und formen sie nach ihren Idealen."

Es ist nicht ausgeschlossen, dass Johannes der Täufer seine Jugendjahre in Qumran verbracht hatte, zumal die traditionelle Taufstelle nicht mehr als 18 km von dort entfernt war. Außerdem schienen die Essener Qumran mit „Wüste" gleichzusetzen; und bei Lukas 1,80 heißt es: „Johannes lebte in der Wüste bis zu dem Tag, an dem er den Auftrag erhielt, in Israel aufzutreten."

Wollte jemand in die Gemeinschaft aufgenommen werden, so musste er sich eines strengen „Noviziats" unterziehen. Auch darüber weiß Josephus Flavius wie aus eigener Erfahrung zu berichten: „Jene aber, die in ihre Sekte aufgenommen werden wollen, können nicht sofort eintreten, sondern sie bleiben ein Jahr außerhalb der Gemeinschaft und müssen während dieser Zeit die gleiche Lebensweise einhalten. Dazu erhalten sie ein kleines Beil, eine Schürze und ein weißes Gewand. Besteht der Kandidat während dieser Zeit die Prüfung der Enthaltsamkeit, so darf er dem Leben der Gemeinschaft näher treten, darf an den heiligen Bädern teilnehmen, die noch größere Reinheit bewirken. Doch er erhält noch keinen Zugang zum Leben der Gemeinschaft. Hat er sich als standhaft erwiesen, so wird er während der beiden nächsten Jahre auf seinen Charakter geprüft. Erst wenn er sich darin bewährt hat, wird er für würdig befunden, in die Gemeinschaft einzutreten. Ehe er jedoch an das gemeinsame Mahl Hand anlegt, schwört er den heiligen Eid, vor allem die Gottheit zu ehren, Gerechtigkeit gegen die Menschen zu üben, stets die Ungerechten zu hassen und die Gerechten in ihrem Kampf zu unterstützen."

Einen authentischen Einblick in das Leben der Essener gibt uns die sogenannte Ordensregel, die mit zu den wertvollsten Höhlenfunden gehört. Darin heißt es: „Die Mitglieder verpflichten sich, Gott zu suchen und zu tun, was gut und recht vor ihm ist, so wie es durch Mose und die Propheten befohlen ist, alles zu lieben, was er erwählt, alles zu hassen, was er verworfen hat, allem Bösen fernzubleiben und allen guten Werken anzuhängen; alle, die sich verpflichtet haben, Gottes Gebote zu halten, in einen Bund beständiger Liebe zu bringen, alle Söhne des Lichtes zu lieben und alle Söhne der Finsternis zu hassen; kein einziges Wort Gottes zu übertreten, keines der vorgeschriebenen Feste zu versäumen, nicht von seinen wahren Gesetzen abzuweichen, weder nach rechts noch nach links."

Die Reste eines mächtigen Beobachtungsturmes stammen wahrscheinlich aus der Zeit des Königs Usija (782–742 v. Chr.), denn im 2. Buch der Chronik 26,10 lesen wir: „Und in der Steppe baute Usija Türme und grub viele Zisternen." Von hier bietet sich ein guter Rundblick über die Siedlung. In einem der großen Räume, De Vaux nennt ihn das „Scriptorium", haben, nach den Dominikaner-Archäologen, die Essener die kostbaren Rollen geschrieben. Das Kopieren der Heiligen Schriften galt als ein gottgefälliges Tun. Die Ausgräber fanden im Schutt einige „Schreibtische" aus Gips und Tintenfässer. Laboruntersuchungen ergaben, dass die vertrocknete Tinte neben Lampenruß und Gummi auch Honig enthielt – wohl deshalb, weil nach Ezechiel 3,3 das Wort Gottes „süß wie Honig ist".

Im Nordteil der Siedlung liegt die Küche der Kommunität.

Die Wasserversorgungsanlage zeigt, welchen großen Wert die Gemeinschaft auf die rituellen Reinigungen legte. Die Winterwasser wurden in einem Staudamm des nahe gelegenen Wadi-Qumran gesammelt und in einem 700 m langen Aquädukt in die acht Zisternen der Siedlung geleitet. Eines der Reservoirs geht wie der Beobachtungsturm auf das 8. Jahrhundert v. Chr. zurück.

In einem der rituellen Reinigungsbecken zeigt sich ein Erdbebenriss. Er ist wie ein steinernes Dokument im Geschichtsbuch des Landes. In der Tat spricht Josephus Flavius von einem schweren Erdbeben im Jahre 31 v. Chr. Daraufhin übersiedelte die Gemeinschaft für einige Jahre nach Jerusalem, denn unter Herodes dem Großen hatte sich die religiöse Atmosphäre zu ihren Gunsten gewandelt. Nach dem Jahre 4 begannen die Qumran-Leute, ihre „Wüstenstadt" wieder aufzubauen.

Entlang des Wasserkanal-Netzes gelangt man zum Refektorium und Versammlungsraum der Gemeinschaft. Die Archäologen fanden dort 210 Teller, 700 ineinandergestellte Schalen, 75 Becher, 11 Krüge und 21 kleine Kannen. An dem einen Ende des Saales ist eine runde Fläche mit Platten ausgelegt. Ob sich wohl hier der erhöhte Platz des „Lehrers der Gerechtigkeit" befand?

Dass es in Qumran sakrale Gastmähler gab, wissen wir wiederum von Josephus Flavius: „Ohne ein Wort zu reden, nehmen sie (im Refektorium) Platz. Dann tischt ihnen der Bäcker der Reihe nach Brot auf, der

Koch bringt jedem eine Schüssel mit einem einzigen Gericht. Vor Beginn der Mahlzeit verrichtet ein Priester ein Gebet. Es wäre gesetzwidrig, zuvor das Essen anzurühren. Nach dem Mahl wird wieder gebetet. Am Anfang wie am Ende preisen sie Gott als Spender der Lebensnahrung. Weder Geschrei noch sonst irgendwelcher Lärm stört je die Weihe des Hauses, sondern sie geben einander das Wort, wie es sich der Reihe nach fügt. Den Menschen draußen aber mutet die Stille drinnen wie ein schaudererregendes Mysterium an."

Auf der Westseite der Anlage liegen die Vorratskammern, daneben die Ställe. Man mag sich fragen: Wie bestritten die Bewohner von Qumran, deren Zahl auf etwa 200 geschätzt wird, ihren Lebensunterhalt? Zum einen brachte jeder sein Vermögen ein und stellte es der Kommunität zur Verfügung, zum anderen widmeten sie sich der Feld- und Gartenarbeit. Nur 2 km südlich von Qumran liegt die Oase Ain Fashka. Die Süßwasserquelle dort ermöglicht den Anbau landwirtschaftlicher Erzeugnisse. Keramikfunde zeigen die gleiche Verarbeitungsweise und Form wie die Vasen und Krüge von Qumran. Ruinen eines Silos deuten auf eine Verbindung mit dem „Kloster" als einem landwirtschaftlichen Filialbetrieb hin.

Vorbei an einer großen Mikwe, einem religiösen Reinigungsbad, gelangt der Besucher zur Töpferei mit Brennöfen. In einem wasserdicht verputzten Becken wurde zunächst der Ton geschwemmt, dann das Material geformt und in den Öfen gebrannt. Die Krüge in den Höhlen mit den Schriftrollen stammen wohl aus dieser Werkstatt.

Etwa 50 m im Osten liegt der Friedhof der Gemeinschaft. Man fand dort 1100 Skelette, darunter sieben von Frauen und zwei von Kindern. Möglicherweise waren sie Besucher des „Klosters" und wurden dort vom Tod überrascht. Vielleicht gehörten sie auch zu einer anderen Gruppe von Essenern, die in Lebensart, Sitte und Gesetzgebung mit der ersten übereinstimmte, und sich lediglich in der Anschauung der Ehe von ihnen unterschied, wie uns wiederum Josephus Flavius überliefert: „Denn sie glauben, wer auf die Ehe verzichtet, vernachlässige einen wesentlichen Lebenszweck, nämlich die Zeugung der Nachkommen. Sie meinen nämlich, wenn alle so dächten, dann sei es mit dem Menschengeschlecht bald zu Ende. Doch sie prüfen ihre Ehefrau ein Jahr lang, erst dann wird die Ehe geschlossen."

Unweit der Siedlung liegt die „Höhle Nummer vier". 40 000 Schriftfragmente fand man darin. Sie war ein geeignetes Versteck für die kostbaren Rollen, als Vespasian im Jahre 68 mit seinen römischen Legionen heranrückte. Die Anlage wurde nach De Vaux geplündert und niedergebrannt. Die Essener seien weiter nach Süden geflohen, wahrscheinlich auf die von den jüdischen Zeloten immer noch besetzte Festung Masada, wo sie schließlich mit den Verteidigern im Jahre 73 den Freitod der römischen Sklaverei vorgezogen hätten.

Zu einer ganz anderen Version bezüglich der Geschichte von Qumran kommen ein israelisches Archäologenteam und Jean-Baptiste Humbert von der École Biblique, der den unvollendeten Grabungsbericht des 1971 verstorbenen De Vaux zu Ende führte.

Eine neue israelische Ausgrabungskampagne in Qumran begann im Herbst 1993. Mehr als 20 Archäologen unter Leitung von Amir Drori und Yitzhak Magen durchforsteten ein 100 km langes Gebiet vom Wadi Dalia im Norden von Jericho bis nach En Gedi. Diese Untersuchungen waren die ersten, seit De Vaux und G. L. Harding in den Fünfzigerjahren dort gegraben hatten. Drori und Magen kommen zu dem Ergebnis, dass Qumran nicht ein

Essener-Zufluchtsort, sondern ein hasmonäischer Wirtschaftshof und militärischer Außenposten gewesen sei. „Wir müssen die Politik der damaligen Zeit richtig verstehen“, sagt Yitzhak Magen. „Die Hasmonäer hatten im 2. Jahrhundert v. Chr. die Seleukiden geschlagen und begannen nun mit der Expansion ihrer Herrschaft in Richtung Jordantal. Sie bauten eine Kette von Festungen, angefangen von Sartaba im Norden bis nach Masada im Süden. Sie errichteten einen luxuriösen Königspalast in Jericho. In der Mitte dieser Region haben wir Qumran. Wir wissen, dass die Hasmonäer und Essener miteinander im Widerspruch standen. Warum sollten die neuen Herrscher der Sekte diesen Ort geben? Wir müssen Qumran als einen integralen Bestandteil des hasmonäischen Planes sehen, das Jordantal zu besiedeln und zu befestigen. Nach Qumran holten sie solche Bewohner, die dem Königshaus loyal gegenüberstanden, vielleicht ausgediente Soldaten. Möglicherweise standen sie unter dem direkten Besitzrecht der Hasmonäerfamilie. Diese Siedler lebten hauptsächlich von Dattelplantagen. Im Gegensatz zu der landläufigen Meinung war Qumran gar nicht so sehr von der Umwelt isoliert, wenn man bedenkt, dass die Leute zu Fuß in zwei Stunden das damals blühende Jericho erreichen konnten.“

De Vaux zieht die Schlussfolgerung, der Ort sei um 31 v. Chr. infolge eines schweren Erdbebens aufgegeben worden. Nicht nur die geborstene Treppe, sondern auch eine Brandschicht waren für ihn sichere Indizien dafür. Der geringe Fund von nur 10 herodianischen Münzen war ein weiterer Grund für die Annahme, dass Qumran nach der Naturkatastrophe für etwa 30 Jahre verlassen worden war.

Drori und Magen sehen hingegen zwei Phasen der Besiedelung. Die Trennungslinie sei nicht das Erdbeben 31 v. Chr., sondern seien die Jahre zwischen 40 und 47 v. Chr., als Herodes der Große mit Unterstützung Roms Antigonus, dem Letzten der Hasmonäer, den Thron entriss. „Eine Reihe von Kämpfen tobte damals im Jordantal“, bemerkt Magen. „Deshalb datieren wir das Feuer in Qumran auf die Eroberung der Siedlung durch Herodes.“ Und damit ging nach Drori und Magen die Hasmonäerherrschaft in Qumran zu Ende. Nach einer kurzen Periode hätten dann die Essener Qumran von Herodes anvertraut bekommen.

Nach dieser Version wäre auch die Frage nach den Frauen und Kindern auf dem Friedhof von Qumran gelöst. Sie hätten dann zu dem hasmonäischen Wirtschaftsbetrieb gehört. Jene Reihengräber, wie sie für die Antike ungewöhnlich sind, deutet Magen als die Bestattung von Gefallenen nach der Eroberung durch Herodes.

Ein anderer Beweis für die neue Sichtweise sei die Entdeckung von Schafsknochen und anderen Tieren. „Die Essener waren nach Josephus Flavius Vegetarier“, gibt Magen zu bedenken. „Wir konnten feststellen, dass die Knochen aus einer früheren Zeit stammten. Und dies bedeutet: Das Fleisch konnte nicht von den Essenern gegessen worden sein.“

Auch bezüglich des „Scriptoriums“ meldet Magen große Bedenken an, zumal die Schreiber der damaligen Zeit mit dem Pergament auf ihren Knien und nicht auf Tischen gearbeitet hätten. Jean-Baptiste Humbert stimmt dieser Theorie zu. Für ihn könnten die Tische dazu gedient haben, die Tierhaut für das Pergament zu strecken und zu schneiden.

Ein antiker Abfallhaufen, den Magen und Drori ausgruben, enthielt eine Menge Datteln, die man gepresst und zu „Honig“ verarbeitet hatte. „Wenn von dem Land die Rede ist, in dem Milch und Honig fließen“, sagt Magen, „dann ist dieser Dattelhonig gemeint.“ Wenige Meter davon glauben die israelischen Archäologen eine entsprechende Dattelpresse gefunden zu haben.

Für eine andere sensationelle Meldung in der Weltpresse sorgte Qumran durch ein kleines Fragment aus der „Höhle Nummer sieben“. Dort befanden sich ausschließlich auf Papyrus geschriebene griechische Texte, während alle anderen Grotten nur aramäische und hebräische Texte enthielten. Das aufsehenerregende Fragment 7Q5 ist nicht viel größer als eine Briefmarke, 3,9 cm hoch und 2,7 cm breit. Nur 14 griechische Buchstaben sind darauf noch erkennbar. Aufmerksam auf dieses Bruchstück wurde das erste Mal Joseph O'Callaghan, Professor für Papyrologie, im Jahre 1972. Er machte einen unerwarteten Entzifferungsvorschlag: Es sei ein Fragment von Markus 6,52–53.

Eigentlich hatte der Wissenschaftler zunächst gar nicht die Absicht, ein Markusbruchstück oder irgendeinen anderen Text aus dem Neuen Testament zu finden. Da er schon lange an einem kommentierten Verzeichnis von Septuaginta-Handschriften arbeitete, hoffte er, in der siebten Höhle vielleicht Fragmente aus dem Alten Testament zu entdecken. Doch all seine Bemühungen erwiesen sich als erfolglos. Da kam er auf den Gedanken, die eigenartige Buchstabenverbindung in der vierten Zeile des fünften Bruchstücks müsse nicht notwendigerweise zu einem genealogischen Begriff gehören. Warum könnten diese Silben nicht zu dem Wort „Gennesaret“ gehören? Allerdings lässt sich im Alten Testament der Begriff „Gennesaret“ als See oder Landschaft in dieser Schreibweise nur ein Mal finden, und zwar im Ersten Buch der Makkabäer, als „Gennesar“. Ansonsten heißt es immer „Chennereth“ oder „Chenera“.

Nun musste aber O'Callaghan die entmutigende Feststellung machen, dass keiner der Buchstaben des Fragments zu dieser Makkabäerstelle passte. Schon wollte er aufgeben, als bei ihm die wissenschaftliche Neugier die Oberhand gewann. Er fragte sich: „Warum sollte ich nicht einmal das Neue Testament per Computer mit dem hochsensiblen Ibykus-Programm daraufhin überprüfen und mit sämtlichen anderen Texten der Antike vergleichen?"

Was der spanische Jesuit kaum für möglich gehalten hätte, das tat sich nun vor seinen Augen auf: Tatsächlich gab es im Neuen Testament eine Stelle, auf die alles passte, nämlich Markus 6,52–53. Vers 52 endet mit dem Bericht, wie Jesus über die Wasser ging. Vers 53 beginnt mit der Erzählung von der Heilung der Kranken in Gennesaret. Als O'Callaghan mit großer Überraschung erkannte, dass die anderen noch erhaltenen Buchstaben in dem Fragment zu dieser Identifizierung passten, veröffentlichte er kurzerhand den Text, jedoch mit einer gewissen Zurückhaltung: „Nicht verständiger geworden angesichts der Brote, sondern ihr Herz war verhärtet, und als sie hinüberfuhren, kamen sie nach Gennesaret und legten an."

Viele Neutestamentler standen zunächst einmal dem Identifizierungsvorschlag O'Callaghans bis zum Jahre 1984 weitgehend kritisch gegenüber. Damals begann der inzwischen verstorbene deutsche Papyrologe, Literaturwissenschaftler und Historiker Carsten Peter Thiede mit einer Reihe von Veröffentlichungen aufzuzeigen, dass O'Callaghan mit seiner These vielleicht doch nicht so danebenlag. Am 12. April des gleichen Jahres erhielt Thiede sogar eine staatliche Sondergenehmigung, damit die Glasplatte mit dem 7Q5-Fragment für einige Stunden das Rockefeller-Museum verlassen konnte, um daran kriminaltechnische Untersuchungen in einem Labor der israelischen Polizei vorzunehmen. Auf diese Weise konnte der Wissenschaftler die Lesung umstrittener und schlecht lesbarer Buchstaben weiter klären.

In dieser „Höhle Nummer vier" hat man 40 000 Schriftfragmente gefunden. Ein geeignetes Versteck für die kostbaren Rollen, als Vespasian im Jahre 68 mit seinen römischen Legionen heranrückte.

Allerdings blieb die Frage weiterhin offen, wie ein solcher neutestamentlicher Text nach Qumran gekommen sei. Dazu äußerte sich der damals noch lebende Benediktiner-Archäologe Bargil Pixner von der Dormitio-Abtei in Jerusalem. Pixner ging davon aus, dass sich etliche Essener zu Jesus, dem Messias, bekehrt hatten. Wie auch schon Josephus Flavius berichtet, hätten wohl in Jerusalem Kontakte zwischen Essenern und Urchristen bestanden. In der Tat spricht der jüdische Historiker von einem Essenertor in der Stadtmauer.

Pater Bargil ging dieser Spur nach und grub 1977 südlich des Abendmahlsaales einige rituelle Bäder aus. Nicht weit davon entfernt fand er auch ein altes

Stadttor. Er identifizierte es als das „Essenertor". „Die jüdische Sekte der Essener bewohnte zur Zeit des Herodes ein Stadtviertel in Jerusalem", argumentierte Pixner. „Ihre Mitglieder legten großen Wert auf rituelle Bäder. Im gleichen Stadtteil, wo man also heute das Essenerviertel lokalisiert, musste sich aufgrund antiker, literarischer Quellen auch der Abendmahlsaal, der erste Sitz der christlichen Urgemeinde, befunden haben – eine weitere Möglichkeit, dass zu den Urchristen auch Mitglieder der Essener-Gemeinschaft gehörten, die Jesus persönlich kannten.

Einen indirekten Hinweis haben wir bei Markus. Dort schickt Jesus zur Vorbereitung des Pascha-Mahles zwei seiner Jünger voraus mit den Worten: ‚Geht in die Stadt, dort wird euch ein Mann begegnen, der einen Wasserkrug trägt. Folgt ihm, bis er in ein Haus hineingeht. Dann sagt zu dem Herrn des Hauses: ‚Der Meister lässt dich fragen: Wo ist der Raum, in dem ich mit meinen Jüngern das Paschalamm essen kann?' Und der Hausherr wird euch einen großen Raum im Obergeschoss zeigen, der schon für das Festmahl hergerichtet und mit Polstern ausgestattet ist. Dort bereitet alles für uns vor!' (Mk 14,13–15). Da die Essener zölibatär lebten, lässt sich hier eine Erklärung für den Mann mit dem Wasserkrug auf dem Kopf finden. Schließlich ist im Orient das Wasserholen ausschließlich Pflicht der Frau.

Warum sollte es dann nicht möglich gewesen sein, dass ein Mitglied, das der Qumrangemeinschaft angehörte und Kontakte mit der Jüngergemeinde pflegte, das Markusevangelium in seiner Wohnhöhle, die uns heute als ‚Höhle Nummer sieben' bekannt ist, verwahrte?"

Damit stimmt der Benediktinermönch mit der Ansicht Thiedes überein, der in einem Interview auf die Frage antwortet, warum diese besondere Sammlung in einer besonderen Grotte aufbewahrt wurde: „Im Neuen Testament gibt es einen Hinweis auf ehemalige Priester der Essener, die Christen wurden. In der Apostelgeschichte heißt es ja: ‚Und viele der Priester kamen zum Glauben.' Diese Priester konnten keine Sadduzäer gewesen sein, denn sie glaubten nicht an eine leibliche Auferstehung. Es ist also ausgeschlossen, dass viele Priester dieser Gruppe Christen geworden sind. Die andere religiöse Gruppe, die zu dieser Zeit aktiv war, die Pharisäer, hatte keine Priester.

Die einzige wichtige Bewegung, die die leibliche Auferstehung der Menschen billigte und Priester hatte, waren die Essener. Deswegen sind in der Apostelgeschichte mit Sicherheit sie gemeint. Ihr Name wird nur deswegen nicht genannt, weil sie sich mit keinem eigenen Namen bezeichneten. All das beweist, dass es einen tatsächlichen Kontakt zwischen Christen und Essenern gegeben hat. Wahrscheinlich haben die Christen den Essenern einige ihrer Schriften geschenkt und umgekehrt. Warum nicht?"

Die hohe Brisanz der Ansichten von O'Callaghan und Thiede wird vor allem durch die Überlegung deutlich, dass die bisherige Datierung des Markus-Evangeliums entweder kurz vor oder nach der Zerstörung Jerusalems im Jahre 70 n. Chr. angesetzt wurde. Wenn das Fragment 7Q5 also tatsächlich aus dem Markus-Evangelium stammt, dann müsste es schon vor dem Jahr 68 n. Ch. geschrieben worden sein, da spätestens in jenem Jahr die Höhlen versiegelt wurden. „Aber noch ein anderes Indiz weist auf die wohl frühere Abfassung des besagten Fragments hin", meinte Thiede. „Es ist nämlich im herodianischen Zierstil geschrieben. So wie das Jahr 68 als spätmöglichster Zeitpunkt anzunehmen ist, so könnte das Fragment frühestens Mitte 30 geschrieben worden sein. Das würde bedeuten, dass schon vor der Zerstörung des Tempels in Jerusalem ein schriftliches Markus-Evangelium in Gebrauch war."

So lässt bis heute die Siedlung Qumran viele Fragen offen. Eine echte Herausforderung für die Wissenschaft in den kommenden Jahren.

Nazareth

Ein Lied erobert die Welt

Abseits der antiken Heeres- und Karawanenstraße Via Maris, die Damaskus mit Ägypten verband, liegt in einem abgeschiedenen Talkessel am Fuß des untergaliläischen Berglandes wie in einem natürlichen Amphitheater Nazareth. Die Stadt gehört heute mit ihren 65 000 Einwohnern neben Jerusalem und Bethlehem zu den drei größten christlichen Gemeinden des Landes.

Schon von Weitem erkennt der Pilger den „Saltus Domini", den sogenannten „Berg des Absturzes". Nach der Tradition ist das die Stelle, von der die erregten Bürger Nazareths Jesus in ihrer Wut hinabstürzen wollten, nachdem er in ihrer Synagoge zu behaupten gewagt hatte, dass die von ihm zitierte Isaiastelle nun Realität geworden sei: „Der Geist des Herrn ruht auf mir, denn der Herr hat mich gesalbt. Er hat mich gesandt, damit ich den Armen eine gute Nachricht bringe, damit ich den Gefangenen die Entlassung verkünde und den Blinden das Augenlicht, damit ich die Zerschlagenen in Freiheit setze und ein Gnadenjahr des Herrn ausrufe" (Lk 4,18–19).

Jesus war sich bewusst, dass kein Prophet in seiner Heimatstadt etwas gelte. Deshalb zog er es vor, Nazareth zu verlassen und den Verkehrs- und Handelsknotenpunkt Kafarnaum als seinen Standort in Galiläa zu wählen.

Außerdem galt Nazareth in der Antike als ein verlorenes Nest, mit nur 150 bis 200 Einwohnern und ohne politische und kulturelle Bedeutung. In der Tat wird der Ort kein einziges Mal im Alten Testament erwähnt, auch nicht bei Josephus Flavius oder im Talmud. Die etwas abfällige Bemerkung des Natanael bei Joh 1,46: „Kann denn aus Nazareth etwas Gutes kommen?“, spricht für sich und drückt es nur zu gut aus, dass Nazareth keinerlei Geschichtsbezug hatte und auch für die Zukunft nichts Großes dort zu erwarten sei. Die weltoffene Großstadt mit ihren Wechselstuben, ihrer Gerichtsbarkeit und ihrem Theater war Zippori, nur 5 km von Nazareth entfernt. Dorthin gingen die einfachen Bauern und Handwerker der Umgebung, um auf dem Markt ihre Oliven, Weintrauben, Getreide und ihre handwerklichen Produkte wie hölzerne Pflüge und Hausrat zu verkaufen oder gegen lebensnotwendige Waren einzutauschen.

In dem Ortsnamen Nazareth steckt das hebräische Wort „nezer“, was so viel wie „Spross“ meint und an die Weïssagung bei Jes 11,1f erinnert: „Aus dem Baumstumpf Isais wächst ein Reis hervor. Ein junger Trieb aus seinen Wurzeln bringt Frucht. Der Geist des Herrn lässt sich nieder auf ihm.“ Das erinnert an die davidische Abstammung Jesu. Wahrscheinlich hatte sich dort nach der Babylonischen Gefangenschaft eine Gruppe aus dem Stamm Davids niedergelassen, um das verlassene Dorf neu zu besiedeln. Der heutige Stadtname „En Nasra“, wie er auf Arabisch heißt, bedeutet so viel wie „verborgene Blume“. Damit meint die christliche Tradition Maria, die Mutter Jesu; denn sie schenkte der Menschheit in Nazareth die schönste Frucht dieser Erde: Jesus; ihren Sohn.

Das heutige Stadtbild ist geprägt von der modernen Verkündigungskirche, einem der wichtigsten Heiligtümer der Christenheit überhaupt. Die Basilika wurde von dem Mailänder Architekten Giovanni Muzio gebaut und im Jahre 1969 vom französischen Kardinal Garonne eingeweiht.

Die Verkündigungsgrotte in Nazaret wurde im Laufe der Jahrhunderten ununterbrochen als das „Haus Mariens" verehrt.

Die Hauptfassade des Gotteshauses zeigt die vier Evangelisten und die Verkündigung des Engels Gabriel an Maria. Auf dem Bronzeportal stellte der deutsche Künstler Roland Friedrichsen den Lebenszyklus Jesu, von der Geburt bis zur Himmelfahrt, dar.

Die Verkündigungsgrotte erreicht man von der Unterkirche aus, ein Ort, der im Laufe der Jahrhunderte ununterbrochen als das „Haus Mariens" verehrt wurde und der auch mir persönlich sehr wichtig geworden ist. Denn in dem Bewusstsein, dass hier schon einmal vor 2000 Jahren ein Ehepaar seinen gemeinsamen Lebensweg begonnen hat, schlossen meine Frau Louisa und ich am 8. Dezember 1981 an der gleichen Stelle unseren Bund fürs Leben.

Wie an vielen anderen Stätten im Heiligen Land ergänzen sich auch dort Archäologie und Tradition. Die Ausgrabung begann im Jahre 1955, als die provisorische Notkirche über der Grotte abgerissen wurde. Sie sollte der neuen Verkündigungsbasilika Platz machen. Dieses bescheidene Gotteshaus hatten die Franziskaner im Jahr 1730 erbaut, mit Erlaubnis des damaligen türkischen Sultans, und mit der Auflage, dass sie ihm seine Pilgerreise nach Mekka finanzieren und bis zu seiner Rückkehr die Kirche fertiggestellt haben müssten.

Mein verehrter Lehrer, Professor B. Bagatti vom Jerusalemer Bibelinstitut der Franziskaner, begann sofort nach dem Abriss mit seinen archäologischen Sondierungsarbeiten. Dort, wo heute die Gläubigen bei der Eucharistiefeier um den Altar vor der Verkündigungsgrotte Platz nehmen, wurden die Mauerreste und die Apsis einer byzantinischen Kirche aus dem 5. Jahrhundert freigelegt. Bagatti entdeckte in einer weiteren, darunterliegenden Schicht Säulenstümpfe, Türschwellen und Fensterstürze einer „synagogalen Kirche" aus dem 2. bis 3. Jahrhundert. Einige Steine zeigen Graffiti, beispielsweise ein Schiff mit einem

Segelsymbol für die junge Kirche. Ein anderes stellt einen Mann mit Kapuze und Tunika dar. In der Hand hält er einen Stab mit einem kosmischen Kreuz, vermutlich die Figur Johannes' des Täufers.

Die am meisten aufsehenerregende Inschrift jedoch war das „XE MAPIA", der Anruf des Engels in griechischer Sprache: „Gegrüßt seiest du, Maria". Jene von einem überirdischen Boten gebrauchte Anrede ist als das „Ave Maria" in allen Sprachen der Welt zu einem „Evergreen" geworden und belegt bis heute die ersten Plätze der internationalen Hitliste.

Gegenüber der byzantinischen Apsis befindet sich ein Taufbecken aus der gleichen Synagogenkirche. Daneben ein Mosaikrest mit einem Christusmonogramm. Ein weiterer Hinweis auf die urchristliche Gemeinde in Nazareth sind das „Kononmosaik" und die Martyrerkapelle, unmittelbar neben der Verkündigungsgrotte. Wandzeichnungen erinnern an das Paradies, den Ort des Friedens, der Verheißung des Lichts.

All diese Bruchstücke ergeben zusammen mit den frühen Überlieferungen ein geschichtliches Bild der heiligen Stätte; denn schon um das Jahr 250 schrieb der Gelehrte Julius Africanus, dass in Nazareth die „Blutsverwandten des Herrn" lebten. Als Nachkomme des Apostels Judas Thaddäus, des Herrenbruders, bildeten sie eine judenchristliche Gemeinde. Die Leute nannten sie Nazarener. Obwohl sie einfache Landarbeiter waren, blieben sie für den römischen Kaiser Diokletian als Sippenzugehörige des als Aufrührer hingerichteten Jesus von Nazareth suspekt. Sie wurden nach Rom verschleppt und auf ihre mögliche revolutionäre Haltung dem Imperium gegenüber verhört. Die Annalen berichten, dass im Jahre 249 unter Decius der Diakon Konon in Kleinasien aufgrund der verwandtschaftlichen Zugehörigkeit zu seinem Herrn den Martyrertod erlitt. Das Mosaik mit dem Namen Konon erinnert an diesen frühen Glaubenszeugen.

Das Herzstück der Unterkirche bildet die Verkündigungsgrotte. Sie gehörte zu dem Siedlungskomplex des antiken Nazareth. Diese Höhlenwohnungen waren in dem ansteigenden Stadthügel in den Felsen geschlagen mit Silos, Zisternen, Öl- und Weinkellern. Die offene Grotte wurde durch eine kleine Tür verschlossen. Die Einrichtung dort war sehr bescheiden: Löcher im Felsboden dienten als Feuerstelle, Nischen in den Seitenwänden als Standort für Krüge, Öllampen und Leuchter. Der Vorderteil der Höhle war für die Familie reserviert. Auf dieser Wohnterrasse kochte die Mutter des Hauses die tägliche Mahlzeit. Hier befand sich auch gleichzeitig die Schlafstelle für die Nacht. Im vorderen Teil spielten die Kinder. Der hintere diente als Futtervorrat und Stall für das Hausvieh, wie Schafe, Ziegen, Hühner, Esel.

Den ersten Hinweis von der Existenz der Verkündigungs-Grotte verdanken wir der Pilgerin Egeria aus dem Jahr 384. In ihrem Tagebuch vermerkt sie, man habe ihr „eine große und sehr prächtige Höhle, das Haus Mariens“, gezeigt.

Der anonyme Pilger von Piacenza erwähnt um 570 schon die byzantinische Kirche, die jedoch die Grotte in ihrem Bau noch nicht mit einbezog: „Wir reisten weiter zu der Stadt Nazareth, wo viele Wunder geschehen sind. In der Synagoge bewahrt man das Buch auf, in das der Herr sein ABC hineinschrieb. In dieser Synagoge steht auch die Bank, auf der er mit anderen Kindern saß. Das Haus der heiligen Maria ist jetzt eine Basilika. Die Jüdinnen in dieser Stadt sind schöner als alle anderen im ganzen Land. Sie erklären, das sei eine Gabe der heiligen Maria, und sie sagen auch, sie sei eine Verwandte von ihnen gewesen.“

Anfang des 12. Jahrhunderts ließ der Kreuzfahrerfürst Tankred eine mächtige Kathedrale über der ehemals byzantinischen Kirche errichten. Dabei bezog er die Verkündigungsgrotte in den sakralen Bau mit ein. Nach dem Bericht des russischen Abtes Daniel, der im Jahre 1106 Nazareth besuchte, bildete diese romanische Kirche nur das kostbare Gehäuse über der Stätte der Verkündigung.

Im Jahre 1263 zerstörte der Mameluckensultan Baibars die Kreuzfahrerkirche. Unversehrt in den Trümmern blieb nur die heilige Felsgrotte, bis 1730 die Franziskaner ihre Notkirche auf den Ruinen errichteten, die schließlich 1964 von der heutigen Verkündigungsbasilika abgelöst wurde.

Man mag über den monumentalen Stil dieses modernen Baus verschiedener Ansicht sein, eines aber ist dem Architekten Muzio gelungen: die so verschiedenen Elemente der vier vorausgehenden Kultbauten unter einem Dach harmonisch miteinander zu vereinen.

Die Oberkirche darf man wohl mit Recht als die „Kirche der Völker" bezeichnen, denn Christen aus aller Welt haben mit dazu beigetragen, das Projekt zu verwirklichen. Die Mosaiken und Gemälde an den Seitenwänden stellen die Marienheiligtümer vieler Nationen dar. Hier trägt die Mutter Jesu als die Mutter der Christenheit die Gesichtszüge eines jeden Volkes. Sie ist dargestellt als Japanerin, als Chinesin, als Afrikanerin, wie sie tanzend ihre Gaben dem Herrn darbringt, als Indianerin im Gnadenbild von Guatalupe, als die „unbefleckt Empfangende", wie sie sich der jungen Bernadette in Lourdes im Landesdialekt zu erkennen gegeben hatte.

Das Gemälde in der Hauptapsis zeigt Jesus als den Gründer seiner Kirche. Aus allen Rassen und Schichten setzt sie sich zusammen und bildet so das eine heilige Gottesvolk.

Unter dem modernen Baptisterium auf dem großen Vorplatz befindet sich die archäologische Zone des alten Nazareth. Es mag den Besucher vielleicht verwundern, dass davon sehr wenig übrig geblieben ist. Der Grund dafür ist plausibel: Im Vergleich zu anderen antiken und inzwischen untergegangenen Städten war Nazareth bis auf den heutigen Tag ununterbrochen besiedelt. Um großflächig auszugraben, müsste man zunächst die Häuser abreißen. Wer will das schon?

Als 1954 Professor Bagatti mit seinen archäologischen Sondierungen begann, tat er dies mit einer gewissen Beklemmung, wie er mir einmal in einem persönlichen Gespräch gestand. Bis dahin wusste man nämlich nur, dass sich dort Felsenhöhlen befanden. Und es gab Stimmen, die mit Autorität behaupteten, es müsse sich dabei um eine Grabanlage handeln. Bagatti war sich vom ersten Spatenstich an bewusst, dass die jahrhundertelange Tradition der Verkündigungsgrotte wie ein Kartenhaus zusammenfallen würde, sollte er dort Skelette und Grabbeigaben aus der Zeit Jesu finden – lagen doch jüdische Gräber immer außerhalb einer Siedlung. Was immer auch zu Tage käme, letztlich sollte die Wahrheit den Sieg davontragen. Diese innere Motivation ließ Bagatti das innere „Knieschlottern" überwinden.

Die archäologischen Untersuchungen bestätigten jedoch die Tradition. Die Felsenhöhlen enthielten Keramikscherben und Öllampen aus der byzantinischen Epoche. Runde Öffnungen führten zu den darunterliegenden, flaschenförmigen Getreidesilos aus der herodianischen Zeit. Weitere Felsgrotten dienten als Zisternen und Weinkeller, andere enthielten Mühlsteine, Glas- und Keramiksplitter. Damit war der überzeugende Beweis erbracht, dass die Verkündigungsgrotte mitten im Wohnbezirk des antiken Nazareth lag.

Ein paar Hundert Schritte davon entfernt stößt man auf die Kirche des heiligen Josef. In der Krypta befinden sich noch die Apsis aus der byzantinischen Zeit und eine aus dem Fels geschlagene Wohnhöhle des 1. Jahrhunderts. Hier verbrachte, nach der Tradition, Jesus im Haus des Nährvaters Josef seine stillen Jugendjahre. In der Mitte der Grotte diente eine runde, natürliche Felsplatte als Tisch. Schächte benutzte man als Getreide- und Ölspeicher, vielleicht auch für Mehl und Wein. Hier konnte tatsächlich eine Familie gut Platz finden. Dazu bot ein solcher Wohnraum einen doppelten Vorteil: Kühle im Sommer, Wärme und Schutz vor Regen im Winter.

Über die verborgenen drei Jahrzehnte von Jesus in seiner Heimatstadt schweigt sich das Neue Testament so gut wie aus. Mit dem lapidaren Satz „... und er war ihnen gehorsam" bei Lukas 2,51 ist schon alles gesagt. Wir dürfen davon ausgehen, dass Jesus ein ganz normales Leben in einer jüdischen Familie geführt hat. Wie könnte man sonst die Reaktion der Leute in der Synagoge von Nazareth verstehen, als diese bei seinem ersten öffentlichen Auftreten voller Erstaunen ausriefen: „Ist das nicht der Sohn Josefs?" (Lk 4,22).

Wer war dieser Josef von Nazareth? Das Neue Testament überliefert uns kein Wort von ihm. Doch wenn man zwischen den Zeilen der Evangelien zu lesen versucht, dann lässt sich doch einiges über seine Charakterstärke erfahren. Ich möchte ihn geradezu als einen „Mann für alle Lebenslagen" bezeichnen. Mehr über ihn berichten uns die apokryphen Schriften, die wir heute als die „Jugendbücher" der Urkirche, als einen Jungbrunnen, aus dem die ersten Christen zu schöpften wussten, entdecken.

Das Matthäusevangelium bezeichnet Judas, Simon, Josef und Jakobus als die „Brüder" Jesu (Mt 13,55).

Dabei fällt auf, dass sie nicht „die Söhne von Maria" genannt werden. Die apokryphe Erzählung von „Josef, dem Arbeiter" nennt in ihrer armenischen Version diese vier Männer die Söhne Josefs aus erster Ehe. Mit kindlicher Unbekümmertheit wird dort berichtet, Josef habe mit 40, nach dem Tod seiner Frau, ein zweites Mal, also Maria, offiziell geheiratet. Und das soll sich so zugetragen haben: Maria war ja schon als Vierjährige von ihren Eltern als Weihegabe in den Tempel zur Erziehung gebracht worden. Als das Mädchen nun 12 Jahre alt geworden war, suchten die Hohepriester nach einem verantwortungsbewussten Mann, der diese Kleine bis zu ihrer Eheschließung beschützen könne. Die Wahl fiel auf Josef.

Wiederum ist es Matthäus, der uns verrät, dass Maria, die Mutter Jesu, mit Josef verlobt war (Mt 1,18). Obwohl er aus dem Stamm Davids kam, war der Glanz des davidischen Königshauses längst verblasst. Und doch mag Josef wohl jenen Menschen geglichen haben, deren Haltung und Blick eine adelige Seele und eine große Vergangenheit ahnen lassen.

In bescheidenen Verhältnissen lebend ging Josef seiner Arbeit als Handwerker nach. Die deutsche Übersetzung „Zimmermann" ist viel zu eng gefasst. Ein Arbeiter damals war ein „Allroundman", einer, der sich in allen handwerklichen Dingen auskannte – handelte es sich um den Bau eines Hauses, um das Ausschlagen einer Zisterne, um die Schaffung einer Grabanlage oder gar eines Amphitheaters in der nahe gelegenen Entwicklungsstadt Zippori.

Als Josef, nach dem apokryphen Bericht, eines Tages von seiner Arbeit nachhause kam, entdeckte er, dass Maria schwanger war. Zutiefst verletzt stellte er sie sofort zur Rede. Doch ihre klare Antwort, sie habe mit keinem Mann etwas zu tun gehabt, versetzte Josef in eine noch größere Verwirrung. „Was soll ich nur tun?", überlegte er fieberhaft. „Vertusche ich die ganze Sache, dann komme ich mit dem Gesetz Gottes in Konflikt. Zeige ich sie öffentlich an, dann wird sie mit Sicherheit gesteinigt. Ist aber tatsächlich in ihr das Kind durch göttliche Kraft gewirkt, dann mache ich mich an ihrem Tod mitschuldig. Was soll ich nur anfangen?"

Josef wollte Maria nicht einfach so bloßstellen. In diesem großen seelischen Konflikt durfte er jetzt nicht unüberlegt handeln. Das wollte und konnte er sich nicht erlauben. Nur jetzt die Selbstbeherrschung nicht verlieren! In seinem Denken und Fühlen gewannen allmählich Milde, Nachsicht und sein Gerechtigkeitssinn die Oberhand. Voller Trauer und Ratlosigkeit glitt er schließlich in einen erlösenden Schlaf. Da erschien ihm im Traum ein Engel des Herrn und brachte Klarheit in seine Zweifel: „Mach dir keine Sorgen um diese Kleine. Denn was in ihr gezeugt ist, stammt vom Heiligen Geist. Sie wird einem Sohn das Leben schenken. Dem sollst du den Namen Jesus geben; denn er wird sein Volk von seinen Sünden befreien." Josef erhob sich von seinem Lager und pries den Gott Israels, der ihm dieses Privileg des Beschützens eingeräumt hatte.

Bald darauf geriet Josef erneut in eine große Verlegenheit. Es ging um die Reise nach Bethlehem für die Einschreibung in die Steuerlisten. „Wie soll ich das nur anstellen?", grübelte er vor sich hin. „Natürlich bedeutet es kein Problem, meine Söhne eintragen zu lassen. Aber was fange ich mit der Kleinen an? Wie lasse ich sie eintragen? Als meine Frau? Da schäme ich mich. Als meine Tochter? Aber ganz Israel weiß, dass sie nicht meine Tochter ist. Egal, was kommt. Das ist auf jeden Fall der Tag des Herrn. Und der Herr wird es schon in seinem Sinne recht machen, damit ich seinen Willen erfüllen kann", rang sich Josef mit einem fast unverschämten Vertrauen in die Führung des Himmels durch.

Eine Glaubensprobe jagte die andere. Das sogenannte Protoevangelium des Jakobus, um die Mitte des 2. Jahrhunderts, erzählt uns von den Geburtswehen Mariens auf dem Weg nach Bethlehem: „Und sie kommen halbwegs voran. Da bittet Maria Josef: ‚Nimm mich von dem Esel herab, denn was in mir ist, drängt mich, dass es herauskomme.'

Da lässt Josef sie absteigen. Gleichzeitig beschäftigt ihn die bange, so menschliche Frage: ‚Wo soll ich dich hinbringen? Wo soll ich deine Scham verbergen? Denn alles ist Einöde ringsumher!'"

Auf der Suche nach einem geeigneten Platz für die kurz bevorstehende Niederkunft Mariens blieb Josef auch gar nichts erspart. Als sich wirklich kein geeigneter Raum dafür finden ließ, nahmen sie schließlich mit einer Höhle vorlieb, die eigentlich als Stall diente. Und trotzdem kam bei aller Ärmlichkeit Josef aus dem Staunen nicht heraus. Er lauschte der Erzählung der Hirten. Und dieses Erstaunen erhob die Bedeutung des Kindes, „das in Windeln gewickelt in einer Krippe liegt" (Lk 2,12), über alle äußere Not hinweg. Weil jetzt der Herr der Welt, der Retter, der Messias geboren war.

Allerdings konnte Josef nicht recht lange bei seiner Meditation über das göttliche Kind verweilen. Eine menschliche Prüfung wurde von einer noch größeren abgelöst. Vielleicht deshalb, weil seine Berufung so groß war. Das angenommene Leid aus Liebe zu Gott führte auch bei ihm zu einer immer größeren Reife. Das Erz wurde im Feuerofen geläutert.

Schon drängte sich ihm eine neue Sorge auf: Herodes war auf der Suche nach dem Kind und wollte es töten. Von der Ferne hörte man das Geschrei der verzweifelten Mütter in Rama, ein lautes Weinen und Klagen.

Die heutige Verkündigungsbasilika vereint Elemente der vier vorausgehenden Kultbauten unter einem Dach.

Wieder war es ein Engel Gottes, der Josef unsanft in die Seite stieß: „Steh auf, nimm das Kind und seine Mutter, und flieh nach Ägypten!“ (Mt 2,13). Der apokryphe Bericht „Dormitio Mariae“ erzählt in der äthiopischen Fassung von der Flucht nach Ägypten. So wie die Israeliten mussten auch sie die Wüste durchqueren. Unter Hungerqualen und Durst. Josef schaffte es einfach nicht mehr. Zu viel ist zu viel! Endlich fanden sie mitten in der Einöde eine Dattelpalme. Doch ihre Früchte hingen in einer unerreichbaren Höhe. Maria fragte Josef in ihrer Einfachheit, was man da tun könne. Der aber reagierte ziemlich aufgebracht: „Was kann ich da schon tun? Wegen dir bin ich schon für meine Verwandten ein seltsamer Typ geworden.“ Doch sofort tat ihm dieser Ausbruch leid. Er dachte an die Hilfe Gottes, die er so oft erleben durfte. Das schenkte ihm neues Vertrauen, der Herr werde auch in diesem Dilemma mit ihnen Erbarmen haben. „Im selben Augenblick“, fährt die Erzählung fort, „lässt der kleine Jesus die Palme sich herabneigen, damit sie endlich an ihren Früchten ihren Hunger stillen können.“

Nachdem sie aus Ägypten zurückgekehrt waren, wuchs Jesus in den stillen Jahren von Nazareth unter der Führung Josefs zum Teenager heran. Vielleicht begann hier, in dieser Wohngrotte unter der Josefskirche, seine Lebensschule, um immer tiefer in das Geheimnis seiner Berufung hineinzuwachsen: das Mysterium der Gottessohnschaft. In der Stille des einfachen Lebens von Nazareth, fern von allem Tumult der Tagespolitik, fern von allem Lärm oberflächlicher Zerstreuung lernte Jesus die innige Zwiesprache mit seinem himmlischen Vater. Hier im Haus von Nazareth heiligte er mit Josef die menschliche Arbeit und verlieh ihr eine Würde des Dienstes an und für Gott.

Nach dem apokryphen Thomasevangelium tat sich Josef manchmal schwer, den jungen Jesus zu begreifen. Zuweilen musste er sich sein ganzes Unvermögen eingestehen. Andererseits wird mit der Ausdrucksfülle der semitischen Sprache erzählt, dass Josef gerade wegen seines Sichfügens in den Willen Gottes als der Gerechte erscheint. Obwohl er schon im fortgeschrittenen Alter stand, hatte ihn der Himmel für seinen unerschütterlichen Glauben mit körperlicher Gesundheit und Kraft gesegnet: „Sein Leib blieb ungeschwächt. Seine Sehkraft veränderte sich nicht. Nicht einer der Zähne seines Mundes verdarb. In keinem Augenblick wurde sein Verstand getrübt. Er glich eher einem jungen Mann, ging rüstig allein allen seinen Geschäften nach, und seine Glieder zeigten keinerlei Gebrechen.“

Nach der Erzählung von „Josef, dem Arbeiter" war es wiederum ein Engel Gottes, der ihm das nahe Ende seines irdischen Lebens mitteilte. Darüber erschrak er sehr. Josef machte sich auf und zog nach Jerusalem, um im Tempel zu beten. Auf dass seine Seele ohne Ängste und Schwierigkeiten den Körper verlassen möge. Nach Nazareth zurückgekehrt, wurde er bald krank. Fieber schüttelte seinen Körper. Jesus trat an sein Krankenlager. Er fand Josef sehr niedergeschlagen und voller Angst. Dann begann ein bewegender Dialog zwischen Vater und Sohn:

„Sei gegrüßt, mein Vater Josef, gerechter Mann. Wie geht es dir?"

„Tausend Mal sei gegrüßt, mein allerliebster Sohn. Ach, der Schmerz und die Angst vor dem Ende haben mich gepackt. Doch sobald ich deine Stimme hörte, hat sich meine Seele beruhigt."

Das waren seine letzten Worte. Josef konnte vor Schwäche nicht mehr sprechen. Maria setzte sich neben sein Haupt, Jesus zu seinen Füßen. Die Schatten des Todes fielen schon auf sein Gesicht. Seine Augen waren fest auf Jesus gerichtet, als wollte er sagen: „Verlass mich nicht!" Dann legte Jesus seine Hand auf seine Brust und empfahl die Seele Josefs dem Erzengel Michael, er möge ihn begleiten zum ewigen Aufenthalt der Gerechten.

Dass diese Wohngrotte der heiligen Familie von den Judenchristen der ersten drei Jahrhunderte als Hauskirche benützt wurde, beweist ein Taufbecken in der Krypta, das älteste und symbolreichste im Heiligen Land. Sieben Stufen führen hinab, Zeichen für die sieben Gaben des Heiligen Geistes. Der Boden ist mit einem einfachen Mosaik ausgelegt: Sechs Vierecke stellen die „Wohnungen" dar, die Jesus für die seinen beim Vater bereiten will (Joh 14,2). Dazwischen ein Stein, Symbol für Christus, den Eckstein, den die Bauleute verworfen haben (Mt 21,42). Mosaikreste eines stilisierten Flusses weisen auf den Jordan hin, in dem Jesus die Geistestaufe empfangen hatte.

Dieses Baptisterium lässt in der Tat den Taufritus der Urkirche lebendig vor Augen treten: Man kann sich lebendig die Katechumenen vorstellen, wie sie die Nacht vor ihrer Taufe als Vorbereitung auf diesen strahlenden Tag in einer dunklen Grotte verbrachten. Sie sollten sich dabei bewusst werden, was Paulus an die Epheser schreibt: „Denn einst wart ihr in Finsternis, jetzt aber seid ihr durch den Herrn Licht geworden“, (Eph 5,8).

Bevor der Täufling dann am nächsten Tag in das Becken hinabstieg, zog er seine Kleider aus, um den „alten Menschen“ abzulegen (Eph 4,22). Das Untertauchen des ganzen Körpers bedeutete ein Begrabenwerden mit Christus und ein Auferstehen von den Toten (Kol 2,12). Dann wurde er mit einer weißen Tunika bekleidet, Symbol für den „neuen Menschen“, der nach dem Bild Gottes erschaffen ist (Eph 4,24). Man reichte ihm Milch und Honig, die Speise der „Kinder Gottes“, als sie das verheißene Land betraten. Das ihm nun eingebrannte Zeichen des Kreuzes sollte den Neugetauften immer an seine Würde erinnern: Du gehörst jetzt ganz Christus an. Nun durfte er zum Altar schreiten und das erste Mal am Tisch des Herrn teilnehmen. Er hatte nun Wohnrecht im Hause des Vaters.

Megiddo

Ein frühchristliches Mosaik in einem israelischen Sicherheitsgefängnis

Versetzen wir uns einmal in die Schuhe des Häftlings Ramil Razilo, der eine zweijährige Haftstrafe als „Verkehrssünder“ in einem israelischen Sicherheitstrakt absitzt. Unter der heißen Mittagssonne des 30. Oktober 2005 und unter den wachen Argusaugen der schwer bewaffneten Wächter schlägt der Gefangene Löcher in den harten Asphalt. Dann karrt er den Schutt auf einen Haufen, damit Platz geschafft werden kann für den Erweiterungsbau der Haftanstalt. Wahnsinnig schmerzt ihm der Rücken. Schweißbäche laufen ihm übers Gesicht. Und dann passiert es: Er stößt gegen etwas Hartes in dem Sand unter der Asphaltdecke. Er lehnt sich an die Schaufel und schaut nach unten. Nicht zu glauben: ein Stück Mosaik. Er bürstet es frei vom Staub der Jahrtausende. Und dann kommt noch ein Stück ans Tageslicht, und ein anderes, und ein anderes – 6 m x 9 m groß.

„Was für eine Sensation, in unserem eintönigen Gefängnisalltag diesen tollen Fußboden zu entdecken“, gesteht Razilo vor Reportern, während er mit einem Schwamm und einem Eimer Wasser das so lange verschüttete Mosaik reinigt.

Das Staatsgefängnis ist errichtet in der Megiddo-Ebene, dem biblischen Schlachtfeld Armageddon, wie es Johannes in seiner Apokalypse bezeichnet (Offb 16,16). Im 1. Jahrhundert befand sich dort ein jüdisches Dorf. Als Kaiser Hadrian 123 n. Chr. in der Gegend ein römisches Feldlager errichtete, verschwand die Bevölkerung. Im 4. Jahrhundert entstand hier eine Stadt namens Maximilianopolis. Ihr Bischof nahm am Konzil von Nizäa im Jahre 325 n. Chr. teil.

Der herbeigerufene Archäologe Yotam Tepper sprach von einer Entdeckung der vielleicht ältesten Kirche im Heiligen Land. Man könne sie auf das 3. bis 4. Jahrhundert datieren, also in die Zeit noch vor der „Konstantinischen Wende", als das Christentum zur Staatsreligion erklärt wurde.

Bei einer Pressekonferenz sprach Yardena Alexander, eine Vertreterin der Altertumsbehörde, von „einem der wichtigsten Funde für die Geschichte des frühen Christentums".

Die Archäologen entdeckten dort Keramikscherben aus dem 3. Jahrhundert. Als auffallendes Symbol bei dem freigelegten Mosaik mit seinen vier Inschriften erweist sich der Fisch und nicht das Kreuz, umgeben von geometrischen Figuren wie Quadraten, Rauten und Dreiecken.

Eine Inschrift erwähnt den römischen Offizier Gaianos, auch Porphyrio genannt, ein Zenturio, „unser Bruder, der mit seinem eigenen Geld dieses Mosaik möglich gemacht hat. Broutios hat die Arbeit ausgeführt."

An der Ostseite ist das Gedächtnis an vier Frauen festgehalten: „Du musst Primilla und Kyriake und Dorothea gedenken und ebenso Chreste."

An der Westseite wird auf eine weitere Frau aufmerksam gemacht: „Die gottesfürchtige Aketous hat diesen Tisch dem Gott Jesus zum Gedächtnis gespendet."

Leah Di Segni von der Hebräischen Universität erklärte, die Bezeichnung „Tisch" anstelle von „Altar" könne zu einem Durchbruch in der Forschung des frühen Christentums führen; denn es würde allgemein angenommen, dass die Liturgie, die auf dem letzten Abendmahl basierte, um einen Altar stattfand. Die Bezeichnung „Tisch“ zeige wiederum, dass das Gebäude als „Hauskirche“ noch vor die byzantinische Ära zu datieren sei, als Christen anfingen, Altäre anstatt Tische bei ihren Gottesdiensten zu benutzen.

Doch hier muss man eines kritisch bedenken: Die Bezeichnung „trapeza“ im Griechischen kann sowohl einen Tisch als auch einen Altar meinen. Bis heute wird in der orthodoxen Liturgie der Altar „trapeza“ genannt.

Inzwischen hält die Debatte über die Datierung des Gebäudes in der Fachwelt an. Säulenbasen entlang der Ruinen lassen die Archäologen die Vermutung anstellen, dass Bögen über dem Mosaikfußboden ein Steindach trugen. Und das weise wiederum auf ein größeres Gebäude in der spätrömischen bis frühbyzantinischen Zeit hin, wahrscheinlich auf das Privathaus eines reichen Besitzers, der wohl Christ geworden war, zumal der Grundriss nicht dem üblichen byzantinischen Kirchenbauplan entspricht.

Die beiden Fische im Medaillon erinnern möglicherweise daran, dass in der Zeit, als das Gebäude in Verwendung war, die Christen noch unter der Verfolgung durch die römischen Kaiser zu leiden hatten. Es herrschte unter den Jesusgläubigen als Untergrundkirche noch eine Art Arkandisziplin. Nur durch Insidern bekannte Zeichen gab man sich gegenseitig zu erkennen, wie beispielsweise durch die griechische Bezeichnung „Ichthus“ für „Fisch“, mit dessen Anfangsbuchstaben die Worte Jesus, Christus, Gott, Sohn, Retter gebildet werden konnten.

Man praktizierte also am Ende des römischen Imperiums, wo das Christentum immer noch als gesetzwidrige Religion galt, seinen Glauben heimlich in Privathäusern. Erst unter Kaiser Konstantin wurden Kirchen im Basilikastil errichtet, was auch der archäologische Befund im Heiligen Land bestätigt.

Das Zeichen des Kreuzes als christliches Symbol erscheint tatsächlich erst im 4. Jahrhundert in kirchlichen Bauten. Allerdings sollte man bei der Datierung auch hier nicht zu vorschnell eine Schlussfolgerung ziehen, denn der byzantinische Kaiser Theodosius hatte 427 n. Chr. aus übertriebener Frömmigkeit verboten, Kreuze auf Fußbodenmosaiken darzustellen.

Aufgrund eben der fehlenden Kreuze und wegen des geometrischen Rahmendekors neigen heute manche Archäologen doch eher dazu, das Mosaik in das 5. Jahrhundert n. Chr. zu datieren.

Eine Delegation italienischer Archäologen, die auf die Frühzeit der Kirche spezialisiert ist, bemüht sich, die Funde näher zu untersuchen und mit anderen aus dem frühen Christentum zu vergleichen.

Außerdem sollen die Ausgrabungen weitergeführt werden, damit das ganze antike Gebäude freigelegt und eines Tages den Besuchern zugänglich gemacht wird. Das Sicherheitsgefängnis muss dann wohl an einem anderen Ort seine Bestimmung finden …

See Gennesaret

Das Auge Gottes

Nicht von ungefähr bezeichnen englisch sprechende Heilig-Land-Pilger den See Gennesaret als „Lake of Jesus", den „Jesus-See". Die hebräische Bezeichnung ist „Kinneret", was die Ortsansässigen mit „Harfe Gottes" übersetzen. Als ich jemand nach einer Begründung fragte, erzählte er mir folgende Geschichte: „Der Allmächtige hatte bei der Erschaffung der Welt sich einen Lieblingssee gemacht, natürlich den Kinneret. Wie man aus der Vogelperspektive erkennen kann, hat er die Form einer Harfe. Nun setze dich einmal an einem lauen Frühlingsabend an das Seeufer und lausche andächtig, wie der Wind die Wellen zu kräuseln beginnt. Dann kannst du es hören, wie der Schöpfer auf seiner Harfe spielt."

Auf die Frage seines Schülers, warum der See Gennesaret so fischreich wäre und seine Wasser so schmackhaft und erfrischend seien, antwortete ein Rabbi, der für seine Weisheit im ganzen Land bekannt war: „Wie du weißt, wird der Gennesaret vom Jordan mit seinen Quellflüssen am Fuße des Hermon gespeist. Der See aber behält nicht das Wasser für sich. Er empfängt es und gibt es an den Jordan weiter. Er empfängt und gibt. Deshalb ist der See so voller Leben. Dann schlängelt sich der Fluss in tausend Windungen durch das Jordantal, bis er sich ins Tote Meer ergießt. Und wie reagiert das Salzmeer darauf? Es nimmt das Leben spendende Wasser in sich auf und behält es für sich. Es empfängt und behält. Deshalb ist kein Leben darin. Weder Algen noch Fische findest du dort. Das Wasser ist ungenießbar und riecht faul. Was also nicht gegeben ist, ist verloren."

Im Altertum nennt Josephus Flavius den See das „Auge Gottes". Da ist es eigentlich nicht verwunderlich, dass Jesus ausgerechnet die Landschaft um diesen See für sein Wirken wählte. Das „Galiläische Meer", wie der Kinneret auch heißt, bildet den Hintergrund für viele Wunder Jesu und seiner Bildreden vom Boot des Petrus aus an die Menschenmassen am Ufer (Mk 4,1).

Wie mag dieses Fischerboot der Brüder Simon und Andreas wohl ausgesehen haben? Keiner wusste es genau, hatte man doch bisher keinerlei archäologische Entdeckung in dieser Richtung aufzuweisen. Bis der Winter des Jahres 1986 kam. Der Wasserspiegel des Sees hatte sich in beängstigender Weise der gefürchteten Rotlinie genähert. Das sonst umspülte Ufergebiet war streckenweise ausgetrocknet. Da setzten sich zwei Brüder aus dem Kibbuz Nof Ginosar, Moshe und Yual Lufan, in den Kopf, ein antikes Boot in dem seichten Schlick zu finden. Und was keiner für möglich gehalten hätte, sie wurden fündig! Am 20. Januar 1986 sahen sie einige rostige Eisennägel und die Umrisse eines Bootswracks aus dem Schlamm herausragen. Die zur Untersuchung des Fundes herangezogenen Experten kamen zur Schlussfolgerung: Es muss sich um die Überreste eines antiken Bootes handeln. Moshe und Yual nannten es spontan das „Jesusboot". Am nächsten Tag tickten die Fernschreiber die sensationelle Meldung um den ganzen Erdball: „2000 Jahre altes Boot im Kinneret entdeckt."

Man entschied, das Wrack sofort, also noch vor einem eventuellen Ansteigen des Wasserspiegels, zu bergen. Volontäre aus dem ganzen Land strömten zusammen. Schulklassen bekamen frei. Es ging zu wie in einem Bienenstock. Und die Kibbuzbewohner wur-

Die Ortsansässigen erzählen mit Stolz, der Allmächtige habe bei der Erschaffung der Welt sich einen Lieblingssee gemacht, nämlich den Kinneret, die „Harfe Gottes“.

den nicht müde, für die vielen Helfer Butterbrote zu schmieren.

Der herbeigerufene Archäologe S. Wachsmann überlegte sich, wie man mit einer innovativen, komplizierten Technik das Boot heben und transportieren könnte. Zunächst halfen viele Hände mit, einen massiven Deich um die Fundstätte anzulegen. Dieser sollte eine Überschwemmung mit Seewasser verhindern. Es wurden auch Pumpen eingesetzt. Mit ihrer Hilfe wollte man das Eindringen von Grundwasser vermeiden. Gleichzeitig musste das Holz des Bootes feucht gehalten werden, sollte es sich nicht in der Luft auflösen. Die Fachleute befreiten das Innere des Rumpfes vom Schlamm, verstärkten ihn anschließend durch

Fiberglas und füllten ihn mit Polyurethanen auf. Unter dem Boot legten sie Schächte an und verstärkten seine Seitenwände. Nachdem die extrem brüchigen Überreste des wertvollen „Schatzes“ sicher verpackt waren, kam endlich der große Augenblick: Die Pumper ließen Wasser in die angelegte Grube laufen und das Boot konnte nach 2000 Jahren ans Ufer geschwemmt werden.

Zunächst lag der einzigartige Fund für einige Jahre in einem speziell angelegten Konservierungsbecken im Yigal-Allon-Museum des Kibbuz Nof Ginosar. Nachdem man die Polyurethanhülle entfernt hatte, wurde das Boot erneut unter Wasser gesetzt. Durch einen mehrere Jahre anhaltenden Prozess hatte man dem brüchigen Holz gleichzeitig synthetisches Wachs beigefügt, das ihm die notwendige strukturelle Stärke verlieh.

Inzwischen ist sein Konservierungsprozess abgeschlossen und das „Jesusboot“ wurde für die Heilig-Land-Pilger am Seeufer des Gennesaret zur Besichtigung frei gegeben. Es ist eine Entdeckung, die man den Tiefen des „Galiläischen Meeres“ entrissen hat und die neues Licht auf die Zeitgeschichte Jesu wirft. Die Archäologen konnten nämlich in der Zwischenzeit aus dem Fund und der Auswertung ihrer Untersuchungen eine ganze Reihe wichtiger Schlüsse ziehen.

Was die zeitliche Datierung des Bootes angeht, so weisen sowohl seine technische Konstruktion und die Radiokarbon-Analyse an dem Holz als auch die in unmittelbarer Nähe entdeckten Keramik- und Münzfunde auf die Zeit zwischen dem 1. Jahrhundert v. Chr. und dem 2. Jahrhundert n. Chr. Das bestätigt auch ein Vergleich mit den zeitgenössischen Berichten von Josephus Flavius sowie den Aussagen des Neuen Testaments und der Darstellung eines antiken Bootsmosaiks aus Magdala.

Gebaut wurde das Boot an den Ufern des Sees Gennesaret, wahrscheinlich in der Nähe von Magdala, der Heimat Maria Magdalenas (Mt 15,39). Dort befand sich eine kleine Bootswerft.

Das Gennesaret-Boot diente in erster Linie dem Fischfang, konnte aber auch für Personen- und Gütertransporte verwendet werden. Es besaß wahrscheinlich ein viereckiges Segel, wie sie damals im Mittelmeerraum üblich waren. Damit sich der Mast nicht vom Rumpf lösen konnte, war ein rechteckiger Mastklotz in der Mitte des Schiffes mit vier Nägeln angebracht. Noch vorhandene Zapfen deuten darauf hin, dass das Boot gerudert werden konnte, sobald ein Sturm heraufzog (Mk 6,48; Joh 6,19). Zur Ausrüstung gehörten grob zugeschlagene Steinanker mit einem Loch darin, um die Taue hindurchzuziehen.

Übrigens zählt das „antike Boot" zu dem Typus der Fischerboote, wie Josephus Flavius eines beschreibt. Auf solchen schwimmenden, unzulänglichen Fahrzeugen hatten die jüdischen Rebellen gegen die Römer einen verzweifelten, aussichtslosen Kampf auszufechten: „Auf dem See wurden dann die Juden eingekreist, sodass sie weder an Land kamen, noch in einer Seeschlacht sich mit den Römern messen konnten. Denn ihre Boote waren winzig und gerade für Piratenzwecke brauchbar. Gegen die Flöße der Römer aber konnten sie nichts ausrichten.

Die Römer drängten heran und töteten viele, die auszuweichen suchten, mit ihren Lanzen, während sie andere mit ihren Schwertern niedermachten, wobei sie in die Schiffe der Juden hineinsprangen. Wollte aber einer, einen letzten Ausweg suchend, auf ein feindliches Fahrzeug gelangen, dann schlugen ihm die Römer den Kopf oder die Hand ab. So wurden zahlreiche Juden auf alle möglichen Weisen getötet, bis der Rest, in ihren Nachen eingekreist, fliehend zum

Ufer hin abgedrängt wurde. Der ganze See schien gerötet von Blut und übersät mit Leichen. Keiner konnte entrinnen. Am Strand lagen die Wracks der Schiffe und dazu noch die aufgetriebenen Leichname. Ein furchtbarer Anblick."

Das Evangelium gibt einige Hinweise auf die Anzahl der Mannschaftsplätze im Boot: Als Jesus Jakobus und dessen Bruder Johannes in seinen Jüngerkreis beruft, sind diese gerade in ihrem Boot und bereiten ihre Netze vor. Sie folgen Jesus und lassen ihren Vater Zebedäus mit den Tagelöhnern zurück (Mk 1,20). Das setzt eine Mindestkapazität von fünf Leuten voraus.

Ein anderes Mal geht Petrus zum Fischen. Sechs andere Jünger kommen mit ihm in das Boot und bilden so eine Besatzung von sieben Mann (Joh 21,2–3).

Anthropologische Studien legen nahe, dass das Gewicht eines Mannes in Galiläa zur Zeit des „Zweiten Tempels" im Schnitt zwischen 62 kg und 67 kg betrug. So hätten also 15 Männer weniger als eine Tonne gewogen. Das bestätigt wiederum die höchste Ladungskapazität des See-Gennesaret-Bootes mit seiner Länge von 7 m bis 9 m, auch wenn das Evangelium nicht ausdrücklich davon spricht, dass alle 12 Apostel Jesus im Boot begleitet hätten.

Für unseren Bootstyp verwendete man Schleppnetze. Ihre Länge betrug zwischen 150 m bis 400 m. Mit einem solchen Netz vergleicht Jesus das Reich Gottes (Mt 13,47).

Natürlich gibt es keinerlei archäologische Evidenz, den Fund mit dem Boot der Jünger im Evangelium oder irgendeiner anderen bekannten historischen Persönlichkeit in direkten Zusammenhang zu bringen. Trotzdem wirft es Licht auf eine Reihe von Passagen im Neuen Testament, die mit Begebenheiten auf dem See in Zusammenhang stehen. Boote und Netze werden wiederholte Male erwähnt (Mt 13,1–2; Mk 3,9; 4,1; Lk 5,3). Wunder haben einen Bezug zum Fischfang (Mt 17,24–27; Lk 5,4–11). Das Evangelium nennt zwei bestimmte Boote mit ihren Besitzern: Simon Petrus und die Zebedäus-Familie (Lk 5,3; Mk 1,20).

Inzwischen haben sich einige clevere Fischer aus Galiläa zusammengetan und einige moderne „Jesus-Boote" gebaut. 55 Passagiere können diese heute aufnehmen. Auch mich wird jetzt so ein Boot nach En Gev auf die andere Seite des Sees bringen. Jehuda, der Kapitän, wirft den Volvo-Hilfsmotor an und leise glei-

Wie zur Zeit des Neuen Testaments werfen auch heute noch die Schiffer ihre Netze aus in der Hoffnung auf einen „reichen Fischfang".

tet das Schiff vom Steg. Spiegelglatt und friedlich liegt der See vor uns. Doch das ist nicht immer so. Die manchmal auftretenden Sturmböen werden auch heute noch von den Fischern gefürchtet. Der Grund dafür liegt in der geologischen Tatsache, dass wir uns hier 210 m unter dem Meeresspiegel befinden. Im Sommer kann es zu Temperaturen bis um die 40 Grad kommen. Gleichzeitig strömt manchmal kalte Luft vom nördlichen Hermon ein. Da diese schwerer ist als warme Luft, stürzen schlagartig Fallwinde herab. Nicht selten treten die aufgepeitschten Wellen über das Ufer hinaus. Alle drei Synoptiker berichten von solch einem gewaltigen Seesturm, während Jesus im Heck des Schiffes schläft (Mt 8,24; Mk 4,38; Lk 8,23). Das dabei erwähnte Kissen mag wohl der Sandsack gewesen sein, der als Ballast diente, um das Boot zu trimmen, wenn das Segel ausgespannt war.

Noch viele andere Begebenheiten im Leben Jesu spielen sich am See Gennesaret ab. An seinen Ufern beruft er seine ersten Jünger (Mt 4,18–22). Matthäus erzählt, wie Jesus mitten in der Nacht über den See hinwegschreitet (Mt 14,22–33). Und nicht zu vergessen die Geschichte mit der Tempelsteuer: Petrus reagiert verunsichert, als man mit der kritischen Frage an ihn herantritt, ob sein Meister auch diesen Tribut zahle. Jesus beruhigt ihn mit den Worten: „Damit wir bei niemandem Anstoß erregen, geh an den See und wirf die Angel aus. Dem ersten Fisch, den du herausholst, öffne das Maul und du wirst ein Vierdrachmen-Stück finden. Das gib den Männern als Steuer für dich und für mich“ (Mt 17,24–27).

Der „Petrusfisch“, eine Barschart, existiert heute noch unter den 22 Fischarten des Sees. Dieser Maulbrüter mit dem Namen „Chichlida“ hält seine Eier so lange im Maul, bis die Jungen ausgeschlüpft sind. Um sich ihrer zu entledigen, nimmt er einen kleinen

Kieselstein ins Maul und vertreibt sie. So fand wohl der „Fisch des Petrus" etwas in der Sonne Glitzerndes auf dem Grund des Kinneret, das Vierdrachmenstück.

Wir lassen einen Augenblick das Boot anhalten, das nun mit abgeschaltetem Motor und gespannten Segeln langsam in den Wellen schaukelt, und lesen einige passende Passagen aus dem Neuen Testament.

Jehuda, bekleidet mit einem weißen Gewand, der Galabija, hält ein Wurfnetz in der Rechten. Er schleudert es vom Boot aus in den See. Solch ein Netz wird bei Matthäus erwähnt (Mt 4,18), als Jesus seine Jünger beruft: „Während Jesus am See von Galiläa entlangging, sah er zwei Brüder, Simon, genannt Petrus, und seinen Bruder Andreas; sie warfen gerade ihre Netze in den See, denn sie waren Fischer. Da sagte er zu ihnen: ‚Kommt her, folgt mir nach! Ich werde euch zu Menschenfischern machen.'"

Bald befinden wir uns in der Mitte des Sees mit seiner Länge von 21 km. Er ist 11 km breit. Sein Umfang beträgt 53 km, seine Fläche 165 qkm. An seiner tiefsten Stelle erreicht er 46 m. Was wir vielleicht jetzt empfinden, drückte George Adam Smith, ein Reisender um die Jahrhundertwende, mit trefflichen Worten so aus: „Trinkwasser, voller Fische, eine Fläche von funkelndem Blau, verführerische, frische Brisen von oben, die neue Brisen hervorbringen. Der See Gennesaret ist gleichzeitig Essen, Trinken und Luft, eine Erholung für das Auge, Kühlung in der Hitze und eine sehr willkommene Reisestation." Smith hätte sich wohl nicht träumen lassen, dass der See 90 Jahre später das bedeutendste Trinkwasserreservoir Israels darstellen würde. Pumpstationen der Landeswasserleitung führen das kostbare Nass bis in die Wüstenregionen des Negev. Gespeist wird der Kinneret durch den Jordan und von unterirdischen Quellen, wodurch ihm vier Milliarden Kubikmeter Wasser zufließen. Natürlich ist die Regierung streng darauf bedacht, dass sich dort keinerlei Industrieanlagen ansiedeln.

Wir genießen vom Boot aus einen Rundum-Panorama-Blick: In nördlicher Richtung leuchtet am Ufer das rote Dach der griechisch-orthodoxen Kirche von Kafarnaum im Sonnenlicht, umsäumt von Palmen und Eukalyptusbäumen. Links davon Tabgha mit seinen Heiligtümern, der Stätte der Brotvermehrung und der „Mensa Domini“, wo der Auferstandene seinen Jüngern erschienen war und Petrus die schicksalhafte Frage gestellt hatte: „Liebst du mich mehr als diese?“ (Joh 21).

Auf einer Anhöhe liegt die Kapelle der Seligpreisungen. Unser Auge schweift weiter nordwärts. Am Horizont taucht allmählich Zefat auf, die höchstgelegene Stadt Israels, fast 900 m über dem Meeresspiegel. Vielleicht meinte Jesus diesen Ort, als er von der Stadt auf dem Berg sprach, die nicht verborgen bleiben kann (Mt 5,14).

4 km entfernt liegt im Nordosten der biblische Ort Chorazin. Ihm galten die Wehrufe Jesu, zusammen mit Betsaida und Kafarnaum (Mt 11,21–24).

Am westlichen Seeufer befindet sich die Ebene Ginnosar. Während der Türkenherrschaft war diese Gegend versumpft. Heute sind die Sümpfe trockengelegt. Die Bewohner haben der Landschaft wieder ihre alte Fruchtbarkeit abgerungen. Bananenplantagen, Zitrus-, Oliven- und Avocado-Haine säumen das Seeufer, ähnlich wie es der Historiker Josephus Flavius schon vor 2000 Jahren beschrieb: „Am See Gennesaret entlang erstreckt sich das Land gleichen Namens, wunderbar in seiner Naturschönheit. Die Üppigkeit des Bodens erlaubt jede Art von Bepflanzung, und die Einwohner bauen auch tatsächlich alles an, zumal das wohltemperierte Klima den verschiedenen Gewächssorten entgegenkommt. Der Nussbaum, der mehr als alle anderen Pflanzen eine kühle Witterung braucht, gedeiht dort herrlich und in großer Menge. Neben ihm wächst die Palme, die der Hitze bedarf, ebenso der Feigenbaum und der Ölbaum, denen ein milderes Klima zuträglich ist. Man möchte fast glauben, die Natur trage dort einen Wettstreit aus, um mit aller Mühe sämtliche denkbaren Gegensätze an einem einzigen Platz zu vereinen."

Wir verlassen das Boot in En Gev und erreichen die Südspitze des Sees, vorbei an Deganja, dem ältesten Kibbuz des Landes. Gegründet im Jahre 1909 wird die Siedlung gerne als die „Mutter aller Kibbuzim" bezeichnet.

Auf dem Weg zurück nach Tiberias ist der Kinneret in gleißendes Sonnenlicht getaucht. Am liebsten möchte man voller Begeisterung ausrufen: „Ob man sich beim Sonnenaufgang nähert, wenn die Sonne mit einem Mal über den Bergen auf dem Ostufer erscheint und ihr Licht die kleinen Fischerboote trifft, die ihre Netze in die Tiefe geworfen haben, oder beim feierlichen Sonnenuntergang, wenn das blaugrüne Wasser leichte Wellen voller Farben und Leben wirft, die die verfallenen Kaianlagen längst verlassener Städte umspülen, immer strömen seine Ufer und seine Wasser unverändert eine Atmosphäre von Frieden und Sturm aus, von Erfolg und Untergang!"

Begegnung mit der Wüste

Herausforderung zum Leben

Erst da, als ich die Wüste ein Stück persönlich erlebte, vermochte ich das Ausmaß und die Bedeutung dieser verlassenen, ausgedorrten, wasserlosen Gegenden zu ermessen.

Ich hatte den grauen Alltag der Betonwüste mit ihren Wohnsilos hinter mir gelassen. Ich wollte nicht mehr länger gefangen sein im Kerker einer stickigen Stadt. Hier in der Wüste erhoffte ich mir ein Licht übernatürlicher Klarheit, eine Freude, von der die Last der schwerfälligen Körperlichkeit abfiele.

Vor mir lagen die immer gleichen, steinigen Hügel. Auch nach stundenlanger Wanderung hatte ich den Eindruck, kaum vorangekommen zu sein. Die Zeit schien stillzustehen. Das Gestern, Heute und Morgen verloren ihre Bedeutung. Das Auge blickte in das Gleichmaß der Zeitlosigkeit. Man wurde hellhörig für die Stille; für das leise Wehen des Windes; für die fast unmerklichen Bewegungen des Sandes. In diesem ernsten Schweigen berührte die Nacht den endlosen Horizont.

Zerklüftete Felsmassen taten sich vor mir auf. Stumm. Riesenhaft. Eine hoffnungslose Einsamkeit, in der unbarmherzig die Sonne flimmerte. Die Heimat der Starken.

Durchwebt von Gottesnähe, als wolle der Unermessliche hier schweigen, um seine Stimme umso vernehmlicher zu machen. Diese unendliche Stille war wie aus Kristall. Das Schweigen bedeutete ihre Sprache.

In dieser geologischen Wüste erlebte ich einen Raum, in dem ich als Mensch auf mein eigenes Unvermögen, auf meine Ohnmacht und Hilflosigkeit geworfen war. Diese Einöde war zur gleichen Zeit sowohl schrecklich als auch faszinierend. Mit ihren bizarren Formen aus Stein und Sand bot sie mir geradezu herausfordernd und jähzornig die Stirn.

An manchen Stellen fand ich Spuren des Todes: ausgeblichene Gerippe von Schafen, Ziegen oder Kamelen. Autowracks deuteten darauf hin, dass so mancher seinen Weg abbrechen musste. Ob er sein Ziel erreichte, weiß nur der Wind. Und doch lag eine fast magische Anziehungskraft über dieser wilden Landschaft mit ihren Dornen, Disteln, Schlangen, Skorpionen … Wie viele Menschen, ja ganze Völker, sind durch diese Wildnis voller düsterer Geheimnisse gezogen? Römische Legionäre, Pilger, Abenteurer, Handelsleute … Ihre Fußspuren im Sand sind längst verweht.

Plötzlich kam ein heftiger Sturm auf und in den tief geschnittenen Schluchten erzeugte der Wind eine sphärenhafte Musik, die ich mein Leben lang nicht mehr vergessen werde. Die Sorge begann an mir zu nagen, ob das Wasser im Schlauch noch ausreichte, als die senkrecht stehende Sonne jeden Schatten auffraß. Ihr bleierner Schleier machte mich unfähig zum Denken und Handeln. Jede Bewegung kostete eine unendliche Kraft. Die Luft schien sich zu heißem Gas zu verflüchtigen. Der Sand röstete die Schuhsohlen. Würde ich nach weiteren Stunden des Fußmarsches in lahmender Erschöpfung zusammenbrechen? Mein Körper war wie ausgedorrt. Niemand konnte meiner Spur folgen. Weil sie nicht mehr existierte. Die Zeit hatte keine Bedeutung mehr. Es war mir, als stünde ich an der Schwelle zur Ewigkeit.

Und dann! Zuerst dachte ich, es wäre eine Fata Morgana. Da tauchten plötzlich ein paar spärliche

Eine Oase. Pflanzen, Früchte, Palmen. Wie ein Wunder. Zeichen des Überlebens. Beweis dafür, dass man auch mit wenigem auskommen kann.

Pflanzen auf. Das winzige Grün wurde zum Zeichen der Hoffnung. Ein Grasbüschel sagte mir, dass dort Wasser sein musste. Zeichen des Lebens, das den Tod überwindet. Dann lag sie vor mir: eine Oase. Pflanzen mit fleischigen Früchten, Palmen. Wie ein Wunder. Zeichen des Überlebens. Beweis dafür, dass man auch mit Wenigem auskommen kann. An solch einem Ort schien sich die Verheißung der ganzen Schöpfung zu konzentrieren. Meine hohlen Handflächen nahmen dankbar das Geschenk des Wassers auf.

Nach Tagen absoluten Schweigens sehnte ich mich nach menschlicher Nähe. Endlich tauchte ein Beduinenzelt auf. Man lud mich ein. Gewährte mir Gastfreundschaft. Ich trank mit den Wüstensöhnen heißen, stark gesüßten Tee. Gewürzblätter schwammen darin. In der folgenden langen Nacht unter dem flimmernden Sternenzelt berührte ich lauschend die Seele dieser Menschen. Sie erzählten mir von dem Erhabensten: von dem Propheten Issa (identisch mit Jesus), dem großen Überwinder, dem Sieghaften, dem Geweihten, der zur Rechten Allahs weilen darf, weil er das Abenteuer des Menschseins siegreich überwunden hat. Die Vergangenheit wurde zur Gegenwart. Denn Issa ist es, der immer wieder aus dem Frieden Allahs zurückkehrt, um den Kindern der Wüste beizustehen. Und sie begannen zu erzählen: „Wir waren in der Wüste unterwegs und mussten uns lagern, weil der Shimum heraufzog. Beängstigend wie immer mit seinem seltsamen Pfeifen und der plötzlichen Dunkelheit. Die Kamele lagen im Sand. Wir deckten die Gewänder über sie und uns, Schutz hinter ihnen suchend. Der Karawanenführer hatte seinen kleinen Sohn mitgenommen. Der Knabe begann zu klagen. Er fürchtete sich sehr. Der Vater hob ein wenig die Hülle, die sie beide zudeckte. Er hielt Ausschau. Da sah er in dem finsteren Wolkengewirr eine kleine helle Stelle. ‚Sieh nur hin, mein Sohn! Blicke dort oben hin! Siehst du das Helle dort? Das ist der Glanz von Issas Hand. Soll man bangen, wenn Issas Hand zu erblicken ist?‘“

In dieser Nacht durfte ich in Issa die lachende Liebe, die leuchtende, die nie versiegende Kraft erfahren, die man nicht sehen, nur fühlen kann. Ich versuchte, auf seine Stimme zu hören, als der Beduinen-Älteste in zärtlicher Ehrfurcht seinen Namen aussprach: „Issa! Lass dein Herz ihn rufen! Nicht deine Zunge! Er hört es besser, dein Herz!“

Die Wüste setzte mir neue Maßstäbe, ja sie wurde in ihrer Grenzenlosigkeit und unermesslichen Weite selbst der neue Maßstab. In der Erfahrung des Unbegrenzten sah ich meine eigene Begrenztheit in einem neuen Licht. Ich erinnerte mich, dass viele „maßgebende“ Menschen zuvor in das weite Meer der Wüste eingetaucht waren, um das Endliche im Licht des Unendlichen neu zu verstehen: Mose, Elija, Jesus, Paulus, Mohammed …

In der Tat waren es im Laufe der Geschichte immer die Einsamen, die aus der Wüste kamen, die die verkrustete Kirche aufbrachen und neue Impulse in die etablierte Menschheit brachten. Antonius der Einsiedler war einer der Ersten von ihnen. Massenweise strömten die Leute zu ihm hin, weil „er sie in tiefe Geheimnisse einweihte und gotterfüllt war“. Benedikt, der „Vater des Abendlandes“, zog sich in die raue Gebirgswelt der Abruzzen zurück, wo ihn der „Ruf der Wüste“ ereilte. In der Einsamkeit der Carceri und des Verna-Berges erlebte Franziskus seine Wüstenstunden.

Die Spiritualität eines Charles de Foucauld entwickelte sich inmitten der Sanddünen der Sahara: „In die Wüste muss man gehen und darin verweilen. Dort wird man leer. Man weist alles aus sich heraus, was

In der Wüste scheint die Zeit still zu stehen. Das Gestern, Heute und Morgen verlieren ihre Bedeutung. Das Auge blickt in das Gleichmaß der Zeitlosigkeit.

nicht Gott ist. Jeder, der Frucht bringen will, muss notwendigerweise durch diese Zeit der Wüste gehen. Er braucht dieses Schweigen, diese Sammlung, dieses Vergessen alles Geschaffenen. In diesem Zustand richtet Gott sein Reich in ihm auf, denn man kann nur geben, was man hat."

Das Gebet in der Wüste ist für Carlo Caretto das schönste Geschenk der Sahara: „Ich lebte in Hoggar in einer Fraternität der Kleinen Brüder von Charles de Foucauld. Mein Brot verdiente ich mir als Meteorologe auf den Pisten von Tit, Tazrouk, An Amguel. Die Arbeit gefiel mir sehr, weil sie mir außer dem Lebensunterhalt die Möglichkeit gab, in der Umgebung zu leben, die ich gesucht hatte: die Wüste, und weil sie es mir erlaubte, die tägliche Mühe mit langem Schweigen und Beten zu verbinden […] Ich erinnere mich, wie wenn es heute wäre. Ich fühlte Maria, die Mutter Jesu, ganz nahe bei mir im Sand kauern. Klein, schwach, hilflos in ihrer wunderbaren und doch so unverkennbar wirklichen Schwangerschaft. Ich löschte die Kerze. In dieser dunklen Nacht sah ich keine Sterne. Ich sah ringsum viele Augen glitzern wie die Augen der Schakale, wenn sie es auf die Lämmer abgesehen haben.

Es waren die Augen der Bewohner von Nazareth, die das Mädchen belauerten, das ein Kind im Schoß trug, und es mit der ganzen Wucht des Argwohns, zu dem die Menschen fähig sind, ausfragten: ‚Wie bist du zu dem Kind gekommen, du unanständiges Ding?'

Was für eine Nacht! Was soll ich antworten? Dass Gott der Vater dieses Kleinen sei? Ich sage nichts. Gott weiß. Gott sorgt …

Arme Maria, kleine mädchenhafte Mutter. Du fängst deinen Weg schlimm an! Wie willst du mit so vielen Feinden fertigwerden? Wer wird dir glauben? An jenem Abend fühlte ich zum ersten Mal, dass ich dem Geheimnis Marias näher kam. Zum ersten Mal sah ich sie nicht auf dem Altar als eine unbewegliche Statue aus Wachs, im Putz und Staat einer Königin. Ich sah die Schwester, sah sie neben mir im Sand der Welt sitzen. Mit abgetragenen Sandalen wie meine und mit so viel Müdigkeit in den Gliedern […] Ich hatte einen lebendigen Kontakt mit ihr bekommen. Sie war nicht mehr eine Gestalt, der ich untertänige Verehrung schuldig war. Sie war die Schwester meines Herzens, die Reisegefährtin, die Lehrerin meines Glaubens geworden."

Wie ein Adlernest klebt das St-Georgskloster an der steilen Felswand. Im Laufe der Geschichte waren es immer die Einsamen, die aus der Wüste kamen und neue Impulse in die etablierte Menschheit brachten.

Beduinen

Nomadensöhne des Negev

Wie der Name schon sagt, ist die Negevwüste ein trockenes Land mit Felsen, Bergen, Ebenen, Sand, Kratern, Hochplateaus, gekennzeichnet durch eine extreme Trockenheit und Dürre; eine Wüste, welche die Hälfte der gesamten Oberfläche Israels ausmacht. Es leben dort nur sechs Prozent der Bevölkerung, darunter 100 000 Beduinen.

Am Rand der Autostraße treffe ich auf eines ihrer Lager. Nach der ersten überwundenen Scheu werde ich auf Arabisch mit einem „Ahlan wa Sahlan" herzlich willkommen geheißen. Schon kocht die „Frau des Zeltes" am offenen Feuer für den unerwarteten Gast einen starken schwarzen Kaffee. Die unter den Beduinen typische Gastfreundschaft hat ihre tiefen Wurzeln im Stammvater Abraham, denn, wie die Bibel berichtet, bewirtete er bei den Eichen von Mamre, unweit von Hebron, drei Fremdlinge. Später entpuppten sie sich als Boten Gottes und überbrachten dem großzügigen Gastgeber die gute Nachricht von der Geburt seines Sohnes (Gen 18).

Abgesehen von der biblischen Motivation wäre in dieser unwirtlichen Einöde die Zurückweisung eines Fremden nicht nur ein Verstoß gegen das Naturrecht, sondern gegen Gott selbst. Der Beduine weiß das genau. Er würde es nie über sich bringen, einen Bissen in den Mund zu schieben, ohne ihn mit einem anderen neben sich zu teilen. Und es wäre eine Beleidigung vonseiten des Gastes, dieses Zeichen der Selbstlosigkeit abzuweisen.

Dabei erlebe ich die Probe aufs Exempel: Die Frauen backen Fladenbrot aus Mehl, Wasser und ein wenig Salz, so wie es schon die Israeliten bei ihrer Wanderung durch die Wüste getan hatten. Die Männer schlachten ein Ziegenböcklein, und ein frohes Fest beginnt. Ich bewundere diese Wüstensöhne, was für eine innere Ruhe sie ausstrahlen, wie sie uns von der Hektik der westlichen Zivilisation geprägten Menschen vielfach verloren gegangen ist. Die Gelassenheit dieser Menschen ist eben vom Rhythmus der Natur und nicht von dem Sekundenzeiger elektronischer Uhren bestimmt.

Das Haus des Beduinen ist das Zelt, gewebt aus Kamel- oder Ziegenhaaren. Diese Tierfasern haben den Vorteil, dass sie bei Regen aufquellen und so das Zeltdach wasserdicht machen. Im Sommer bleiben sie porös.

Achmed, der Stammesälteste, erzählt mir von seinem Kamel Schusi, seinem besten Freund: „Es dient mir auf vielfältige Weise. In seiner Genügsamkeit gibt es sich in der kargen Wüstenlandschaft auch mit verdorrtem Gras, Dornen und hartblättrigen Pflanzen zufrieden. Gleichzeitig vermag es sehr viel Wasser auf einmal in sich aufzunehmen und konserviert die lebenswichtige Flüssigkeit während eines langen Wüstenritts.

Mein Kamel ist einfach für diese Region geschaffen. Sonst besäße es nicht die Eigenschaft, seine Körpertemperatur je nach Hitze am Tag oder Kälte in der Nacht zu verändern. Tausendmal hat es sich als zähes Reittier bewährt. Es liefert uns mit seinen Haaren das Rohmaterial für das Zelt. Es gibt Milch für meine Familie. Sogar sein Kot, in der Sonne getrocknet, dient als Brennmaterial. Als Kugeln dient er auch für einfache Sandspiele meiner Kinder und, Sie werden es mir nicht glauben, meine Frau und meine Töchter verwenden ihn sogar als Haarfestiger! Das Schimpfwort ‚Kamel', wie ihr es im Westen gebraucht, trifft weder das Wesen noch die Fähigkeiten meines Tieres."

Im Laufe des Gesprächs erfahre ich, wie sehr das sittliche Leben der Beduinen nach strengen, archaischen Gesetzen verläuft. Erstes Gebot ist die Ehrlichkeit. Seinen Mitmenschen etwas wegzunehmen, ist in dieser Welt so gut wie unvorstellbar. Deshalb braucht man sich nicht wundern, wenn der Akazienbaum als eine Art Kleiderschrank Verwendung findet. Fatima, Achmeds Frau, erklärt mir das so: „Ich hänge alles daran auf, was ich im Augenblick nicht brauche. Beim nächsten Durchzug kann ich es dann wieder benutzen."

„Ähnlich wird es auch mit den Tieren gehandhabt", fährt Achmed fort. „Benötige ich mein Kamel gerade nicht, dann binde ich ihm die Vorderbeine locker zusammen und lasse es frei laufen. Will ich eines Tages das Tier wieder einfangen, dann werde ich mich bei meinen „Nachbarn" erkundigen: ‚Habt ihr mein Kamel gesehen?' – ‚Wie sieht es denn aus?' – ‚Es hat einen weißen Fleck hinter dem linken Ohr.' – ‚Ganz recht, heute Morgen habe ich es noch gesehen. Es ist in diese Richtung weitergelaufen.' Bei einer solchen Kommunikation, wo jeder jeden kennt, ist es ein Leichtes, mein gesuchtes Tier schnell wiederzufinden."

In Windeseile scheint sich mein Besuch herumgesprochen zu haben. Ohne Fax und Telefon. Mehr und mehr Beduinen strömen aus den Zelten zu uns. Es geschieht ja auch nicht jeden Tag, dass ein Almaan, ein Deutscher, bei ihnen auftaucht, der sogar ihre Sprache versteht. Mir kann das nur recht sein. So erfahre ich mehr über ihren Lebensstil: Die Basis der Beduinengesellschaft ist die Familie, je durch ein Zelt repräsentiert. Einige Familien zusammen bilden eine sogenannte „Hayy“. Mehrere Hayys formen den Clan. Eine gewisse Anzahl von Clans ergibt einen Stamm. Die Mitglieder desselben Clans betrachten sich als blutsverwandt und unterstellen sich dem gleichen Scheich. Als eines der ältesten Mitglieder des Stammes steht dieser den seinen mit Rat und Tat zur Seite und führt sie mutig durch alle Schwierigkeiten hindurch. Ehrwürdiges Alter und persönliche Qualifikation sind für seine Wahl ausschlaggebend. Bei richterlichen Entscheidungen besitzt allerdings der Scheich nicht die absolute Autorität. Hier berät er sich mit den anderen Familienoberhäuptern in einer Art Gerichtsausschuss.

Ich entdecke eine Würde und eine Freiheitsliebe in diesen Wüstensöhnen, die mich fast etwas neidisch werden lassen. Salah Abu Hamed, der Scheich der Großfamilie, blickt mich mit seinen schwarzen Augen durchdringend an: „Im Grunde sind wir Beduinen geborene Demokraten. Den Titel ‚Malik‘ – ‚König‘ – haben wir im Laufe der Geschichte nie akzeptiert. Die einzige unumschränkte Autorität, die wir über uns anerkennen, ist Allah, der eine Gott. Als Muslime verneigen wir uns fünfmal am Tag nach Mekka und bekennen, dass Allah der Größte und Mohammed sein Prophet ist.

In diesem Ausgeliefertsein der Wüste erleben wir als Menschen deren Faszination und Bedrohlichkeit zugleich. In unserem Gott sehen wir ein Gegenüber, mit dem wir sprechen, dem wir uns anvertrauen. Im Kontakt mit ihm sind wir von der Hoffnung getragen, dass die Mutterschafe im nächsten Jahr viele Jungtiere werfen, dass auch in diesem Winter der Regen den spärlichen Hafer wachsen lässt, dass kein Skorpion, keine heimtückische Schlange, auch nicht die Kobra, die Mutter des Todes, unseren Familien Schaden zufügen wird. Wir Beduinen sind von Natur aus religiös.

Dass Allah ‚karim‘ – ‚großzügig‘ – ist, gehört zu einer Erfahrungstatsache, die uns niemand aus dem Herzen zu reißen vermag.“

Während des gemeinsamen Zusammenseins gewinne ich den Eindruck, wie sehr das religiöse Leben eines Beduinen auch von Elementen geprägt ist, die wir als „abergläubisch“ bezeichnen; beispielsweise zeigt er großen Respekt vor dem „bösen Blick“. Die Darstellung einer offenen Hand mit einem Auge darin soll ihn dagegen schützen; denn der undurchsichtige Blick eines neidvollen, gehässigen Menschen könnte unter Umständen Unglück über seine Familie bringen. Und sollte jemand ein Auge auf einen Gegenstand seines privaten Eigentums geworfen haben, dann sei es besser, diesen wegzuschenken, als dass der andere mit dem Herzen daran kleben bliebe. Manche reagieren besonders allergisch, wenn man ihre Frauen fotografieren will. Trage man doch auf diese Weise ein Stück ihrer Seele davon. Achmed erzählt mir von einem Beduinen, der alles daransetzt, um die gesamte Auflage einer Postkarte aufzukaufen, weil darauf seine Frau abgebildet war, die nur er anschauen dürfe.

In der Familie ist jedem Mitglied seine Aufgabe zugeteilt. Der Mann als Oberhaupt trägt die Verantwortung für die Seinen. Er allein entscheidet, wann man aufbricht zu neuen Weideplätzen. Er ist es, der die Beziehung nach „draußen“ pflegt, zum Stammesoberhaupt, zu den Behörden. Er wickelt die Geschäfte auf dem Markt ab und besorgt, was seine Familie zum Leben nötig hat.

Die Frau hat ihren Platz im Zelt, bei den Kindern. Sie sammelt Holz für das Feuer, spinnt Wolle für Kleider, webt Stoffe für Teppiche und das Zelt. Das Hüten der Herden ist den jungen Mädchen anvertraut. Sie sind so lange damit beschäftigt, bis sie eines Tages von dort weggeheiratet werden.

Oft versprechen einander die Familien gegenseitig ihre Söhne und Töchter schon als Kinder für die Heirat. Eheschließung ist für sie in erster Linie eine Sache der Angehörigen und nicht so sehr der persönlichen Zuneigung. Das Geschenk an den Vater der Braut muss natürlich angemessen sein. Fünf bis acht Kamele sind ein akzeptables Richtmaß.

Vom Standpunkt der stolzen Wüstensöhne ist der zivilisierte Mensch mit seinem hektischen Lebensrhythmus vom Himmel weniger begünstigt als er. Er genießt seine Freiheit. Er ist stolz auf seine große Familie, auf seinen Stamm, dessen Genealogie er auf den Erzvater Abraham zurückzuverfolgen weiß.

Während wir im Zelt den heißen türkischen Kaffee schlürfen, drängt sich mir unterschwellig die Frage auf: Wie lange noch wird der Beduine in seinem jahrhundertelang erprobten Lebensstil die Wüste beherrschen? Die israelische Regierung ist heute bemüht, das Wüstenvolk im Negev mehr und mehr sesshaft zu machen. Entlang der Straße kann ich mich davon überzeugen: Barackendörfer. Vor den Häusern Ballen von getrocknetem Futter für die Tiere. Inzwischen gibt es im Negev schon mehrere feste Beduinensiedlungen.

Einer der wichtigsten Gründe für diese Umsiedelungspolitik besteht in einem Friedensabkommen mit Ägypten aus dem Jahre 1980. Als Konsequenz davon verloren die Israelis im Sinai-Gebiet ihre eingerichteten Militärbasen und Flugplätze. Ein neues Düsenjägerflugfeld, das sogenannte Blau-Weiß-Projekt Nevatim, 8 km östlich von Beer Sheva, verlangte die Evakuierung von 300 Familien. Das bedeutet, dass insgesamt 6000 Menschen in die neu gegründeten Dörfer Kuseifa und Arouar „verpflanzt" wurden. Als Entschädigung gab ihnen der Staat neben einer Geldsumme als Abfindung 20 Prozent des abgegebenen Landes ohne Wasser oder fünf Prozent mit Bewässerungsmöglichkeiten. Auf einigen Hektaren sind schon Olivenbäume gepflanzt und man hat Plantagen für Tomaten, Gurken, Auberginen und Zucchini angelegt. Landwirtschaftsexperten beraten die Beduinen über neue Methoden der Bodenkultur.

Die Frage bleibt natürlich, ob die Wüstensöhne in den Städten mit Steinhäusern, eingebunden in den Prozess der Industriegesellschaft, glücklicher sind als ihre Väter es waren. Scheich Salah Abu Hamed ist sich bewusst, dass es keine Kleinigkeit ist, ein Land aufzugeben, auf dem Generationen seit Jahrhunderten lebten. Andererseits versteht er auch den Anruf der Stunde: „Wahr ist, dass wir der Sicherheit der Nation eine Hand reichen müssen. Gleichzeitig aber erwarten wir vom Staat eine konkrete Starthilfe, sodass wir unsere neue Existenzgründung nicht mit Bankschulden beginnen müssen."

Das Gleiche unterstreicht Scheich Khalil Abu Rabia: „Unser Problem ist es, ob uns genügend Mittel zur Verfügung stehen, neue Häuser zu bauen, und ob ausreichend guter Willen vonseiten der Regierung vorhanden ist, eine Infrastruktur in unseren Siedlungen einzurichten."

Der Bruder des Scheichs, Aref Abu Rabia, ein Universitätsstudent in Beer Sheva, ist davon überzeugt, dass sein Leben in der Stadt nicht einen Bruch mit seiner Familie unter dem Zelt mit sich bringen muss: „In den Ferien bin ich dort zuhause und helfe meinem Vater bei den Herden."

Da nach Meinung des ersten israelischen Ministerpräsidenten Ben Gurion und vieler Fachexperten im Negev bald nach der Jahrtausendwende zwei Millionen Menschen unter modernen Bedingungen leben werden, lässt sich der Tag ausrechnen, an dem das romantische Bild der Nomadenzelte verschwunden sein wird. Die junge Beduinengeneration bewegt sich in einem geradlinigen geschichtlichen Prozess vom Zelt in die Stadt. Junge Männer dienen in der israelischen Armee. Sie gehören zu den besten Scharfschützen und Spurenlesern ihrer Einheit. Andere arbeiten in den Industriezweigen von Beer Sheva, Arad oder als Angestellte in Hotels oder Restaurants.

Die Regierung ist bemüht, das Analphabetentum entschieden zu bekämpfen. Mit Bussen werden die Kinder zu Mittelpunktschulen gebracht oder einheimische Lehrer bringen in Baracken ihren erwachsenen Stammesgenossen das Lesen und Schreiben bei. Die Tatsache, dass vor einigen Jahren ein hervorragend begabter Beduine an einer israelischen Universität seinen Doktor absolviert hat, zeigt die rasante Entwicklung vom Kamelrücken auf die Bank eines Hörsaals.

Überhaupt bemüht man sich, auch die medizinische Versorgung des Wüstenvolkes mehr und mehr zu verbessern. Und das ist eine absolute Notwendigkeit, denn vor allem bei den Kindern zeigen sich Vitaminmangelerscheinungen, weil zu wenig Frischobst und Gemüse vorhanden ist. Nicht wenige Frauen leiden an Knochenerweichung, da ihr Körper kaum der Sonnenstrahlung ausgesetzt ist. Natürlich haben die Beduinen ihre eigenen „Medizinmänner". Sie verstehen sich auch vortrefflich auf tausenderlei Kräuter gegen Kopfschmerzen, Magenverstimmungen oder Erkältungen. Aber das reicht eben nicht aus, um die Sterblichkeitsziffer möglichst niedrig zu halten.

Des Beduinen „Way of Life" steht heute an einem Scheideweg. Statt Aufspüren neuer Weideplätze und Wasserstellen – der Besuch moderner Schulen; statt des Wüstenritts im Sattel des Kamels – auf der Landstraße hinter dem Lenkrad eines Lastwagens; statt des offenen Feuers unter dem schwarzen Zelt – die moderne Wohnküche mit Gasherd und elektrischem Licht.

Vielleicht wird morgen die Gastfreundschaft noch das einzige Zeichen sein, das an eine jahrtausendealte Beduinenkultur erinnert. Die Weichen sind gestellt, der Zug ist abgefahren.

Eine Reise ins Heilige Land

Berührung mit dem „Fünften Evangelium"

Ist das Heilige Land wirklich heute zu einem „unheiligen Land" geworden? Wenn man den Massenmedien vorbehaltlos Glauben schenkt, scheint das jedenfalls der Fall zu sein. Headlines von Unruhen, Selbstmordanschlägen, Terror und Gegenterror prägen sein Bild. Die Folgen dieser „schwarzen Chronik" sind durchschlagend. Die „weiße Industrie", ein wichtiges Standbein der israelisch-palästinensischen Wirtschaft, scheint gelähmt: keine Pilger, keine Touristen, keine Zukunft.

Nur wenige getrauen sich, sich über die Barriere der negativen Berichterstattung hinwegzusetzen und Unkenrufen zu widerstehen, wie: „Ich bin doch nicht lebensmüde ... Nur Abenteurer und Spinner fahren in dieses Krisengebiet, das sich das ‚Heilige Land' nennt ... Nein, danke ... Es gibt genug Alternativen für eine Pilgerreise: Griechenland oder die Türkei, auf den Spuren des Heiligen Paulus, Rom, Lourdes ... Sollen die sich da drüben, im Mittleren Osten, weiterhin die Köpfe einschlagen. Wenn die Zeiten besser sind, kommen wir vielleicht wieder ..."

Konstantin Spiegelfeld, ein Studentenpfarrer in Wien, hatte sich jedoch eine ganz andere Meinung gebildet: „Eigentlich gibt es keinen Grund, nicht ins Land der Bibel zu fahren. Ich lasse mich von niemandem kopfscheu machen. Zumal ist dort noch kein Tourist zu Schaden gekommen.

Gerade jetzt möchte ich mit einer Gruppe Studenten ein Zeichen der Verbundenheit mit den Christen im Land der Bibel setzen. Ich werde eine 11-tägige Pilgerreise zwischen den Jahren 2003 und 2004 ausschreiben. Mal sehen, wer anbeißt."

Aber nur ein paar spärliche Anmeldungen kleckerten mühsam ein. Kurz vor Reisebeginn waren es acht. Und der Druck von Verwandten, Freunden und Bekannten nahm massiv zu: „Ihr seid wohl total übergeschnappt! Ihr begeht einen unverzeihlichen Fehler. Das könnt ihr uns nicht antun!"

Zwei Tage vor der Abreise waren nur noch zwei Studenten übrig geblieben. Ähnlich wie bei den „zehn kleinen Negerlein". Pfarrer Spiegelfeld setzte nun alles auf eine Karte: „Emergency-Appell! ‚Last Chance' zur Anmeldung – oder wir müssen die Reise abblasen."

Und das „Wunder" geschah. In wenigen Stunden standen 13 Teilnehmer verbindlich auf der Reiseliste. Ein „frischgebackenes" Ehepaar hatte schon seine Hochzeitsreise in den Libanon gebucht. Als die beiden jungen Ärzte den Dringlichkeitsaufruf ihres Freundes Konstantin sahen, entschlossen sie sich kurzerhand ins Heilige Land umzudisponieren.

Und was jetzt nun keiner für möglich gehalten hätte: Keine Flugtickets mehr bei der österreichischen Fluggesellschaft. Die Plätze waren alle von Juden ausgebucht: Solidaritätsreisen nach Israel. „Wir stehen hinter euch und wollen dies auch durch unsere Gegenwart bezeugen."

Pfarrer Spiegelfeld tätigte einen verzweifelten Anruf bei der Swiss-Air. „Gerade noch 11 Plätze frei", war die Antwort. Zwei Reiseteilnehmer konnten in letzter Minute noch bei der AUA einen Flug bekommen. Drei weitere Interessenten musste der Studentenseelsorger auf das nächste Jahr vertrösten.

Wie erwartet, wurde die Pilgerfahrt ins Heilige Land für die „13 Aufrechten" zu einem unvergesslichen Erlebnis. Als die Gruppe in Bethlehem die altehrwürdige Geburtsbasilika betreten wollte, kam ein Ortsansässiger mit seiner Frau strahlend auf die jungen Leute zu. Er hielt ein gesegnetes Stück Brot in Händen. Spontan brach er es in kleine Stückchen und reichte jedem davon etwas, als Zeichen der Verbundenheit und Gastfreundschaft im „Haus des Brotes", wie Bethlehem übersetzt heißt.

Während die politischen Gespräche und Friedensverhandlungen meist mit einem inhaltsleeren Blabla enden, sind die Christen im Heiligen Land mehr und mehr davon überzeugt, dass nur „von oben" diesem Land ein gerechter Friede geschenkt werden kann. In der Tat haben sie sogar eine Friedenspatronin: die Mystikerin Mirjam Baouardy, Begründerin der Karmelitinnenklöster in Bethlehem und Nazareth. Der Papst hatte sie bei ihrer Seligsprechung am 13. November 1983 diese Palästinenserin zur „Patronin des Friedens für den Mittleren Osten" erklärt. An ihrem Grab in Bethlehem stimmten die jungen Leute aus Wien in diese Friedensbitte mit ein.

In der Jerusalemer Auferstehungskirche, dem heiligsten Ort der Christenheit, erlebten sie den topografischen Beweis dafür, dass sie nicht einem Mythos nachliefen, einem schönen Märchen mit Weihnachtsmann und Osterhasen, bei dem die Geschäftskassen zum Klingeln kommen, sondern Jesus selbst, dem ewigen, Mensch gewordenen Wort Gottes, das in diese unsere Welt eingetreten war.

Im Abendmahlsaal auf dem Zionsberg wurde man sich richtig bewusst, wie von hier aus, der „Mutter aller Kirchen", vor 2000 Jahren das Christentum seinen Anfang genommen hatte. Jeder spürte, dass Jerusalem und das ganze Heilige Land auch seine geistliche Heimat sei und dass jeder Einzelne Verantwortung mittrage, damit dieses Land nicht seiner „lebendigen Steine" beraubt werde – denn die Auswanderungswelle hält weiter an. Alleine im Bethlehemer Raum sind während der letzten drei Jahre mehr als 3000 Christen ausgewandert. Was bleibt, ist eine immer geringer werdende Minderheit von 2,0 Prozent der Gesamtbevölkerung.

Auf den Spuren der Bibel machten Pfarrer Spiegelfeld und seine jungen Freunde die Erfahrung der ersten Christen. Besonders, als sie in drei Etappen ein Stück des Emmausweges auf der römischen Straße zurücklegten. Wie Kleophas und sein Begleiter – nach einer frühen Tradition war es sein Sohn Simeon gewesen – unterhielten sie sich im ersten Abschnitt über ihre Probleme, Nöte und Schwierigkeiten des täglichen Lebens. Auf dem zweiten Teil des Weges hatte sich Jesus als unbekannter Weggenosse zu den Emmausjüngern gesellt. Und ihr Herz hatte gebrannt, als er ihnen die Schrift erklärt hatte. Ebenso erwanderte jetzt die kleine Gruppe in Stille und Besinnlichkeit die zweite Etappe und ließ Jesus in ihrem Herzen sprechen.

Als die Jünger den Fremden beim Brotbrechen als ihren Herrn erkannt hatten, waren ihnen die Augen aufgegangen und sie waren voller Freude nach Jerusalem zu den anderen Jesusfreunden zurückgeeilt. Ganz ähnlich erreichte die Wiener Pilgergruppe Loblieder singend den biblischen Ort Emmaus-Nicopolis. Bei der Eucharistiefeier brach ihnen der „erhöhte Herr“ erneut das Brot. Das Gestern wurde zu einem aktualisierten Heute. Die gleiche Realität erlebten sie auf dem See Gennesaret, als sie mit „Jesus im Boot“ heilige Messe feierten.

Sie entdeckten, was der Kirchenvater Hieronymus meinte, wenn er von dem Heiligen Land als dem „Fünften Evangelium“ sprach: ein Evangelium zum Anfassen. Mit der gleichen Landschaft, wie sie Jesus durchwanderte. Mit den gleichen Bergen, auf die er sich in Zweisamkeit mit dem Vater zurückzog. Das gleiche Kafarnaum, wo er das Töchterchen des Jairus vom Todesschlaf erweckte und es seinen Eltern zurückgab. Wo er den Knecht des Hauptmanns aufgrund des Glaubens dieses Römers von seiner Krankheit heilte und voller Verwunderung die provozierenden Worte sprach, dass er in ganz Israel nicht solch einen Glauben gefunden hätte wie ausgerechnet bei diesem Heiden.

Aber nicht nur die Spuren ihres Herrn wollten die jungen Österreicher im Land der Bibel entdecken. Sie suchten auch nach Möglichkeiten, um mit den heutigen „lebendigen Steinen“ in engen Kontakt zu kommen. Deshalb führte sie der Weg in das kleine Städtchen Iblin, dem Geburtsort der „Kleinen Araberin“, wie sich Mirjam Baouardy gerne bezeichnete. Dort lebt Abuna Elias Chacour, ein melktischer Priester und Vorkämpfer für die Versöhnung zwischen Palästinensern und Juden.

In einem lebendigen Gesprächsaustausch berichtete Chacour, inzwischen Bischof der griechisch-katholischen Kirche in Galiläa, von der Gründung seiner Friedensuniversität, in der Christen, Juden, Palästinenser und Drusen miteinander studieren und sich als Brüder und Schwestern gegenseitig schätzen und achten lernten. Seine Vision von einer besseren Zukunft setzt bei der Erziehung im Kindergarten an und reicht bis hin zu einer fundierten Universitätsausbildung. Nur so könne eine neue Generation endlich den alten Hass begraben und gemeinsam in eine gemeinsame Zukunft des Friedens und der Gleichberechtigung schreiten.

Abuna Elias wird nicht müde, immer wieder zu betonen: „Unsere Tore stehen für alle offen. Jeder ist eingeladen. Hier wird niemand nur Gast sein. Ihr sollt ein Teil unserer Familie werden! Nur gemeinsam werden wir alle Hindernisse überwinden.“

Selbst dem israelischen Ministerpräsidenten redete er in einem Telefongespräch ins Gewissen: „Fürchten Sie sich nicht, dass es uns Palästinenser gibt. Fürchten Sie lieber den Tag, an dem es uns nicht mehr gibt. Wir sind keine Bedrohung. Wir sind Partner."

Der dynamische Friedenskämpfer möchte lieber ein Licht anzünden, als auf die Dunkelheit schimpfen. Den jungen Leuten aus Wien legte er ans Herz, sie sollten für die Gewissensbildung der Politiker beten, damit sie abließen, der Menschheit nur Kriege und Waffen anzubieten, und damit endlich ihr Denken geprägt sei von Mitleid, Gerechtigkeit und Frieden.

Man kann eine Heilig-Land-Reise unternehmen, ohne dabei einen Lokalchristen gesehen zu haben. Deshalb bat Pfarrer Spiegelfeld Abuna Louis Hazboun, den katholischen Gemeindepfarrer von Jafa di Nazareth, den sonntäglichen Gottesdienst mit seiner Pfarrei mitfeiern zu dürfen. Durch ihre Gemeinschaft mit den arabischen Christen, durch die Lieder auf Deutsch und Arabisch, durch ihre Fürbitten um Frieden in diesem geplagten Land wurden Pilger und Ortschristen zu einer lebendigen Kirche. Ihre Anwesenheit ließ alle Sprachbarrieren und Kulturunterschiede überwinden. Sie wurden eingetaucht in das ewige Jetzt Gottes.

Der letzte Besuch in der ehemaligen herodianischen Luxusstadt Cäsarea Marittima ließ die Gruppe etwas davon erahnen, wie von diesem Hafen aus das Evangelium durch den Völkerapostel Paulus seine friedliche Welteroberung angetreten hatte. Dass hier durch die Taufe des Römers Kornelius die junge Kirche der Gefahr als enge, jüdische Sekte entgangen war, weil Petrus endlich verstanden hatte, dass alle Menschen zu Kindern Gottes berufen sind.

Expedition Emmaus

Karl-Heinz Fleckenstein

Die aufgefunden Skelette in den Grabanlagen nahmen in Fleckensteins Phantasie Fleisch und Blut an. Er gab ihnen Namen. Ihre ausgebuddelten Gebrauchsgegenstände wie Öllampen, Krüge oder Münzen ließen ihm den Alltag der Menschen vor 2000 Jahren erahnen. Was lag näher, als diese Gestalten in einer spannenden Story zu neuem Leben erstehen zu lassen? Dabei soll der Leser Zuschauer und Handelnder zugleich werden …

ISBN 978-3-902536-09-9 · Format 13,5 x 21,5 cm · 634 Seiten
€ (A) 22,90 · € (D) 22,30 · sFr 40,10

novum
VERLAG

Lächelnder Alltag

Karl-Heinz Fleckenstein

Eine Sammlung von 26 Kurzgeschichten, die aus der Sicht des Herren Schlaumeier mit einem schelmischen Augenzwinkern erzählt werden. Jeder von uns kann sich darin wieder finden, wenn ihn manchmal in den oft banalsten und alltäglichsten Ereignissen des Lebens die „Tücke des Schicksals" einholt. Karl-Heinz Fleckenstein lässt in seinen Storys den Humor hochleben und lädt dabei zum Schmunzeln und Nachdenken ein …

ISBN 978-3-85022-086-6 · Format 13,5 x 21,5 cm · 110 Seiten
€ (A) 15,90 · € (D) 15,50 · sFr 28,50